Gisela Stelly
Lili und Marleen

Zu diesem Buch

Silvester 1979 – noch ist Berlin geteilt, und die S-Bahn fährt an diesem letzten Tag des Jahrzehnts langsam vom Bahnhof Friedrichstraße über die Grenze nach Westen. Zufällig begegnen sich zwei junge Frauen, die romantische Lili und die zurückhaltende Marleen, und eine ältere Dame, die resolute und eigensinnige Miss Molly – von nun an begleiten sie einander auf den wichtigen Stationen ihres Lebens zwanzig Jahre lang bis Silvester 1999. Sie tauschen Träume, Liebhaber und Lebenserfahrungen aus und gewinnen etwas sehr Kostbares: Freundschaft. In zauberhaft leichten, poetischen Bildern spannt sich der Bogen von Berlin nach Australien, Kalifornien, zur Ostseeinsel Rügen und natürlich immer wieder zurück nach Berlin. Ein wunderbar welthaltiger Liebesroman, in dem die Veränderungen der letzten zwanzig Jahre präzise eingefangen sind.

Gisela Stelly, aufgewachsen in Berlin. Studium der Soziologie und Psychologie in Berlin und Frankfurt. Lebt heute als Filmemacherin und freie Autorin in Hamburg. Von ihr erschien außerdem »Tristan in New York«.

Gisela Stelly

Lili und Marleen

Roman

Piper München Zürich

Ungekürzte Taschenbuchausgabe
Piper Verlag GmbH, München
Dezember 1999

Umschlag: Büro Hamburg
Stefanie Oberbeck, Katrin Hoffmann
Foto Umschlagvorderseite: Kajetan Kandler
Satz: KSC Buchholz/Hamburg
Druck und Bindung: Clausen & Bosse, Leck
Printed in Germany ISBN 3-492-22949-2

Inhalt

Silvester Neunzehnhundertneunundsiebzig / Neunzehnhundertachtzig

1

Sie eilen, die eine ein gutes Stück hinter der anderen, über den nächtlich leeren Alexanderplatz in Richtung Bahnhof Friedrichstraße. Nichts und niemand begegnet ihnen, kein Auto, kein Mensch.
Die mit den wilden dunklen Locken schaut auf die Uhr, beschleunigt ihren Schritt. Die andere, die Blonde hinter ihr, beginnt zu laufen. Am Palast der Republik holt sie die Dunkle ein. Fast gleichzeitig knallen jetzt ihre Stiefelabsätze auf die Steinplatten der Marx-Engels-Brücke, dann auf das breite Trottoir Unter den Linden und schließlich auf das Pflaster der Friedrichstraße. Nach einem kurzen Halt am gähnend leeren Grenzkontrollschalter Bahnhof Friedrichstraße, hinter dem ein gelangweilter junger Volkspolizist ihre Ausweise prüft, hasten die beiden weiter zum Bahnsteig, der wie zuvor die Straßen und Plätze ausgestorben daliegt und nun unter dem klackenden, knallenden Trommeln ihrer Absätze zu vibrieren scheint. Das wilde Stakkato findet ein jähes Ende, als sie in das Schlußabteil der wartenden S-Bahn springen. Es ist der letzte Zug, der wie in jeder Nacht so auch in dieser, der Nacht vom 31. Dezember 1979, fünf Minuten vor zwölf von Ostberlin nach Westberlin fährt.
Die mit den langen dunklen Locken läßt sich, vom schnellen Laufen außer Atem, auf eine Sitzbank fal-

len und blickt sich um. Niemand außer ihnen ist im Abteil. Sie streckt sich der Länge nach aus, zerrt den dicken weißen Pullover unter der engen schwarzen Lederjacke hervor und zieht ihn über die Jeans. Er reicht fast bis zu den Knien. Die andere schaut ihr zu. Sie hängt, ebenfalls atemlos, am Haltegriff. Dann begegnen sich ihre Augen, sie lächeln.
Gerade noch geschafft, keucht die Blonde. Sie knöpft ihren dunkelblauen Plüschmantel auf, ein rotes Kleid kommt zum Vorschein.
In letzter Sekunde, sagt die Dunkle und denkt, was wäre, wenn ich es nicht geschafft hätte? Vielleicht ist mir gerade etwas entgangen, sagt sie laut.
Was denn? fragt die andere neugierig.
Eine Nacht mit einem jungen Volkspolizisten.
Mit dem hinter dem Kontrollschalter?
Wir hätten roten Krimsekt getrunken.
Glaub' ich nicht.
Doch, ganz bestimmt! Sie kreuzt die Beine, und während sie ihre Stiefelspitzen betrachtet, sieht sie sich, ein Sektglas in der Hand, im Kreis junger Uniformierter. Zugegeben, sie tragen häßliche Uniformen, schlechter Schnitt und grobes Tuch in einem weltweit unerreichten Kotzton eines graugrünen Farbmatsches. Aber unter diesem Tuch sind sie jungfräulich, ja, sie spürt am ganzen Körper die verborgene Jungfräulichkeit all dieser jungen Volkspolizisten, mit denen sie die Silvesternacht von 1979 auf 1980 verbracht hätte, säße sie jetzt nicht in der S-Bahn, angefeuert und gerade noch rechtzeitig ins Ziel geschickt

von dem knallenden Klacken der Stiefelabsätze dieser anderen, die da am Haltegriff hängt und sich vom ratternden Gerumpel des Zuges, der seinen Weg durch das Gewirr der sich kreuzenden Gleise zu suchen scheint, hin und her schaukeln läßt.
Sie richtet sich auf, fährt mit beiden Händen durch ihr kräftiges Haar, zieht die Stiefel glatt. Da schnellt draußen eine Rakete, einen Kometenschweif hinter sich herziehend, zischend an einer Hausfront hinauf in den Himmel, platzt auseinander, als sei sie gegen eine tiefhängende Eiswolke gestoßen, und gebiert eine Kaskade leuchtendblauer Sternenkinder, die sich im Hinabgleiten mit den rotglitzernden Feuerkugeln einer anderen Rakete vereinen. Sich auflösend, verschwinden sie im Dunkel über der Stadt.
Ein frohes neues Jahr! sagt die eine.
Neues Jahrzehnt! ruft die andere, und schon hören sie von draußen die ersten Explosionen.
Hört sich an wie Krieg, meint die Blonde und schaut ängstlich hinaus.
Sieht aber nicht so aus, sagt die andere, als sich am Horizont eine Blüte nach der anderen entfaltet.
Und während beide mit unterschiedlichen Gefühlen durch die Zugscheiben den immer bunter werdenden Himmel über Berlin betrachten, passieren sie im Schneckentempo den Todesstreifen.
Ich heiße übrigens Lili, sagt die Dunkle, zieht den Ärmel ihres Pullovers lang, wischt sich über die Nase, wirft mit einer Kopfbewegung ihr wildes Haar über die Schulter nach hinten. Willst du wissen, weshalb?

fragt sie und erzählt von der langhaarigen Pudelhündin, die ihre Mutter als Kind so sehr geliebt hat. Sie war wild und schwarz und hatte grüne Augen und hieß Lili. Ich soll sie angeblich gleich an sie erinnert haben, als ich aus ihrem Bauch kam. Ziemlich komisch, nach einem Pudel genannt zu werden, findest du nicht auch?

Besser nach einem Pudel zu heißen, als eine Maus zu sein, antwortet die andere und erzählt, daß ihre Mutter immer *Maus* zu ihr gesagt habe, manchmal sogar *Mäuschen*! Sie verzieht ihr Gesicht. Ich hab's gehaßt! Übrigens – ich heiße Marleen. Sie sieht Lili neugierig an. Wie alt bist du? Laß mich raten. Siebzehn?

Lili schüttelt den Kopf. Neunzehn, und du?

Oh, ich bin schon ziemlich alt, vierundzwanzig.

Das ist wirklich ziemlich alt. Lili grinst.

Sie mustern sich einen Augenblick, die kleinere Dunkle mit den lustigen Augen, den Sommersprossen über der Nase, dem kräftigen Mund mit kurzer Oberlippe und die Blonde mit dem streichholzkurzen Haarschopf, an der alles so hell wirkt, die Augen, die Haut, und so zierlich, die runde Stirn, die kleine Nase, der volle Mund.

Alles okay? fragt Lili, grinst noch immer.

Alles okay, antwortet Marleen und lächelt.

In diesem Augenblick hält die S-Bahn am Savignyplatz, und Lili und Marleen springen im letzten Moment aus dem Zug, bleiben auf dem Bahnsteig stehen.

Und nun? fragt Lili.

Beide sind an diesem Abend mit der besonderen Note, der Umschlagsekunde in das neue Jahrzehnt, eher zufällig in den Ostteil der Stadt gelangt, weil sie nichts Bestimmtes vorhatten. Marleen hatte eine Woche lang gehofft, Silvester mit Felix zu feiern, war jeden Tag um die Haltestelle gestrichen, an der sie ihm ein paar Tage zuvor, als sie aus dem Bus steigen wollte und dabei stolperte, in die Arme gefallen war. Aber sooft und ausdauernd sie auch den Ort ihrer ersten Begegnung umkreiste, so sehr sie ihn herbeiwünschte, er blieb unsichtbar. Zu guter Letzt entschloß sie sich, nur um nicht allein zu Hause zu sein, einen Freund auf eine Party nach Ostberlin zu begleiten, stopfte dort kleine runde Weißbrotscheiben mit Ei und Mayonnaise in sich hinein und hörte und sah nichts von der Unterhaltung und den Gästen, weil sie immer nur an Felix dachte, und darüber hätte sie fast die letzte S-Bahn versäumt, um die sich der Freund nicht zu kümmern brauchte. Er besaß ein Ausländervisum und würde morgen früh sicher neben dem rothaarigen Mädchen aufwachen, das er den ganzen Abend über mit seinen Blicken umtanzte. Muß Liebe schön sein, dachte Marleen und beobachtete, wie ihre Hüften unter seinen Blicken in Schwung gerieten. Muß Liebe schön sein, seufzte sie und träumte von Felix.

Lili hingegen war allen Verabredungen für diesen Abend aus dem Weg gegangen, sie *wollte* allein sein, wollte umherstreifen, durch ganz Berlin laufen, mal hier, mal dort verweilen, wie es ihr gerade gefiele. In den Ostteil der Stadt war sie unversehens gelangt, weil sie einem Pärchen gefolgt war, das ihre Aufmerksamkeit auf sich zog. Schwarz in Schwarz verschmolzen, an den Hüften wie zusammengewachsen, die Arme um die Schulter des anderen gelegt, die Münder in einem Kuß, der nicht enden wollte, aufeinandergepreßt, so zottelten und hüpften der Mann und die Frau im Zickzack über den breiten Gehweg der Potsdamer Straße.

Muß Liebe schön sein, riefen die Leute selbst vom gegenüberliegenden Trottoir.

Aus einer Imbißbude kam der Mann hinter dem Tresen auf die Straße gelaufen und drängte ihnen einen Pappteller mit einer Bratwurst auf. Das Pärchen hielt inne und aß die Wurst, jeder von einem Ende, bis sie verschwunden war und ihre Münder wieder aufeinanderlagen. Die Leute klatschten Beifall. Das Pärchen klimperte mit den Augenlidern, auf denen es bunt glitzerte, als flatterten Schmetterlinge in ihren Gesichtern. Sie lächelten, und ihre Lippen glänzten wie mit rotem Lack überzogen, Goldstaub lag auf ihrer Haut.

Muß Liebe schön sein, seufzte Lili, und der Junge, der neben ihr stehengeblieben war, legte schnell den Arm um sie, drückte sie an sich und flüsterte ihr ins Ohr: Das kannste ooch haben, wenn de willst. Willste?

Doch das Liebespaar hüpfte und tanzte und torkelte weiter, und sie folgte ihm, einfach so. Irgendwann saß sie mit dem Paar in der S-Bahn und stieg mit ihm am Bahnhof Friedrichstraße aus.

Der Geruch, der ihr im Gang mit den Grenzkontrollschaltern entgegenschlug, dieser Geruch, den es nur im Osten gab, der, würde man ihn als Farbe wahrnehmen, ähnlich wie die Uniformen der Volkspolizisten graugrünlich sein müßte, lenkte sie für einen Augenblick ab, benebelte sie. Sie wurde unaufmerksam, und schon hatte sie den Anschluß an das Pärchen verpaßt, schon stand es an einem anderen Schalter, weit vor ihr. Sie sah noch, wie es sich trennte, wie jeder einzeln seinen Ausweis zur Kontrolle reichte. Erst Stunden später trollte und hüpfte es, wieder vereint zum siamesischen Zwillingspaar, in einiger Entfernung über den Alexanderplatz, von niemandem beobachtet außer von ihr, durch die Silvesternacht.

Sie stehen unentschlossen auf dem Bahnsteig.
Laß uns einfach irgendwohin gehen, schlägt Lili vor.
Wohin denn?
Irgendwohin.
Kann ich mir nichts drunter vorstellen.
Macht nichts, komm.
Lili nimmt Marleens Hand, zieht sie hinter sich her, dann springen sie die Treppen hinunter. Kaum haben sie jedoch den S-Bahnhof verlassen, fliegen ihnen Feuerwerkskörper um Köpfe und Beine. Sie versuchen, ihnen auszuweichen, biegen von der Bleibtreustraße in die Mommsenstraße ein, drücken sich eng an die Häuserwände, wechseln die Straßenseite, suchen immer wieder Schutz in Ausfahrten.

Hast du einen Bräutigam? fragt Lili zwischen zwei Hauseingängen.
Einen was?
Bist du die Braut von jemandem? Lili hüpft mit großen Sprüngen, gefolgt von Marleen, über Inseln von explodierenden Knallfröschen hinweg in eine Ausfahrt.
Hab' keinen, sagt Marleen atemlos. Aber hätte gern einen. Besonders den *einen*.
Ich hab' einen. Lili grinst. Aber ich kenne ihn noch nicht. Sie wiegt sich in den Hüften.
Du hast einen, aber du kennst ihn noch nicht? wiederholt Marleen.
Ja. Willst du wissen, wieso ich einen habe, obwohl ich ihn noch nicht kenne? fragt sie, und Lili erzählt, wie ihre Seele auf dem Weg zur Erde durch den Kosmos geflogen ist und das Bild von ihrem Bräutigam gesehen und es mitgenommen hat. Seitdem ist es hier drinnen, sie klopft auf ihre Brust, da, wo das Herz ist.
Quatsch!
Ist kein Quatsch, ist wirklich wahr. Lili hebt zwei Finger zum Schwur.
Ist trotzdem Quatsch. Marleen zeigt auf das schräg gegenüberliegende Restaurant an der Ecke. Laß uns zu dem Italiener gehen, sagt sie und wagt einen Schritt auf den Gehweg. Sofort kugelt ihr ein schwelender Donnerschlag, groß wie eine Faust, vor die Füße.
Idioten, brüllt Lili, hebt den Knallkörper blitzschnell auf und wirft ihn zurück. Noch in der Luft explodiert

er ohrenbetäubend laut. Gleich darauf läuft eine Gruppe von Halbwüchsigen auf sie zu und versucht, ihnen Hände voller Knallerbsen vor die Füße zu werfen. Lili und Marleen weichen zurück, und jetzt breiten sich die Knallkörper unter höllischem Geknatter wie ein Teppich auf dem Gehweg aus.
Chinesisches Trommelfeuer, komm, wir trommeln mit! ruft Lili, springt mitten in das Geknatter und Gezische hinein, wirft die Beine hoch, schlackert mit den Armen, schüttelt den Kopf, daß ihre Locken nur so herumwirbeln. Komm, Marleen, ruft sie, komm!
Doch während die Halbwüchsigen um Lili herumhüpfen, johlen und pfeifen und lässig Nachschub vor ihre Füße werfen, verharrt Marleen unschlüssig in ihrem schützenden Versteck und beobachtet, wie Lili immer schneller, immer höher springt, nur unterbrochen von akrobatisch anmutenden Tanzfiguren, als folge sie den sich steigernden Rhythmen einer wilden Musik. Da flüchtet sie zum Italiener an der Ecke, stößt die Tür auf, schiebt die Portiere beiseite, stellt sich aufatmend hinter die Fensterscheibe und sieht von dort aus Lilis ungewöhnlichem Feuerwerkstanz zu.
Was macht denn das Kind da auf der Straße? fragt eine helle Stimme hinter ihr.
Marleen dreht sich um. Eine ältere Frau, sicher einen Kopf kleiner als sie, versucht, auf Zehenspitzen balancierend, ihr über die Schulter zu schauen.
Verzeihen Sie. Sie legt Marleen eine Hand auf den Arm, um sich ein wenig abzustützen.

Oh, bitte, sagt Marleen und schaut die kleine Frau neugierig an.
Wie ihre Stimme hat auch ihr rundes Gesicht einen beinahe mädchenhaften Ausdruck. Und obwohl sie nicht zierlich ist, sondern eher rundlich, hat sie die Ausstrahlung einer Porzellanpuppe.
Als würde sie Marleens Gedanken erraten, lächelt die Frau ihr leicht entschuldigend zu, und ihr rundes Gesicht wird noch ein wenig runder, und das Lächeln in ihren großen dunklen Augen läßt sie noch ein wenig mädchenhafter erscheinen. Sie wendet sich um.
Francesco, Paolo, ruft sie trotz ihrer hellen Stimme laut und vernehmlich ins Restaurant, könnt ihr bitte das Kind von der Straße holen, bevor etwas passiert, schnell, schnell. Hört ihr denn nicht, Paolo, Francesco! Sie trippelt ungeduldig in roten Pantoffeln hin und her. Durch das feine Gespinst ihrer dunklen Haare fällt jetzt Licht und läßt einen rötlichen Ton aufleuchten.
Als die beiden Kellner herbeieilen, werden sie von der Frau mit einem leichten Stoß gegen die Schulter hinaus auf die Straße geschickt. Sie ruft ihnen nach, daß sie das Kind an ihre Tafel bitten sollen, gibt schließlich Marleen ein Zeichen, ihr zu folgen, und schlängelt sich erstaunlich geschickt an den Gästen und den engstehenden Tischen vorbei zu einer großen langen Tafel an der Stirnseite des Restaurants.
Statt ihr zu folgen, läuft Marleen nach draußen.
Francesco und Paolo sind inzwischen zur Zielscheibe

der Halbwüchsigen geworden. He, Bello, feixen diese und beeilen sich, Frösche und Erbsen und Böller aus einem geradezu unerschöpflichen Vorrat zu zünden.

Ohne sich darum zu kümmern, laufen die beiden Kellner auf Lili zu.

Miss Molly, Miss Molly, rufen sie, tippen ihr auf die Schulter und zeigen auf das Restaurant. Miss Molly, Miss Molly, wiederholen die beiden und ignorieren geduldig die um sie herumfliegenden Explosionskörper, wehren sie hin und wieder mit einer Geste ab, als würden sie nach einem lästigen Insekt schlagen. Miss Molly, Miss Molly, wiederholen sie so lange unverdrossen, bis Lili ihnen schließlich zum Eingang des Restaurants folgt, wo Marleen sie ungeduldig erwartet.

Miss Mollys Tafel weist zu dieser Stunde die Spuren eines Gelages auf, das seinen Höhepunkt bereits überschritten hat. Über den Tisch verstreut stehen Etageren mit zusammengesunkenen Tortenstücken, Kristallschalen mit Pudding- und Cremeresten, halbvolle Gläser, Flaschen, liegen zerknüllte Stoffservietten, Stühle sind vom Tisch weggerückt oder bereits verlassen.

Luigi, bring doch bitte zwei frische Gedecke für die Mädchen, ruft Miss Molly dem Wirt zu, und natürlich Champagner für Paolo und Francesco! Sie zupft ihr Samtkleid zurecht und setzt sich an das Kopfende der Tafel, weist auf die beiden freien Stühle neben sich.

Bitte, nehmt Platz, sagt sie zu Lili und Marleen.

Ohne Mantel und Jacke abzulegen, folgen sie zögernd Miss Mollys Einladung.

Wo kommt ihr beiden Hübschen denn her? fragt Miss Molly. Doch bevor Lili und Marleen antworten können, ruft sie schon: Ah, Paolo bringt die Canneloni! Und die Spaghettini! Sie streckt die Arme aus und nimmt die Platte mit den verschiedenen Pastasorten entgegen. Eßt erst einmal etwas, Kinder! fordert sie die beiden auf. Und wenn ihr gegessen habt, müßt ihr mir erzählen, woher ihr gerade kommt und was ihr noch vorhabt. Und natürlich auch, wie ihr heißt und was ihr macht. Ich bin immer sehr neugierig!

Und während Lili sich nicht noch einmal bitten läßt, Lederjacke und Pullover auszieht und sich von den Canneloni und Spaghettini nimmt, Marleen jedoch noch zögert, dann vorsichtig aus ihrem Mantel schlüpft und das rote Kleid glattstreicht, beginnt Miss Molly zu plaudern.

Dieses Jahr habe Heinz, ihr Schneider, sie zeigt auf einen Gast am Ende der Tafel, der leicht angeheitert zurückwinkt, das Silversterkleid für sie genäht, erzählt sie, und es heiße *Silvesterkleid,* weil sie es wie immer nur ein einziges Mal trage, nämlich Silvester.

Sie schiebt die Platte mit der Pasta näher zu Marleen und sagt: Iß, Kind! Du ißt ja gar nichts!

Ich habe auf einer Party in Ostberlin drei Stunden

lang kleine runde Weißbrotscheiben mit Ei und Mayonnaise in mich hineingestopft, verteidigt sich Marleen, ich weiß nicht, ob Sie sich vorstellen können, wie sich mein Bauch jetzt anfühlt? Darf ich? Bewundernd streicht Marleen vorsichtig über Miss Mollys Kleid. Auf schwarzem Samtgrund blühen knospende Buschrosen in zartem Rosé und kräftigem Rot, manche changieren in verschiedenen Pink-, andere in Violettönen und lassen das Grün der Blätter und Stiele noch heller und leuchtender erscheinen.

Sie sei siebzehn gewesen, als sie sich ihr erstes Silvesterkleid genäht habe, erzählt Miss Molly weiter, obwohl sie bemerkt, daß Marleen zu träumen beginnt und Lili damit beschäftigt ist, sich durch die verschiedenen Pastasorten zu essen. Sie habe jedoch nicht geahnt, daß es ein Abschiedskleid werden würde. Ein Jahr darauf nähte sie sich wieder ein Silvesterkleid in Gedenken an jenen Abschied vor einem Jahr, und so habe sie es fortan jedes Jahr getan. Ihre Mutter habe über die Sorgfalt, mit der sie dieses besondere Kleid jedes Jahr neu entwarf und anfertigte, den Kopf geschüttelt. Nicht anders sei es ihren drei Ehemännern ergangen. Wie tief der Eindruck gewesen sein müsse, den ihre Silvesterkleider hinterließen, habe sich jeweils bei der Scheidung gezeigt. Sie hat mich weggeworfen wie ihr Silvesterkleid, habe ihr erster Ehemann geklagt. Sie wollte mich wie ihr Silvesterkleid in den Schrank hängen, vermutete ihr zweiter, und ihr dritter Ehemann habe behauptet, sie habe ihn vor der Hochzeit behandelt wie ihr Silvesterkleid vor Silvester, dann jedoch erbittert hinzugefügt: aber nach der Hochzeit wie ihr Silvesterkleid nach Silvester!

Jetzt will ich aber wissen, unterbricht Miss Molly schließlich ihren Monolog, woher ihr beiden Hübschen kommt. Sie blickt zwischen den jungen Mädchen auffordernd hin und her, und weil Lili sieht, daß Marleen immer noch träumt, erzählt sie von dem Liebespaar, dem sie in den Osten der Stadt gefolgt sei. Sie haben sich wie siamesische Zwillinge bewegt, als ob sie an den Hüften zusammengewachsen wären.

Ich glaube, ich kenne sie, sagt Miss Molly. Es sind Performance-Künstler aus New York. Sie sind bereits letztes Jahr hiergewesen, und davor auch schon, sie kommen jedes Jahr wieder. Sie wollen zeigen, daß Ostberlin und Westberlin zusammengehören und daß die Liebe alles überwindet, auch Mauern.

Ach, wirklich? Lili ist enttäuscht, es gefällt ihr nicht, daß sich das Geheimnis des wundersamen Liebespaars so unversehens auflösen soll, und erzählt schnell die nächste Geschichte, wie es geschehen ist, daß ihre Seele auf dem Weg durch den Kosmos das Bild ihres Bräutigams gesehen hat und sie es seit ihrer Geburt in sich trägt, denn Miss Molly will jetzt unterhalten werden. Das ist der Tausch für all die Köstlichkeiten, die sie genossen hat.

Kind, Kind, was hast du nur für romantische Flausen im Kopf. Laß mich mal in deine Halbmondaugen sehen, sagt Miss Molly amüsiert und schaut sich nach einem Kerzenleuchter um, denn Heinz, ihr Schneider, hat im Laufe des Abends auf ihren Wunsch hin fast überall die Glühbirnen halb herausgeschraubt. Immer wieder hat sie nämlich beobachtet, wie das grelle Licht der neuen Wandbeleuchtung, reflektiert von den spiegelglatt gespachtelten, weißen Wänden, ihre Gäste irritierte.

Dieses schattenlose Weiß sei einfach schlechter Geschmack, hat sie zu Luigi gesagt, bei dem sie zum erstenmal ihr Silvesterfest feiert. Sie hatte ihn im vergangenen Sommer in Como kennengelernt. Sie hielt ihn wegen seines blonden Haars zunächst nicht für einen Italiener. Er sei aus Bologna, erklärte er, als sie mit ihm ins Gespräch kam, dort gäbe es viele von seiner Sorte. Als sie ihm erzählte, daß sie in Berlin wohnt, lud er sie in sein *Ristorante da Luigi* ein. Bei ihm gebe es die beste Pasta in der Stadt, sagte er. Was stimmt. Seitdem gewöhnte Miss Molly es sich an, von Zeit zu Zeit bei ihm zu Abend zu essen.

Als sie heute abend gegen zwanzig Uhr das Restaurant betrat, erkannte sie es jedoch im ersten Moment kaum wieder. Sie war, gelinde gesagt, entsetzt. Luigi stöhnte auf und schüttelte die Fäuste. Vor ein paar Monaten habe der Hausbesitzer gemeint, man könne mehr aus dem Restaurant machen, und habe einen Innenarchitekten geschickt, der vom neuen Stil der achtziger Jahre schwärmte und vom guten Geschmack, der zum Jahrzehntwechsel im *Ristorante da Luigi* Einzug halten solle. Und jetzt erlaube sie, Miss Molly, sich, das im italienischen Restaurantgewerbe

absolut neuartige makellose Weiß geschmacklos zu nennen! Habe er sich nicht voller Wehmut, die er zudem mit niemandem teilen könne, gerade von all dem trennen müssen, was seinem Herzen nahe war, weil *das* nun plötzlich schlechter Geschmack sei, wie der Innenarchitekt immer wieder betonte? Von dem künstlichen Wein mit den Reben über dem Tresen, dem Fischernetz mit dem Hummer in der Ecke über Tisch vier, von den dickverputzten Wänden, den roten Tischdecken, dem schummerigen Licht, von den Karoservietten, den geflochtenen silbernen Brotkörben und sogar von dem buntbemalten Geschirr aus Sorrent! Nein, er selbst fühle sich auch nicht wohl in seinem Lokal, nachdem dieser ganze *schlechte Geschmack* auf dem Müll gelandet sei. Er habe alles, was ihm lieb gewesen sei, für den *guten Geschmack* geopfert: für die spiegelglatten schneeweißen Wände, die dreieckigen, metallumrandeten Milchglaslampen, für die weißen Tischdecken und Servietten, für das weiße Geschirr. Und jetzt trete sie, Miss Molly, über die Schwelle seines Restaurants und behaupte einfach, das alles sei schlechter Geschmack!
Luigi, wir brauchen Kerzen, ruft Miss Molly, beugt sich zu Lili hinüber, forscht aufmerksam in ihrem Gesicht.
Tatsächlich, du hast Sommersprossen in deinen Halbmonden, sagt sie schließlich, und du, wendet sie sich an Marleen, was hast du in den Augen? Laß mal sehen. Doch nicht etwa Tränen? Aber Mädchen, weshalb weinst du denn? Ach, ich sehe, sie hat Kummer!

Wahrscheinlich Liebeskummer! Sie tätschelt Marleens Hände, die etwas verkrampft auf dem Tisch liegen. Er wird schon noch kommen, Kleines. Geh ein bißchen tanzen, er kommt bestimmt, geh, geh ein bißchen tanzen.
Miss Molly pufft Marleen leicht in die Seite und schubst sie schließlich, als sie sich nicht rührt, heftiger als beabsichtigt, fast von ihrem Stuhl.
Ich will nicht tanzen! faucht Marleen. Ich habe keine Lust zu tanzen! Tränen schießen ihr in die Augen. Sie drängelt sich wütend an den Tanzenden auf der kleinen Tanzfläche vorbei, die inzwischen, Francesco und Paolo haben ein paar Stühle und Tische beiseite geschoben, entstanden ist. Immer wieder wird ihr unabsichtlich oder mit Absicht der Weg versperrt, so, wenn Miss Mollys Schneider, ein Champagnerglas in der erhobenen Hand, in großen Bögen eine Frau umtanzt, die einen winzigen Zylinder schräg nach vorn auf das Haar gesetzt hat.
He! Warte! ruft Lili, aber Marleen hört es nicht oder will es nicht hören. Schon ist sie durch die Portiere verschwunden.

Wie heißt deine Freundin? fragt Miss Molly und versucht, den Faden der Unterhaltung wiederaufzunehmen.
Marleen.
Und was macht sie?
Oh, ich weiß nicht. Ich habe sie erst vor zwei Stun-

den kennengelernt. Sie sucht jedenfalls ihren Bräutigam.
Aha. Und du, wie heißt du?
Lili. Lili Weiß.
Ach, du lieber Gott, Lili und Marleen? Na, das weckt Erinnerungen. Gib mir doch bitte die Flasche mit dem Cognac, Kind. Du kennst es wahrscheinlich gar nicht, dieses Lied von Lili Marleen, das damals während des Krieges im Radio pausenlos gesendet wurde. Alle jungen Männer, die im Krieg waren, haben es gesungen oder saßen vor den Volksempfängern und hörten zu. Und leise beginnt Miss Molly zu summen: *Vor der Kaserne, vor dem großen Tor, stand eine Laterne und steht sie noch davor, so wollen wir uns wiedersehn, bei der Laterne woll'n wir stehn, wie einst Lili Marleen...* Alle glaubten damals an eine Lili Marleen, die auf sie wartet, sagt sie nachdenklich, überall auf der ganzen Welt.
Miss Molly trinkt den Cognac und holt tief Luft.
Wie mir scheint, warten die Enkelinnen von Lili Marleen nicht mehr. Marleen sucht sich ihren Bräutigam, und Lili kennt ihn bereits. Sie beugt sich vor. Soll ich dir etwas verraten? Ja? Ich glaube, wir kennen uns. Sie lehnt sich wieder zurück und nickt ein paarmal mit dem Kopf. Gleich, als ich dich sah, war mir, als seien wir alte Bekannte, ja, ich habe es gleich gedacht, als du vorhin dort draußen auf der Straße diesen wilden Tanz aufgeführt hast.
Darf ich? Paolo hält die Cognacflasche in der Hand, schenkt nach.
Danke, Paolo. Vielleicht erinnerst du mich auch nur

an jemanden, fährt Miss Molly fort, vielleicht erinnerst du mich an mich, ja, da lachst du, aber als ich so alt war wie du, hatte ich auch diesen Ausdruck von – ich weiß nicht, reden wir lieber von deinen Halbmondaugen.

Miss Molly kippt das zweite Glas Cognac hinunter und blickt Lili wieder forschend an.

Erst dachte ich, du hast Sommersprossen in den Augen. Aber es sind keine Sommersprossen. Diese kleinen Sprengsel in deinen Augen sehen aus wie Bernstein. Du wirst mir Glück bringen, Lili, Bernstein hat mir immer Glück gebracht, hat mir nach meiner dritten Ehe sogar geholfen, mein Geschäft aufzubauen, interessiert dich das?

Lili weiß nicht recht, was sie antworten soll. Wahrscheinlich ist diese Miss Molly ein bißchen verrückt, auf angenehme Weise, also nickt sie, ja, es interessiere sie.

Miss Molly schenkt sich ein drittes Glas Cognac ein.

Ich war sechsunddreißig Jahre alt, als ich zum drittenmal geschieden wurde, jetzt bin ich dreiundsechzig, hättest du das gedacht?

Lili schüttelt den Kopf. Nein, sagt sie höflich und zugleich bewundernd. Diese kleine komische Frau mit dem Porzellanpuppenlächeln und der Marzipanhaut wirkt tatsächlich viel jünger auf sie, obwohl sie das eigentlich nicht so ganz beurteilen kann.

Ich lebte damals in London und bewarb mich nach der Scheidung von meinem dritten Mann als Verkäuferin in einem Stoffgeschäft, fährt Miss Molly fort. Es

hatte die Ausmaße eines kleinen Kaufhauses. Als ich mich vorstellte, betrat ich eine Welt, die mich sofort verzauberte: In den Regalen und Schränken kräuselten sich hauchdünne Gewebe aus Indien, stapelten sich schwere Brokate aus Venedig. Ich sah zum erstenmal die leuchtenden Farben aus Afrika, die geheimnisvollen Ornamente aus Marokko und die schillernden Streifenmuster aus Ägypten, schlichte Seiden aus Japan und Stickereien aus China. Ich lernte Foulards, Jacquards und Musseline aus Europa kennen, und ich verliebte mich leidenschaftlich in Stoffe, und diese Liebe wurde die längste meines Lebens. Und die erfolgreichste. Miss Molly hält inne, mustert Lili. Gehst du noch zur Schule, oder was machst du?
Ich bin gerade durch die Schauspielprüfung gefallen.
Soso, Schauspielerin willst du werden? sagt Miss Molly nachdenklich. Aber wenn es nichts werden sollte mit der Schauspielerei, fährt sie fort, vielleicht würde dich der Handel mit Stoffen interessieren? Oder würdest du lieber Muster entwerfen? Es ist ein wundervoller Beruf. Er bedarf mancher Talente, und vieles kann man lernen. Aber vor allem muß man verstehen, seinen Hintern zu bewegen, Lili, seinen seelischen Hintern, seinen geistigen Hintern, den Hintern seines Herzens und den Hintern seines Verstands. Man muß alle Hintern bewegen, die man hat, und du glaubst nicht, wie viele Hintern man hat. Sieh dir meinen Hintern an.
Blitzschnell ist Miss Molly auf den Beinen. Behende und flink, was man wegen ihrer marzipanhaften Fülle

nicht für möglich halten sollte, findet sie zwischen zwei Tischen einen freien Platz und beginnt, ihren Hintern wie einen Wedel aus Pfauenfedern hin und her zu schwingen. Sie läßt eine Hinterbacke auf und ab hopsen, dann die andere, dann beide im Wechsel. Sie spielt mit ihnen wie eine Jongleurin mit einer Handvoll Bällen. Dann beginnt der ganze Hintern zu vibrieren, und die Rosen auf ihrem Kleid erzittern, und es sieht aus, als wollten die Knospen aufspringen, als würden die schon geöffneten jetzt voll erblühen, und ganz langsam wächst aus dem Vibrieren eine kreisende Bewegung.

Die anderen Gäste haben innegehalten und starren fasziniert auf Miss Mollys Hintern. Als das Kreisen aufhört, klatschen sie Beifall, und Heinz ruft mit schon etwas schwerer Zunge: Er ist gekreist... gekreist... wie der Mond um die Erde.

Sie haben wirklich einen beachtlichen Hintern, sagt Lili verlegen, nachdem Miss Molly sich wieder gesetzt hat und kein bißchen erschöpft, im Gegenteil, geradezu erfrischt wirkt. Und was für eine Firma haben Sie? Ihre Stimme klingt plötzlich unsicher. Sie ist verwirrt.

Wie alt bist du? fragt Miss Molly zurück.

Neunzehn, antwortet Lili, aber sie fühlt sich in diesem Augenblick wie zehn. Vor lauter Verlegenheit gähnt sie.

Ich glaube, ich bin müde, sagt sie und steht auf, zieht den Pullover über den Kopf und die Lederjacke darüber.

Besuch mich doch in den nächsten Tagen einmal in meinem Büro, dann zeige ich dir die Firma. Miss Molly sucht in ihrer winzigen Tasche, sie ist passend zum Kleid mit Rosen bestickt, nach ihrer Visitenkarte und gibt sie Lili.
Danke. Für alles, sagt Lili und geht schnell zur Tür.

Hättest du Lust zu tanzen? fragt Luigi und sieht Miss Molly bewundernd an. Ich muß gestehen, ich habe noch nie eine Frau gesehen, die ihre Hüften so bewegen kann wie du.
Miss Molly lächelt geschmeichelt und nippt an ihrem vierten Cognac. Ich fürchte, ich bin noch nicht so recht in Tanzlaune, Luigi.
Nein, Miss Molly ist nicht so recht in Stimmung, mischt sich Heinz mit schwerer Zunge ein, ich glaube, Miss Molly ist nachdenklich. Erlauben wir doch Miss Molly eine Minute der Besinnung, sagt er, eine Silvesterbesinnungsminute.
Wirklich, eine glänzende Idee, Heinz, lobt Miss Molly ihn, steht auf und geht an die Bar.
Luigi folgt ihr mit seinen Blicken. Sie spürt, wie sie verlegen wird. Unsinn, weist sie sich zurecht und setzt sich auf den Barhocker, aber als sie Luigi zulächelt, sieht er sie wieder mit diesem schmelzenden Blick an. Unsinn, weist sie sich noch einmal zurecht, bemerkt jedoch, daß ihr dieser Blick nicht unangenehm ist, er gefällt ihr sogar.
Was möchten Sie trinken, Miss Molly? fragt Paolo.

Sie überlegt einen Augenblick. Ja, ein Glas Mineralwasser täte ihr gut.
Während sie es in kleinen Schlucken trinkt, beobachtet sie, wie sich angeheiterte Silvesterspaziergänger von der Straße unter die Tanzenden mischen, wie sich Paare trennen und neu finden. Und da wünscht sie sich plötzlich ganz heftig, sich in seinem Arm zu drehen. Als ihre Augen Luigi suchen, begrüßt er gerade neue Gäste. Er bemerkt ihren Blick nicht. Und zu ihrer eigenen Verwunderung ist sie enttäuscht darüber.
Sie haben mich angesteckt. Diese beiden liebessüchtigen Mädchen haben mich sehnsüchtig gestimmt, denkt Miss Molly, und da löst sich ein tiefer Seufzer aus ihrer Brust, der wie das liebessehnsüchtige Seufzen eines jungen Mädchens klingt. Irritiert und fast ein wenig erschrocken läßt sie das Glas sinken. Jelena! hört sie mitten in dem Trubel aus Musik und Lachen und lautem Reden jemanden hinter sich rufen. Sie dreht sich erstaunt um. Jelena? Wie lange hat sie diesen Namen nicht gehört! Wie fremd er klingt! Jelena. Sie glaubt, sie vor sich zu sehen. Aber nein, das ist nicht Jelena, sie weiß, wie Jelena aussehen müßte, denn schließlich ist sie selbst Jelena gewesen, bevor sie Miss Molly wurde. Nein, es ist diese Lili, das Mädchen mit den Bernsteinpunkten in den Augen und dem Bild ihres Bräutigams im Herzen. Und jetzt erkennt sie auch den Ausdruck auf ihrem Gesicht, der ihr diese Lili so vertraut und jener Jelena so ähnlich erscheinen ließ, den sie noch heute in bestimmten

Augenblicken auf ihrem eigenen Gesicht wiederfindet, wenn sie sich plötzlich im Spiegel sieht: Es ist die Liebessehnsucht, die wie ein Wesen aus einem Traum angeflogen kommt und sich auf das Gesicht legt, um dort weiterzuträumen.

Wie Lili hat sie mit siebzehn von ihrem Bräutigam geträumt. Aber er war kein Bild. Es gab ihn wirklich. Er hatte am Morgen nach einer Sturmnacht an der Steilküste von Rügen plötzlich vor ihr gestanden. Sie verbrachte mit ihrer Mutter und dem Bruder Ostern auf Rügen und lief am Strand entlang. In einiger Entfernung sprang ein junger Mann zwischen den Algenbänken hin und her. Er winkte. Etwas ließ sie stehenbleiben. Er kam auf sie zu. Sein Haar hatte die Farbe des Bernsteins, den er ihr in die Jackentaschen steckte. Sie verliebte sich in ihn und er in sie. Er studierte in Berlin Theaterwissenschaften. Als er zu Silvester 1934 mit seiner Familie nach London fuhr, fühlte sie sich krank, so sehr schmerzte die Trennung, und als er mit seiner Familie nicht zurückkehrte und auch nichts von sich hören ließ, keine Karte schrieb, keinen Gruß, wurde sie tatsächlich krank. Sie glaubte, sterben zu müssen.

Aber sie lebte weiter. Sie verkroch sich, lehnte alle Einladungen ab. Du wirst noch eine alte Jungfer, drohte die Mutter im Scherz. Bald nahm sie diese Drohung ernst und verschloß ihren frühen Geliebten tief in ihrem Herzen.

Drei Jahre später, mit einundzwanzig, heiratete sie und atmete auf. Sie hatte es geschafft, sie würde keine alte Jungfer werden! Sie fühlte sich so beschwingt und beflügelt, daß sie jedem, fast jedem, entgegenflog, der durch ihren Anblick ins Träumen geriet und die Arme nach ihr ausstreckte. Ihr Mann verlangte bald die Scheidung, sie habe ihn gar zu unsanft aus einem Traum geweckt.

Die Mutter war entsetzt und schlug die Hände über dem Kopf zusammen, als sie davon erfuhr. Jelena, du machst deinem Namen keine Ehre! rief sie und spielte damit auf die Verpflichtung jener russischen Linie gegenüber an, die sich angeblich bis zu Jelena, der treusorgenden Gattin Wassilis des Vierten, zurückverfolgen ließ.

Miss Molly lächelt. Wie sehr hat sie als Kind die phantastischen Erzählungen, die *wahren Geschichten*, ihrer Mutter geliebt, in die sie und der Bruder, die ganze Familie, ja, sämtliche Freunde ständig aufs neue verwoben wurden, glaubte doch die Mutter an Wiedergeburten. Es fiel allerdings auf, daß sie für die eigene Familie Wiedergeburten stets nur aus den allerbesten Kreisen zuließ. Gewiß wurde ihre Phantasie durch die häufigen Besuche in der Oper angeregt, wo sie ein Abonnement hatte.

Es wurden auch geheime Séancen in dem Zimmer abgehalten, das die Mutter etwas übertrieben die *Bibliothek* nannte. Es stand dort nur ein einziger, allerdings sehr mächtiger Bücherschrank. Neben der medizinischen Fachliteratur des Vaters enthielt er auch die Bücher der Mutter, vor allem Schriften von Madame Blavatsky und Rudolf Steiner. Wir haben heute unseren *Kreis*, pflegte ihre Mutter zu sagen, und das bedeutete, daß weder Eugen, der ältere Bruder, noch sie sich in der Nähe der Bibliothek im hinteren Teil der Wohnung aufhalten durften. In Gesprächen über den Kreis hörte sie die Mutter sagen, seine Mitglieder seien *Wissende*. Der Vater spottete über Wiedergeburt und Seelenwanderung. Das sei Hokuspokus, meinte er.

Aber dann, Anfang der dreißiger Jahre, änderte sich alles, verkehrte sich alles, begann der Vater, von *Vorsehung* zu sprechen, während die Mutter *diese* Vorsehung Hokuspokus nannte und den angeblichen *Führer* als *Unwissenden* bezeichnete.

Lange bevor sie 1937 zum erstenmal heiratete, war der Kampf zwischen den Eltern entschieden. Der Vater glaubte fest und fanatisch – die Mutter war nie fanatisch gewesen – an die *Vorsehung*. Auch daran hatte die Mutter nicht geglaubt, sie und der Kreis hatten stets nur etwas vorhergesehen. Und jetzt sah sie vorher und sagte es dem Vater voraus, daß die Partei, der er sich bedingungslos angeschlossen hatte, für die er auf Versammlungen sprach, selbst im Krankenhaus in Moabit, wo er als Chirurg arbeitete, nur Unglück bringen könne.

Da sind Schwarzmagier am Werk, rief sie, sieh doch nur, wie sie alles verdrehen! Und sie wies auf die Swastika, die der Vater, wenn er zu seinen Veranstaltungen ging, auf einem Stoffband um den Arm trug. Sie dreht sich nicht mehr nach links, sagte sie düster, sie haben das Glücksrad nach rechts gedreht, jetzt wird

es Unglück bringen, wahrscheinlich über die ganze Welt!
Daraufhin war der Vater blaß geworden und verstummt. Wenig später zog er aus, und ein Jahr danach waren die Eltern geschieden. Der Vater überließ ihnen die Wohnung, zahlte auch Unterhalt. Er konnte es sich leisten, er war jetzt Professor an der Charité, es waren Plätze frei geworden.
Nach ihrer Scheidung zog Jelena wieder zur Mutter, es war Krieg. Die Wohnung erschien ihr jetzt düster. Sie wurde von keinem Kreis mehr aufgesucht, ihr bedrückendes Dunkel von keiner Schilderung glänzender Vergangenheiten in früheren Leben aufgehellt, ihre Mutter war in die innere Emigration gegangen, sie tat und sagte nur noch das Nötigste. Eugen, der Bruder, war eingezogen worden, und in Alpträumen sah sie ihn elend und verwundet. Den Vater traf sie selten. Er hatte wieder geheiratet und war nur noch zu einer kleineren Unterstützung bereit, die Mutter würde die Wohnung aufgeben müssen.
Jelena fühlte sich fast so verlassen und verloren wie damals mit siebzehn, und sie hatte Angst. Da machte sie sich auf die Suche nach einem Mann, der sie aus ihrem Angstkäfig befreien sollte. Aber ihre Angst wirkte nicht sehr anziehend, so schien es sogar ihr selbst. Sie versuchte, dieses Gefühl zu verstecken. Es gelang ihr zunächst nicht. Schließlich fand sie jedoch einen Trick, ihre Angst in einen Rausch zu verwandeln.

Dieser Rausch durchströmte sie schon bald wie eine Naturgewalt. Sie riß andere mit, trank gierig die Blicke, die sie jetzt mit ihrem Rauschgesicht auf sich zog, auch die von Friedrich. Er war nicht mehr ganz jung, vermögend, besaß eine Villa im Grunewald und ließ, genau wie sie, keine Gelegenheit aus, sich dem Rausch hinzugeben. In Wahrheit hatte er genausoviel Angst wie sie, denn obgleich er immer erfolgreicher kriegswichtige Devisengeschäfte mit Südamerika abwickelte, befürchtete er ständig, doch noch an die Front zu müssen.

Die Front blieb ihm zwar erspart, nicht jedoch die Geburt ihres gemeinsamen Kindes Karl während eines Bombenangriffs. Auch wurde er in einem Luftschutzkeller verschüttet, befreite sich und zwei andere und nahm die ausgebombte Mutter auf und einen kranken Freund, in den Jelena sich prompt verliebte. Nach dem Krieg ließ sich Friedrich wegen Untreue von ihr scheiden.

Gleich hielt sie wieder Ausschau nach einem neuen Ehemann und lernte Jeremy Melrose kennen, einen englischen Major. Sie heirateten in London. Kurz darauf brachte sie Rupert zur Welt.

Als sie 1953 mit sechsunddreißig Jahren zum drittenmal geschieden wurde, hatte sie keine Hoffnung mehr auf eine vierte Ehe. Sie saß apathisch am Küchentisch, die Hände gefaltet vor sich. Sie lauschte in die Nacht. Die Sonne ging auf, und die Sonne ging unter, die Dämmerung füllte die Küche, die Nacht brach wieder herein, und aus Jelena wurde Miss

Molly. Lautlos und still häutete sie sich, streifte sie mit dem Namen die so oft gehörte Geschichte von der treusorgenden Ehefrau, jener Jelena der russischen Linie, ab.
Dabei hatte sie gar nicht nach ihr gesucht, sie war einfach aus dem Dunkel aufgetaucht, diese Miss Molly, und sie wußte gleich: Das bin ich, auch wenn diese andere viel rundlicher war als jene Jelena, nach deren Bild sie bisher gelebt hatte oder ihre Mutter sie hatte formen wollen, denn zeitlebens wuchsen ihr Rundungen, die sie nur mit einer strengen Diät an ihrem Wachstum hindern konnte. Selbst in den mageren Kriegs- und Nachkriegsjahren zwangen ihr zuerst Friedrichs lukrative Südamerikageschäfte und später die Verbindung mit dem wohlversorgten Major Melrose nie enden wollende diätetische Bemühungen auf. Und so war es nicht verwunderlich, daß sie sich als mollige Miss Molly wohler fühlte als in all den Jahren zuvor, ja, die elastische Fähigkeit ihrer Haut, die ihre Rundungen fein modellierte, erfüllte sie geradezu mit glucksender Lebensfreude.
Aber nicht nur sie selbst dehnte sich gewissermaßen räumlich aus, auch der Raum um sie herum dehnte sich, wuchs über die bisherigen Abgrenzungen hinaus. Wenn sie ihre Londoner Wohnung verließ, fühlte sie sich in der ersten Zeit wie ein Tier, das seines schützenden Käfigs beraubt worden war. Sie ging ganz vorsichtig, beide Kinder fest an der Hand, nahe an den Häuserwänden entlang. Denn obwohl ihr die Gegend vertraut war, wirkte alles fremd, neu. Selbst

das Wetter. Es war, als hätte sie alles seit langem nicht mehr wirklich wahrgenommen, als hätte sie nicht bemerkt, ob die Sonne schien oder ob es regnete.
Mit einemmal spürte sie Boden unter den Füßen. Sie nahm ihr Leben in die Hand und suchte sich eine Stelle. Sie wurde Verkäuferin in einer Stoffhandlung und verliebte sich aufs neue, diesmal in Stoffe. Als sie wenig später herausfand, wie wertvoll die Katze mit den Bernsteinaugen war, die sie bei einem Trödler in Soho gekauft hatte, weil ihr Bernstein einmal Glück gebracht habe, wagte sie mit dem Erlös die Firmengründung. Schritt für Schritt öffnete sich ihr eine neue Welt, ja, sie hatte das Gefühl, daß das Leben für sie noch einmal und jetzt ganz anders begann.
Hat jemand nach ihr gerufen? Miss Molly horcht...
Da dringt die einschmeichelnde Stimme des italienischen Sängers zu ihr, und im selben Augenblick spürt sie, wie jemand seinen Arm um sie legt.
Dieser Tanz gehört mir, hört sie Luigi sagen.
Wie angenehm es ist, seinen Arm zu spüren, denkt sie und schaut zur Tanzfläche. Dort herrscht ein Gedränge, als würde das Fest gerade erst beginnen und nicht zu Ende gehen. Es scheint, als hätten die Stammgäste aus den umliegenden Häusern ihre eigenen Feste verlassen. Oder die Feste ihrer Nachbarn. Oder ihrer Freunde. Sie alle sind zu Luigi gekommen, um zu tanzen.
Luigi umfaßt sie fester. Etwas in ihr beginnt zu ziehen und zu zerren, sie weiß nicht, in welche Richtung.

Ich glaube, ich muß jetzt gehen, sagt sie zögernd. Holst du mir meinen Mantel, Luigi? bittet sie ihn dann hastig.
Wenig später sitzt sie im Taxi.

2

Der Lietzensee liegt mitten in Berlin. Seit Miss Molly Anfang der sechziger Jahre den Hauptsitz ihrer Firma von London nach Berlin verlegt hat, wohnt sie an diesem kleinen See in einem Penthouse, dessen blattförmige Glasfronten zum Jugendstil des Hauses passen. Oft steht sie, wie jetzt, am Fenster und schaut von oben aus dem sechsten Stock auf ihn hinunter. Dann ist er wie ein großer Spiegel, er spiegelt den Himmel und die Wolken. Heute nacht ist er ganz glatt, und die vereinzelten späten Silvesterraketen, die fast lautlos, so scheint es, ihre prachtvollen Blüten entfalten, verlöschen in seinem dunklen Wasser. In den Häusern rundherum ist nur noch wenig Licht. Von weitem schimmert die silberne Verschalung des neuen Kongreßzentrums wie der Panzer eines riesigen Käfers, während das angestrahlte Gitterwerk des alten Funkturms dahinter fast zerbrechlich wirkt.

Miss Molly geht in die Küche, bereitet sich einen Espresso. Sie ist unruhig, erregt.

Bestimmt haben diese beiden jungen Mädchen sie verwirrt. Sie sind es, die in ihr Erinnerungen wachgerufen haben, die lange begraben waren. Auch die an Joseph Kayl. Während sie auf das Taxi wartete, sah sie ihn plötzlich in der Tür stehen. Aber natürlich war

der Mann, der dann das Restaurant betrat, nicht Dr. Joseph Kayl. Er konnte es auch gar nicht sein.
Sie setzt sich auf die niedrige, breite Fensterbank, die mit flachen Kissen ausgelegt ist, blickt von dort in das kahle Geäst der Bäume. Sie hatte sich fest vorgenommen, die Geschichte mit Joseph Kayl, obwohl sie nicht einmal sieben Wochen zurückliegt, so schnell wie möglich zu vergessen. Bisher ist ihr das auch ganz gut gelungen. Seit sie ihn jedoch vorhin für Sekunden in jenem Mann an der Tür erkannt zu haben glaubte, weicht er nicht mehr von ihrer Seite, so, als würde er leibhaftig neben ihr gehen. Oder stehen. Oder sitzen. Unsinn, sagt Miss Molly laut, trinkt den Espresso und schaut wieder in den dunklen Spiegel des Sees hinunter. Sie hört ihr Herz klopfen.
Normalerweise wirkt ein Espresso mit viel Zucker beruhigend auf sie, macht sie schläfrig. Heute nacht aber verstärkt er seltsamerweise ihre Aufregung. Ihre Hand zittert, als sie die Tasse auf die Untertasse zurückstellt. Ein Windhauch kräuselt die Oberfläche des Lietzensees. Miss Molly schüttelt sich, als friere sie.
Dr. Joseph Kayl, der Australier, Chemiker, vielleicht etwas älter als sie. Als sie vor ein paar Monaten von seiner Erfindung erfahren hat, stand für sie sofort fest, daß sie ihn nach Como einladen würde, wo zweimal im Jahr in einer der Fabriken die Stoffe für die neue Seidenkollektion der Molly Melrose Company gewebt und bedruckt werden.
Seit einiger Zeit wurde nämlich überall am Comer See hinter vorgehaltener Hand darüber gesprochen,

daß man eigentlich nicht mehr darin baden dürfe, weil die Abwässer der Seidenfabriken ihn vergiftet hätten, und zwar jene Chemikalien, mit deren Hilfe die Seide schwerer gemacht wird, als sie von Natur aus ist, die Farben haltbarer und die Stoffe tragbarer. Das Gerücht hatte ihr einen Stich versetzt, denn sie wußte gleich, daß es nicht irgendein Gerede war, sondern die Wahrheit. Auch wenn noch immer viele Anwohner und die Gäste der Hotels im See badeten, würden sie es vielleicht schon morgen wegen der Fische, die tot an der Oberfläche treiben und ans Ufer geschwemmt werden, nicht mehr wagen.

Das Verfahren, das Dr. Kayl entwickelt hatte, würde möglicherweise eine weitere Verschmutzung des Sees verhindern können, wenigstens hatte sie die Ausführungen in seinen Briefen so verstanden und gehofft, daß auch die Direktoren der Textilfabriken sich für seine Erfindung interessieren würden. Denn Dr. Kayl erzielte mit der giftfreien Einlagerung von Silikaten, dem fast grenzenlos verfügbaren Urstoff der Natur, in die Stoffe gleiche und sogar bessere Ergebnisse als die herkömmlichen Verfahren. Kein Gift, keine aufwendige Technik, hatte er versichert und ihr eine Reihe von analysierten Stoffproben und schriftlichen Unterlagen geschickt. So traf sie sich mit ihm an einem spätherbstlichen, noch warmen Novembertag am Comer See. Sie hatte Zimmer im Hotel Villa d'Este gebucht, das direkt am See liegt, damit Dr. Kayl sich selbst einen Eindruck von der Verschmutzung verschaffen konnte.

Ich bin seit mehr als zwanzig Jahren mit Leib und Seele Geschäftsfrau, erklärte sie ihm, aber das heißt noch lange nicht, vertraute sie ihm etwas überschwenglich an, daß ich bereit bin, einen ganzen See zu opfern.
Sie saßen auf dem kleinen Anlegeponton des Hotels an diesem für sie schönsten aller Seen. Die Sonne stand bereits hinter den Bergen, tauchte jedoch mit ihren letzten Strahlen das gegenüberliegende, flachere Ufer mit seinen prächtigen Villen, Gärten und kleinen Dörfern in ein warmes Abendlicht. Trotzdem wurde es kühl.
Joseph Kayl ließ seinen Blick langsam über den See bis zur Isola Bella wandern. Sie schaute ihn von der Seite an: Die sonnengegerbte Haut seines Gesichts, der Hut, ein offenbar vielgetragenes Stück und sichtlich aus der Form geraten, ebenso die Stiefel, die nur noch vage an kurze Reitstiefel erinnerten, dazu ein sehr englisches Jackett mit Lederflicken an den Ellbogen, darunter das karierte Hemd und Jeans – alles das paßte nicht zu ihrem Bild von einem Wissenschaftler. Hätte sie ihn in Sydney kennengelernt, wäre ihr das nicht weiter aufgefallen, aber hier am Comer See dachte sie: Er sieht aus wie ein Abenteurer. Dann ertappte sie sich, wie sie dachte: Er muß ein gutaussehender junger Mann gewesen sein.
Kayls Blick kehrte zu ihr zurück, er lächelte sie an, als habe er ihre Gedanken erraten. Plötzlich wurde sie verlegen, fragte schnell: Riechen Sie den See?
Sie stand auf und trat an das Geländer. Er stellte sich

neben sie, atmete die Seeluft in tiefen Zügen ein, ja, er rieche ihn, meinte er. Oder sollte dieser Duft Ihr Parfüm sein, Miss Molly? Er lächelte.
Sie überhörte seine Frage und sagte schnell: Bei feuchter Luft kann man die Abwässer aus den Webereien und Färbereien deutlich riechen. Heute ist ein ungewöhnlich klarer Herbsttag.
Sie setzten sich wieder, er fragte sie nach der Melrose Company, und sie begann zu erzählen, wie sie den Stoffhandel aufgebaut und wie alles mit einer ägyptischen Katze mit Bernsteinaugen angefangen hatte.
Plötzlich stand er auf. Er habe Kopfschmerzen, sagte er, der Jetlag säße ihm in den Knochen. Er wolle schlafen gehen. Sonderbar schnell verabschiedete er sich.
Sie war noch einen Augenblick sitzen geblieben und dann zum Hotel hinaufgestiegen. In ihrem Zimmer nahm sie den warmen Mantel aus dem Schrank, zog ihn an. Sie wollte in dem märchenhaft schönen Renaissance-Garten der Villa d'Este noch ein wenig spazierengehen. Als sie die Hotelhalle durchquerte, hörte sie aus der Bar Klaviermusik. Kurz darauf betrat sie den Park. Die Kieswege und hellen Steintreppen leuchteten aus dem Dunkel, während die Büsche, Bäume und Hecken fast darin verschwanden. Es war still. Nicht wie im Sommer plätscherte und sprudelte Wasser aus verspielten Fontänen, Brunnen und Becken, es stürzten keine Bäche die hohen Stufen des kunstvoll angelegten Wasserfalls hinunter. Trotzdem schienen Brunnen und Becken und Wasserfall

nicht versiegt zu sein. Ein anderes Element, blaues Licht, floß über Ränder und Steine, stürzte die Kaskaden hinab und verzauberte den Park. Sie überließ sich dem Labyrinth der Hecken, das immer wieder neue Wege wies, an Gabelungen in alle Richtungen führte. Weiße Steine blitzten auf, das süße, schläfrige Lächeln einer Nymphe streifte sie, der feuchte Blick eines Fauns traf sie, das lüsterne Grinsen eines Satyrs fiel sie an – es zog sie immer tiefer in den Park. Erst spät kehrte sie zum Hotel zurück.

Von weitem sah sie ein Paar, das engumschlungen durch den Lichtkegel der Hotelbeleuchtung flanierte. Plötzlich blieb es stehen und verschmolz in einem Kuß.

Miss Molly verschmähte den Fahrstuhl, stieg zu Fuß die Treppe in den zweiten Stock hinauf, ließ sich in ihrem Zimmer, leicht außer Atem, in den Sessel fallen, der nahe der Balkontür stand. Von dort aus blickte sie auf die Lichterkette, die wie funkelndes Geschmeide das gegenüberliegende Ufer säumte. Sie verspürte eine seltsame Neugier und wäre gern auf den Balkon gegangen, nur um zu sehen, ob das engumschlungene Paar auf dem Bootssteg stand. Aber sie blieb sitzen und dachte über den Ton nach, den dieses Paar in ihr zum Klingen gebracht hatte. Sie spürte noch, wie sie tiefer in den Sessel sank, dann schlief sie ein. Mitten in der Nacht schreckte sie hoch. Sie hatte geträumt. Mühsam erhob sie sich mit steifen Gliedern aus der unbequemen Lage, entkleidete sich schlaftrunken und ging zu Bett.

Gegen acht Uhr morgens betrat sie den Frühstückssalon, setzte sich an einen Tisch für zwei Personen und wartete auf Dr. Kayl. Nach zehn Minuten legte sie den *Corriere della Sera* beiseite, bestellte sich Tee mit Zitrone und verzehrte mehrere Toastscheiben mit Apfelsinen- und Aprikosenmarmelade und erwartete Dr. Kayl mit jedem weiteren Toast ungeduldiger.

Später versuchte sie, ihn telefonisch in seinem Zimmer zu erreichen, dann klopfte sie an seine Tür, denn der Schlüssel war nicht abgegeben worden. Sie fragte bei den Fabrikanten, ob er vielleicht bereits dort sei, was natürlich nicht der Fall war. Sie hinterlegte eine Nachricht für ihn an der Rezeption. Im Laufe des Vormittags rief sie mehrmals im Hotel an, doch niemand hatte Dr. Kayl gesehen oder gesprochen, auch nicht das Zimmermädchen, als es das Bett machte.

Liegt er mit einem Messer im Herzen auf dem Bootssteg, wie sie es heute nacht geträumt hatte? fragte Miss Molly sich am Mittag besorgt.

In der letzten Nacht hatte sich in ihrem Traum der eine Teil des engumschlungenen, in einem Kuß verschmolzenen Liebespaars vom anderen gelöst, war in sich zusammengesackt, und dieser Teil war Dr. Kayl, wenn auch viel jünger als der Mann, den sie am Abend getroffen hatte. Der andere Teil war eine ältere Frau, die ein Messer aus der Brust des Mannes zog. Er lag auf den Planken des Bootsstegs, und das Blut sprudelte wie ein Quell aus seiner Brust.

Schließlich ging sie am frühen Abend zur Anlegestelle. Natürlich war nirgends eine Spur von Blut. Sie hatte alles nur geträumt. Dr. Kayl aber war und blieb verschwunden. Auch am nächsten Tag, nachdem sie die Polizei informiert hatte, gab es kein Lebenszeichen von ihm, ebensowenig am übernächsten. Am vierten Tag blickte sie in seine Augen. Sie starrten sie aus dem Wasser des Sees an, saugten sich an ihr fest und machten es ihr unmöglich, den Blick abzuwenden. Erst als die kleinen Wellen, die den Bootssteg umspielten, Joseph Kayls Leiche langsam mit sich zogen, während seine Augen das Blau dieses hellen Novembermorgens aufsogen, so daß das Weiß fast irisierend erschien, griff sie nach dem Geländer.

Hol's der Teufel, flüsterte sie, hol's der Teufel!...

Die Espressotasse klirrt gegen die Untertasse, Miss Molly stellt sie auf den Tisch.

Der Schreck lähmte sie tagelang, alles in ihr fühlte sich wie taub an. Die Aufregung im Hotel, die Polizei, die Rückführung des Toten, alles erlebte sie wie durch einen Schleier. Als sie jedoch die Frau von Dr. Kayl anrief, zitterte nicht nur ihre Stimme. Sie hatte das Gefühl, sie sei mitschuldig an seinem Tod.

Miss Molly geht in ihr Schlafzimmer, beginnt, sich zu entkleiden. Sie hat sich Mühe gegeben, das, was geschehen ist, in ihrer Erinnerung zu löschen. Jetzt ist alles wieder da, hautnah und frisch, als sei es erst gestern gewesen. Wahrscheinlich gibt es noch etwas für mich zu erledigen, denkt sie, und plötzlich ahnt sie, daß es die Sache mit der Erfindung ist, die sie, schon wegen des schönsten aller Seen, nicht vergessen darf.

Ich werde mich darum kümmern müssen, murmelt sie, hängt das Silvesterkleid auf einen Bügel, zieht ihren Morgenmantel über, setzt sich vor den Spiegel, entfernt das Make-up. Als wären Puder und Schminke ein Schutzschild gewesen: Ganz kindlich wirkt ihr Gesicht jetzt. Sie bürstet vorsichtig das feine Haar, und da erinnert sie sich an ihren ersten Geliebten, damals vor bald siebenundvierzig Jahren, sie war gerade siebzehn und er zwanzig. Sie ist nicht erstaunt darüber, es geschieht öfter, daß sie unversehens an ihn denken muß, vor allem an Silvester. Aber was ist mit ihm? Seine Züge sind unscharf, verschwommen. Vielleicht ist es seine Art zu altern, überlegt sie. Seit fast einem halben Jahrhundert trotzt er der Vergänglichkeit, taucht sein Bild immer wieder unverändert vor ihrem inneren Auge auf. Zum erstenmal ist es undeutlich, kaum zu erkennen. Nun, er wird eben auch älter, denkt Miss Molly, und dieser Gedanke gefällt ihr.

3

Als Marleen über die Schwelle des *Ristorante da Luigi* auf die Straße stolperte, wäre sie gewiß hingefallen, hätte nicht Felix sie aufgefangen. Ja, Felix, den sie den ganzen Abend und vorher schon tagelang gesucht hatte, stand plötzlich vor ihr, sagte nichts, hielt sie einfach fest, wie damals an der Bushaltestelle. Seitdem kann sie sich nicht mehr von ihm lösen. Sie hat es ein paarmal versucht, aber es ist ihr nicht gelungen. Ihr Körper klebt mit der einen Seite wie festgewachsen von oben bis unten an seinem Körper.

Wir sind doch keine siamesischen Zwillinge, flüstert Marleen und denkt daran, was Lili von dem Liebespaar erzählt hat, dem sie in den Osten gefolgt war.

Sie aber küßten sich nicht, sie drückten sich nur immer noch ein wenig heftiger aneinander, taumelten und schlingerten durch die Straßen, bis sie sich irgendwann in ein Taxi fallen ließen und dann die Treppe zu ihrer Wohnung unter dem Dach hinaufkletterten.

Marleen gelang es auch nicht, sich von Felix zu lösen, als sie ihre Kleidung abstreifen wollte. Sie kreiselte um ihn herum und er um sie, so daß ihnen, hätten sie sich zugesehen, allein schon davon schwindlig geworden wäre.

Wir werden heiraten und ein Kind bekommen, denkt sie jetzt. Sie liegt in Felix' Arm, zieht den Geruch seiner Haut in kleinen Zügen tief in die Lunge. Felix schläft. Er dreht sich im Schlaf, legt sich mit Arm und Bein, mit der einen Hälfte seines Körpers, auf sie: Wie sehr liebt sie schon jetzt seine Schwere, wie sehr hat sie sich danach gesehnt, ihn heute nacht auf sich zu spüren!

Unter dem Glücksgefühl breitet sich wie unter den schneller fließenden Wassern an der Oberfläche eines Stroms ein tiefes, langsam strömendes Wohlgefühl in Marleen aus, wie sie es bisher nicht kannte, es sich jedoch schon immer wünschte: Endlich fühlt sie sich nicht mehr zu leicht.

Während andere sich danach sehnen, schwerelos zu sein, sehnt Marleen sich danach, sich schwer zu fühlen. Sie ist immer zu leicht gewesen. Seit jeher kennt sie nur ein Gefühl: wie über dem Boden zu schweben. Über Teppichböden, Steinböden, Holzböden, ja, selbst wenn sie über Gras oder durch Sand läuft, verläßt dieses Gefühl sie nicht.

Sie sei ein Fliegengewicht, sagte die Schulärztin, als sie bei der Einschulung gewogen wurde. *Fliegengewicht, Fliegengewicht*, lachten die anderen Kinder sie aus, riefen es in der Pause hinter ihr her. Sie flog dann auch während des Unterrichts einfach davon, saß mit offenem Mund da und war ganz woanders.

Mach den Mund zu, Marleen, träum nicht! mahnte die Lehrerin ständig, versetzte ihr sogar einmal einen Klaps unters Kinn. Doch weder diese noch andere

grobe Handlungen vermochten es, sie auf den Boden der Tatsachen zurückzuholen, sie träumte weiter, fühlte sich weit mehr in anderen Welten zu Hause als in der sogenannten Realität.
Damals träumte sie zum erstenmal jenen Traum, den sie seither immer wieder träumt und in dem sie wirklich und wahrhaftig fliegen kann. Sie erhebt sich dann unversehens aus dem Stand und fliegt durch Wohnungen und aus Türen hinaus, schwindelerregend hoch in die Luft, über Baumwipfel hinweg, gleitet an Hängen hinauf oder hinab, schwebt zwischen Himmel und Erde.
In der Schule und zu Hause wurde der Druck immer größer. Iß, Marleen! Träum nicht, Marleen! Es half nichts, sie blieb ein Fliegengewicht, und ihre Gedanken flogen davon. Es gab nicht nur Ermahnungen, sie war auch allein, niemand flog mit ihr in diese anderen Welten, wollte dort wie sie zu Hause sein.
Sie begann, mit sich zu hadern. Gewiß, sie war zu dünn, aber auch andere waren dünn und schwebten trotzdem nicht in unerreichbarer Ferne. Weshalb nur tat sie es?
Weil du ein Engel bist, sagte eine Stimme in ihr.
Ein Engel?
Ja, ein Engel.
Von nun an ging es bergauf. Ein Engel zu sein, machte sie beliebt. Vor allem bei jenen, mit denen sie Kaugummi und Süßigkeiten teilte, für die sie Hausarbeiten machte, für die sie einkaufen ging, Pflanzen goß, Tiere spazierenführte und auf Babys aufpaßte.

Als sie einmal mit den Eltern und den Geschwistern im Restaurant aß, half sie sogar den Kellnern, den Tisch auf- und abzudecken. Übertreibe es nicht, Marleen! Die Eltern schüttelten mißbilligend den Kopf. Sie setzte sich mit einem Engelslächeln darüber hinweg. Auch nahm sie es mit Engelsgeduld hin, daß man häufig mit ihr Schabernack trieb, ihr diesen oder jenen Bären aufband, sie ausnutzte und mißbrauchte. Sie blieb gelassen, sie war schließlich – ein Engel.

Und je mehr Gemeinheiten ihr widerfuhren, je mehr Häßliches sie sah, um so größer wurden ihre Aufgaben. Heute, mit vierundzwanzig Jahren, sagt man ihr tatsächlich Engelsgaben nach. Marleen streicht sanft über Felix' Rücken, der sich im langsamen Rhythmus seiner tiefen Atemzüge bewegt.

Als pubertierender Engel hatte sie, wie hätte es anders sein können, nach dem Schönen, dem Vollkommenen gestrebt und versucht, alles Unschöne und Häßliche zu mildern. Als sie sechzehn war und nicht mehr zur Schule gehen wollte und sich für einen Beruf entscheiden mußte, beschloß sie, Visagistin zu werden. Sie wollte Gesichter verschönern.

Im ersten Lehrjahr assistierte sie einer Kosmetikfachfrau, die an einem Stand in der Kosmetikabteilung des KaDeWe Kundinnen in die Geheimnisse des neuesten Make-ups einführte. Zunächst mußte sie die Fläschchen und Töpfchen und Dosen ordnen, die Lippenstifte, Eyeliner, Abdeck- und Konturenstifte in Reih und Glied aufstellen, die ihre Lehrherrin

während ihrer kreativen Arbeit an der Gestaltung des *neuen Gesichts* der Kundin durcheinandergebracht hatte. Aber schon bald begann sie, vorsichtig zu fragen, ob nicht das Rouge unterhalb des Jochbeins etwas kräftiger sein könnte oder ob nicht ein Hauch Weiß die Augenlider aufhellen sollte oder ob die Lippen nicht etwas mehr Kontur bekommen müßten. Ihre Lehrherrin schüttelte zunächst unwillig den Kopf, doch dann tupfte sie, bevor sie fertig war, tatsächlich noch ein wenig Rouge unter das Jochbein, einen Schatten Weiß aufs Augenlid und eine leichte Kontur um die Lippen. Und siehe da! Schon bald drängten sich jüngere und ältere Frauen um ihren Stand, immer häufiger ertönten Rufe der Bewunderung, auch der Anerkennung, vereinzelt wurde sogar Beifall geklatscht. Ihre Lehrherrin konnte nicht umhin, sie durch einen Blick oder eine Geste am Erfolg teilhaben zu lassen.
Eines Tages, drei Lehrjahre waren fast vergangen, sie arbeitete inzwischen selbständig, schlenderte ein Mann am Stand vorbei, blieb stehen, schaute ihr zu, sprach sie an und gab ihr seine Karte.
Das ist was ziemlich Besonderes, was du da machst, sagte er, als sie sich nach Feierabend trafen. Was denn so Besonderes daran sei, fragte sie. Er überlegte lange, dann sagte er: Daß die Gesichter deiner Kundinnen, ob sie nun schön sind oder nicht, durch die Art deines Make-ups beseelt wirken. Und das ist es, was ich für meine Kreationen brauche, fügte er hinzu, beseelte Gesichter!

Dann erzählte Fred, so hieß er, er sei Kostümbildner, und am liebsten würde er für das Theater und noch lieber für die Oper arbeiten, meistens war er jedoch in der Werbung tätig, wo man ihn Stylist nannte. Schon einen Monat später arbeitete sie mit Fred zusammen. Sie wurden ein gutes Team.

Weißt du, was mir an deiner Arbeit nicht gefällt, Marleen? sagte Fred vor ein paar Wochen und sah dabei ganz unglücklich aus.

Gefallen dir meine Gesichter nicht mehr? fragte sie leicht erschrocken und auch verwundert, denn er war mit ihrer Arbeit bisher zufrieden gewesen, bei den Fotografen und Kameraleuten genoß sie sogar ein wenig Ansehen.

Nein, nein, sie gefallen mir, beruhigte er sie, etwas anderes gefällt mir nicht: Die Gesichter wirken beseelt, aber nicht die Körper!

Fred fuhr sich mit beiden Händen durchs Haar und verdrehte die Augen zur Decke. Was immer ich den Modellen anziehe, es hängt an ihnen wie an einer Kleiderstange!

Er ließ sich auf einen Stuhl fallen. So werde ich nie den Sprung zum Theater schaffen! Er sah sie ganz verzweifelt an. Du mußt mir helfen, Marleen, denk dir was aus, womit man diese Körper, mit denen ich es jeden Tag zu tun habe, beseelen kann! Er hielt ihr die Zigaretten hin, sie lehnte ab, er zündete sich eine an, paffte hektisch ein paar Züge.

Beseelte Körper? Was meinst du damit? fragte sie irritiert.

Fred konnte es ihr nicht erklären, und sie konnte sich nichts darunter vorstellen.
Tut mir leid, sagte sie. Sie hätte ihm gern geholfen. Er wünschte sich so sehr, ans Theater zu kommen oder wenigstens zum Film. Ich denke darüber nach, versprach sie. Sie mußte sich beeilen, um den letzten Bus nicht zu verpassen.
Auch der Busfahrer hatte es eilig. Er hetzte das doppelstöckige Gefährt in die Kurven der Königsallee, daß es nur so klapperte und ächzte. Sie flog in ihrem Sitz hin und her und in die Luft. Als sie am Hagenplatz ausstieg, schwankte der Boden unter ihren Füßen, sie stolperte und fiel Felix direkt in die Arme. Von dem Augenblick an, in dem er sie festhielt und durch eine schwungvolle Drehung den gemeinsamen Fall verhinderte, sehnte sie sich Tag und Nacht nach ihm, so daß Felix nichts anderes übriggeblieben ist, als sie ein zweites Mal aufzufangen.
Und jetzt, wo er endlich bei ihr ist, kann sie sich nicht satt sehen an ihm. Sie läßt ihre Augen über seinen Rücken, über seine Hüfte bis zu seinen Beinen wandern. Über diese ganze verlockende, lockende Schwere. Und langsam wird Felix unter ihrem verliebten Blick unaufhaltsam zu einem Mann, wie sie noch nie einen gesehen hat, und bald ist es, als würde dieser Blick jene Beseelung auf sein Gesicht zaubern, die sie gewöhnlich nur mit ihrem Make-up zu entfalten versteht, ja, sie breitet sich unter ihrem verliebten Blick über seinen ganzen Körper aus! Oh, ich verstehe, flüstert Marleen, und endlich fallen auch ihr

die Augen zu. Doch bevor sie mit dem Bild des von Kopf bis Fuß beseelten Felix einschläft, murmelt sie noch: Es ist die Liebe, Fred, die Liebe, die Liebe, die Liebe…

4

Nachdem sie das *Ristorante da Luigi* so unvermittelt verlassen hat, ist sie in die nächste Disco gegangen. Hier hat Lili so wild und heftig Funk und Punk und Rock 'n' Roll getanzt, daß ihr, obgleich sie Lederjacke und Pullover längst abgelegt hat, die Locken an Stirn und Wangen kleben. Noch atemlos und naßgeschwitzt, läßt sie sich am frühen Morgen in ein Taxi fallen. Ansbacherstraße sechsundsechzig, sagt sie zum Fahrer und rubbelt mit dem Schal Gesicht und Haar trocken.

Sie hat nicht mehr an Miss Molly gedacht, doch jetzt im Taxi taucht jenes ungute Gefühl wieder auf, weshalb sie das Restaurant so schnell verlassen hat. Dabei hatte alles so vielversprechend begonnen. Als die beiden Kellner auf der Straße auf sie einredeten und immer wieder *Miss Molly, Miss Molly* riefen, hatten sie sich vor ihren Augen in geheimnisvolle Boten verwandelt, gesandt, sie abzuholen. Und da klang das Knallen der Frösche und Erbsen und Chinaböller wie lockende Trommelmusik in ihren Ohren, die sie zu einem Ort rief, wo das Leben, ihr zukünftiges Leben, dieses noch undeutliche und doch schon in farbigster Ausschmückung geträumte Leben, auf sie zu warten schien. Kaum hatte sie das Restaurant betreten, stieg ihr, wie aus allen anderen Gerüchen herausgefiltert, ein feiner Duft in die Nase, zunächst nur schwach, der sich jedoch in seiner Feinheit verdichtete, und dann stand sie vor einem Rosenbusch, der aus samtenem Dunkel hervorblühte, an dessen Seite ihr Platz war, und der Rosenbusch hieß Miss Molly.

Lili sucht in den Taschen ihrer Lederjacke nach der Visitenkarte, die ihr Miss Molly gegeben hat, findet sie in ihren Jeans. Sie hält sie in das auf- und abschwellende Licht der Straßenbeleuchtung. Unter dem fettgedruckten Firmennamen *Molly Melrose Company* steht *Seide Wolle Baumwolle*, darunter kleingedruckt: Berlin Kairo Madras Sydney San Francisco London. Auf der Rückseite die Adresse: 1000 Berlin 61, Lindenstraße 44, West-Germany, Telefon und Telex.

Lili liest immer wieder das Kleingedruckte am unteren Rand, liest sich von Stadt zu Stadt, von Berlin nach Kairo und von Kairo nach Madras und von Madras nach Sydney und von Sydney nach San Francisco und von San Francisco nach London – und zurück. Augen springen ihr entgegen, irgendwo zwischen Sydney und Madras, ein Gesicht formt sich in Kairo, ihr Blick huscht hinüber nach San Francisco, da sieht sie seine Bewegung, sieht, wie *er* sich zu ihr umwendet, sieht, wie *er* in London auf sie zukommt, nein, nicht in London, sie ist in Sydney, und ihr Herz springt fast aus ihrer Brust, doch nicht in Sydney, in Kairo schließt *er* sie in seine Arme, nein, in Madras…

He, Mädchen, kannst aussteigen, ruft der Taxifahrer. Oder is' was? Der Mann sieht sie neugierig an.

Ich glaube, ich bin süchtig, flüstert Lili.
Süchtig? Der Taxifahrer macht große Augen.
Ja, süchtig, liebessüchtig. Und schon hat sie gezahlt und ist aus dem Wagen gesprungen.
Auf Zehenspitzen, die Stiefel in der Hand, tappt sie den Flur entlang in ihr Zimmer. Ihre Eltern sind verreist, Lisa besucht einen Freund in Hamburg, Hans ist mit seiner Freundin zum Skilaufen. Trotzdem bemüht sich Lili, leise zu sein und die knarrenden Stellen im Parkettboden zu umgehen. Es ist ihr einfach zur Gewohnheit geworden, weder Lisas Aufmerksamkeit auf der einen noch die von Hans auf der anderen Seite auf sich zu ziehen. Seit ihrem achten Lebensjahr leben ihre Eltern getrennt, bewohnt die Mutter die linke Seite des Korridors, der Vater die rechte. Sie haben sich auf einen gemeinsamen großen Wohnraum mit Loggia im vorderen Teil und auf die Duldung von Liebschaften geeinigt.
Lisa war siebzehn, als sie, Lili, geboren wurde. Sie sei verrückt gewesen nach Hans, hat sie ihr einmal erzählt, und nicht er habe sie, sondern sie habe ihn verführt. Als Lisa sich dann Ende der sechziger Jahre emanzipierte – ökonomisch, politisch und sexuell –, da war sie, Lili, acht Jahre alt. Lisa beteiligte sich an Sit-ins an der Freien Universität, druckte Flugblätter und bedruckte T-Shirts, demonstrierte gegen Vietnam und öffnete ihr Schlafzimmer der freien Liebe. Lili durfte immer dabeisein.
Das Leben änderte sich von Tag zu Tag, und dazu gehörte auch, daß ihre Mutter, die sie von nun an *Lisa*

und nicht mehr *Mama* nennen sollte, die linke Seite des Korridors bewohnte und der Vater, der jetzt für sie *Hans* hieß, die rechte. Seitdem leben und arbeiten die Eltern getrennt zusammen. Lisa entwirft die Pullover, die Hans in Hongkong für Kaufhausketten produzieren läßt, und bis auf Lisas Selbstmordversuch und einen dreimonatigen Auszug von Hans ist ihr Leben mit der Mutter links und dem Vater rechts einigermaßen harmonisch verlaufen.
Nur die Liebschaften, die gefielen ihr nicht so recht. Es wurde plötzlich sehr viel gelacht in der Wohnung. Immer lachte jemand zu laut oder zu lange oder zu hoch oder zu tief. Es wurde einfach *zu viel* gelacht.
Unangenehmer jedoch als jede Liebschaft empfand sie den plötzlichen Ausbruch eines neuen Verliebtseins von Lisa in Hans und von Hans in Lisa. Dann wurde gar nicht mehr gelacht, dann wurde alles schwer, die Blicke, die Schritte, der Atem, es war, als hätten sich die Eltern mit ihrem Neuverliebtsein eine schwere Last aufgebürdet. Die warfen sie dann auch bald wieder ab und teilten ihr mit, daß sie es doch nicht schafften, eine ganz normale Mama und ein ganz normaler Papa zu sein: Aber wir sind und bleiben eine Familie.
Lili tappt auf Zehenspitzen in ihrem Zimmer umher, leise, ganz leise. Sie will die Bilder in ihrem Kopf nicht stören, auch nicht die Gedanken, die sich unter die Bilder mischen, Gedanken zu Bildern aus Kairo, Madras, Sydney, San Francisco, London. Ich bin süchtig, sagt sie zu ihrem Spiegelbild im Bade-

zimmer, süchtig nach Liebe, genau wie meine Mutter.

Sie putzt sich die Zähne, wäscht sich flüchtig das Gesicht, bürstet die dichten, widerspenstigen Locken, läßt Jeans und T-Shirt auf den Boden fallen, schlüpft unter die Decke, knipst die kleine Lampe neben dem Bett aus. Straßenlampen erhellen das Zimmer.

Nein, sie ist nicht wie Lisa, ist nicht süchtig nach Liebe, nicht liebessüchtig, sie ist liebessehnsüchtig. Das ist etwas ganz anderes. Sie dreht sich auf den Rücken, beobachtet den Schatten eines vorbeifahrenden Autos, wie er die Wände hinauffliegt und über die Decke des Zimmers huscht.

Solange sie sich erinnern kann, hat sie die Liebessüchtigkeit ihrer Mutter als eine Art Krankheit empfunden. Sicherlich hat Hans sie als erster von dieser Krankheit heilen sollen, was ihm sowenig gelungen ist wie allen anderen nach ihm. Sie brach immer wieder aus. Dann konnte sie als Kind beobachten, wie ihre Mutter, auch wenn sie gar nicht wirklich lag, sondern auf einem Stuhl saß oder in einem Sessel kauerte, so-da-lag, wie gelähmt von ihrer Liebessüchtigkeit. Sie konnte keinen Schritt mehr normal gehen. Wenn sie einen Fuß vor den anderen setzte, war das kein Gehen, es war ein Sich-Räkeln.

So abstoßend ihr Lisas Lähmung erschien, so anziehend wirkte diese auf Männer. Wann immer Lisa in Liebessüchtigkeit verfiel, war Lili auf Überfälle gefaßt. Denn wo auch immer ihre Mutter einfach nur so-da-lag oder sich räkelte, ob auf dem Stuhl im Café, im Kino, im Kaufhaus, beim Überqueren der Straße, beim Schlendern über die Gehwege, beim Fleischer oder Bäcker, da sprang ganz normalen Männern, die zufällig vorbeigingen oder eintraten oder schon anwesend waren, etwas Lauerndes ins Gesicht, und um die Hüften herum wurden sie auf eine unheimliche Weise hellwach, folgten ihrer Mutter, umkreisten sie, und dann hingen sie plötzlich an ihr, an der sich Räkelnden, die von all dem, was um sie herum geschah, nichts wahrzunehmen schien und völlig überrascht war, wenn Lili sie darauf aufmerksam machte, daß ihnen ein oder mehrere Männer folgten, jedoch schließlich den, der am hartnäckigsten an ihr hängenblieb, mit nach Hause nahm. Dann sah sie jedesmal in den Himmel oder auf den Boden und stöhnte: So einen wie den würde ich noch nicht einmal mit meinem Hintern ansehen!

Das war die Zeit, in der sie sich ihren *Bräutigam* ausdachte: Sie würde es nicht nötig haben, sich von irgendwelchen Männern auflauern zu lassen wie ihre Mutter, sie würde ihren Bräutigam *erkennen* und er sie.

Von draußen dringen Stimmen und Gelächter zu ihr herauf, dann entfernen sich die Geräusche.

Den Sommer vor ihrem dreizehnten Lebensjahr verbrachte sie mit den Eltern in einer Kommune in Süddeutschland. Lisa und Hans hatten mit ihr ganz offen darüber gesprochen, daß sie Marihuana rauchen und Trips schlucken würden, ihr Bewußtsein erweitern und mit den anderen neue, friedliche Formen des Zusammenlebens diskutieren wollten. Sie hatten ihr erklärt, was *Make love not war* bedeutete. Sie hatten in so feierlichem Ton darüber geredet, als würden sie statt in die Ferien zu einem Gottesdienst aufbrechen. Wahrscheinlich werde ich mich ziemlich langweilen, hatte sie gedacht.

Aber es war ganz und gar nicht langweilig. In der Kommune fand sich immer eine Gruppe zusammen, die etwas aufführen wollte, sich verkleidete, Lieder sang und Gitarre spielte. Es wurde auch viel getanzt, und Lili liebte es, sich wie toll herumzuwirbeln. Das liebten die anderen Kinder auch, das liebten aber auch die Erwachsenen, und das wiederum haßte sie. Vor allem, wenn Lisa sich wie toll herumwirbelte. Hans versuchte es ebenfalls, aber Lisa konnte sich wie sonst niemand ekstatisch verrenken und in Zuckungen verfallen. Dann vibrierte ihr ganzer Körper, und sie stöhnte heftig und lächelte jenes entrückte Lächeln, das sie und Hans in diesen Ferien so häufig auf ihren Gesichtern trugen.

Sie ist hinausgelaufen, hat sich versteckt und sich vorgestellt, sie wäre zu Hause in Berlin. Noch heute ist sie überzeugt, sie habe, als sie nachts auf der Schwelle zum Schlafraum stand, in dem die Erwachsenen schliefen, in feuerspeiende Münder geblickt, und heißer Atem sei ihr entgegengeschlagen. Danach kroch sie in ihr Bett zurück und schwor sich voller Wut, daß Lisa und Hans nicht mehr ihre Eltern sein sollten, bis sie wieder zu Hause in Berlin sein würden. Aber vielleicht würden sie auch in Berlin nicht mehr ihre Eltern sein, vielleicht würden sie es nie mehr sein.

Als sie jedoch am nächsten Morgen aufwachte, war die Wut in ihr erloschen. Wie befreit sprang sie aus ihrem Bett, lief nackt durch das ganze Haus und bemerkte zum erstenmal ihre Brüste, winzige Brüste noch, die beim Laufen leicht wippten, und tatsächlich, sie traute zuerst ihren Augen nicht, ein dunkler Flaum begann, sich zwischen ihren Beinen zu kräuseln. Auch den schien sie bisher übersehen zu haben. Lisa, Hans und die anderen lachten, als sie nackt an ihnen vorbeilief, und riefen ihr etwas nach, das sie nicht verstand. Als sie sich jedoch angewöhnte, nur ein langes T-Shirt mit nichts darunter anzuziehen und mit leicht gespreizten Beinen oder angewinkelten Knien dazusitzen, lachte Lisa nicht mehr.

Hör auf, so-da-zu-sitzen! sagte sie schließlich eines Tages und gab ihr einen Klaps aufs Knie.

Jetzt hörte sie erst recht nicht auf, so-da-zu-sitzen, zumindest nicht, solange sie in der Kommune lebten. Lisa war bald von Lilis So-da-Sitzen ähnlich irritiert wie sie selbst von Lisa, wenn diese sich räkelte und so-da-lag. Ja, es kam sogar vor, daß Lisa, wenn sie, Lili, so-da-saß, vergaß, obwohl genügend männliches Publikum anwesend war, sich räkelnd so-da-zu-liegen. Von nun an war sie damit beschäftigt, ihrer Tochter den Rock oder das Kleid oder das T-Shirt langzuziehen.

Zurück in Berlin vergaß Lili das alles, vermutlich als die Sehnsucht nach ihrem Bräutigam, den sie nicht kannte, dessen Bild jedoch in ihrer Seele war, lebendig wurde. Lange Zeit verspürte sie nur ein leichtes, sehnsuchtsvolles Ziehen, das an- und wieder abschwoll. Doch dann, einige Wochen nach ihrem sechzehnten Geburtstag, wachte sie eines Nachts von einem eigenartigen Gefühl auf. Etwas rüttelte und zog und zerrte an ihren Eingeweiden, vagabundierte durch ihren Körper, legte sich mal auf ihr Herz, mal schnürte es ihr die Luft ab: Sie wurde von einer großen Sehnsucht erfaßt, von der Sehnsucht nach *ihm*. Seitdem ist sie liebessehnsüchtig.

Sie hat sich mit Jungen verabredet, hatte den einen oder anderen Freund. Das hat ihre Liebessehnsucht ein wenig gedämpft. Heute nacht jedoch, als sie dem siamesischen Zwillingspaar gefolgt ist, war es wieder da, dieses Gefühl der Sehnsucht, mächtiger und drängender als je zuvor.

Lili schaut unter ihr Bett. Dort steht im Halbdunkel der kleine Koffer. Sie hat ihn gekauft, nachdem sie durch die Schauspielprüfung gefallen war. Sie war so sicher gewesen, Schauspielerin zu werden.

Der Koffer wird mich inspirieren, wie es jetzt weitergeht, hat sie zu Lisa und Hans gesagt. Seitdem wartet sie auf eine Idee, wohin die Reise, ihre Lebensreise, gehen soll.

Wetten, flüstert sie dem kleinen Koffer unter ihrem Bett zu, wetten, daß ich mit Miss Molly nach Kairo fliege?

Die Jahre Neunzehnhundert- achtzig bis Neunzehnhundert- neunundachtzig

1

Das Flugzeug hüpft und schlingert durch einen sternenklaren Himmel wie ein Schiff bei schwerer See zwischen Skylla und Charybdis. Auf dem Monitor vor der Mittelreihe erscheint eine Graphik. Sie zeigt, daß der Jumbo auf seinem Flug von San Francisco über London nach Berlin jetzt in einer Höhe von elftausend Metern den südöstlichen Teil von Grönland überquert.
Lili blickt zu der Stewardess, die, Arme und Beine ineinander verschränkt, angeschnallt auf dem Klappsitz ihr gegenüber im Notausgang sitzt.
Schlechte Wegstrecke heute, sagt die Stewardess lächelnd und wird sogleich von einem heftigen Rütteln und Schütteln, einem plötzlichen Abfall in ein Luftloch und dem erneuten vibrierenden Aufstieg bestätigt.
Lili lächelt zurück. Sie fühlt sich weder unbehaglich, noch hat sie Angst wie sonst, wenn sie ähnlich turbulentem Wetter ausgesetzt ist. Im Gegenteil, heute gefällt ihr dieses Auf und Ab, ja, ihr Körper scheint sogar die Bewegung aufzunehmen, so, als sei sie selbst der große Vogel, der durch den wilden Sturm dort draußen fliegt.
Zum zweitenmal meldet sich die Stimme des Kapitäns durch den Lautsprecher und erklärt die Tücken

des Jetstream, denen die Passagiere bedauerlicherweise noch eine Zeitlang ausgesetzt sein werden.
Es kann nichts passieren, sagt die Stewardess und lächelt noch immer.
Was soll schon passieren? antwortet Lili, räkelt sich wohlig in ihrem Sitz und streckt die Beine aus.
Es wird nichts passieren, flüstern John und sie sich öfter nachts zu, wenn sie sich am nächsten Tag trennen müssen. Sie liegen dann eng aneinandergeschmiegt und wiegen sich hin und her, können nicht einschlafen.
Was soll schon passieren? hat John irgendwann einmal gesagt.
Ja, was soll schon passieren? wiederholte dann Lili, und es sollte so klingen, als könne ihnen tatsächlich nichts passieren.
Doch insgeheim dachten beide daran, was alles passiert war, wenn sie voneinander getrennt waren, dachten an die größeren und kleineren Gefahren, denen sie ausgesetzt waren. Und an die Verführungen, denen sie widerstanden, oder auch nicht. Schließlich machten sie Licht, sahen einander in die Augen, ließen ihren Blick über das Gesicht des anderen schweifen.
Nein, uns kann nichts passieren, flüsterten sie dann und schliefen endlich ein.
Es saust in Lilis Ohren, als das Flugzeug in ein ganz besonders tiefes Luftloch fällt. Zwei Reihen schräg vor ihr übergibt sich eine Frau in eine Tüte, viele Passagiere drücken sich noch ängstlicher als vorher in

ihre Sitze. Lili blickt aus dem Fenster, die Tragflächen schwingen auf und ab, die Flügelspitzen scheinen dabei heftig zu zittern. Sie schaut zur Stewardess hinüber, ihr Lächeln wirkt mittlerweile angestrengt.
Es kann nichts passieren, wiederholt Lili die Worte der Stewardess und nickt ihr aufmunternd zu.
Nein, wirklich nicht, bestätigt diese, ihr Lächeln bleibt eingefroren in den Mundwinkeln stehen.
Und mit einemmal ist es ruhig im Flugzeug. Kein Getöse, kein Ächzen, kein Stöhnen mehr, der Jumbo gleitet ohne die geringste Erschütterung durch einen plötzlich wie luftleeren Himmelsraum. Die Fluggäste horchen ungläubig auf, scheinen den Atem anzuhalten. Dann verschwinden mit dem Entwarnungssignal die Leuchtzeichen. Sofort springt das Bordpersonal auf, sammelt Tüten ein, Passagiere stehen vor den Toiletten an, Erfrischungstücher werden gereicht, die Servierwagen aus den Verankerungen gelöst, Kaffeegeruch breitet sich aus.
Lili schaut auf die Uhr. Sie ist am Morgen gegen acht in San Francisco gestartet und soll kurz nach sieben am selben Tag morgens in London zwischenlanden. Am nächsten Abend wird sie im *Ristorante da Luigi* Silvester feiern. Wie vor zehn Jahren, hat Miss Molly in ihrer Einladung geschrieben.
Lili schließt die Augen, ihr Körper nimmt das ruhige Gleiten des Flugzeugs auf.
Ich fliege nach Hause, geht es ihr plötzlich durch den Sinn, und sie ist überrascht darüber. Ihre Abreise war so überstürzt, daß sie keine Zeit hatte, über ihren

Besuch in Berlin nachzudenken. Doch jetzt, wo alles ruhig ist, spürt sie nicht nur Aufregung, sondern auch eine leichte Beklemmung in sich aufsteigen: Zum erstenmal nach fast zehn Jahren wird sie wieder bei Lisa und Hans wohnen.

Möchten Sie frühstücken? hört Lili den Steward fragen. Sie schüttelt den Kopf. Nein, sie ist noch nicht hungrig.

Sie wickelt sich in die Decke, schaut aus dem Fenster, glaubt, ein paar tausend Meter tiefer eine Schneefläche zu erkennen, und sie erinnert sich, wie Lisa und Hans sie an einem kalten Februarmorgen durch Eis und Schnee nach Tegel zum Flughafen brachten, von wo aus sie zur gegenüberliegenden Hälfte der Erdkugel aufbrach. Und dort hat sie John getroffen.

Ist er's, oder ist er's nicht? fragte Marleen gleich in ihrem ersten Brief und spielte auf den Bräutigam an, von dem Lili ihr in der Silvesternacht erzählt hatte.

Er ist es, antwortete sie. Sie habe es gleich gewußt, als sie ihn auf dem glühendheißen Flughafen von Sydney zum erstenmal sah.

Lili sinkt noch tiefer in den Sitz, und vor ihrem inneren Auge gleitet ein Vorhang zurück, und ihre Geschichte mit John beginnt, wie ein Film abzulaufen. Sie meint tatsächlich das Telefon klingeln zu hören, so, wie es in ihren Ohren geklungen hat, als Miss Molly damals bei ihr zu Hause anrief. Sie hat gewußt, noch bevor sie den Hörer abnahm, daß sich Miss Mollys Stimme melden würde.

In drei Wochen reise ich nach Sydney, sagte Miss Molly, ich brauche jemanden, der mir ein wenig behilflich ist. Hättest du Lust, Lili, mich als meine Assistentin zu begleiten?
Sie reisen nicht nach Kairo? stotterte Lili. Die Vorstellung aus der Silvesternacht spukte noch immer in ihrem Kopf herum.
Nein, sagte Miss Molly verwundert.
Was habe ich zu tun? erkundigte sich Lili schnell.
Du mußt meine Koffer und Taschen und die Unterlagen tragen, antwortete Miss Molly, und das war tatsächlich ihre Hauptaufgabe: das Gepäck zu tragen, es aus- und wieder einzupacken, für die Garderobe zu sorgen, die Unterlagen zu ordnen und Miss Molly zu ihren Verabredungen zu begleiten.
Bekommst du ein Gehalt? wollte Lisa wissen. Es würde wohl eher ein Taschengeld werden, meinte sie und ließ sich für ihr Gespartes Travellerschecks ausstellen. Sie konnte das wenige noch durch eine Statistenrolle mit Text aufstocken, die sie von der netten Frau im Besetzungsbüro zugeschanzt bekam. Dann packte sie ihren Koffer. Schon eine Woche vor Reisebeginn war sie bereit.
Nach einem unendlich langen Flug mit mehreren Zwischenlandungen kreisten sie an einem sehr heißen Februartag mittags über Sydney. Beim Aufsetzen der Maschine auf dem Rollfeld entflammte ein höllischer Schmerz in Lilis Ohr. Als sie das Flugzeug verließen, war er wieder verschwunden. Es blieb jedoch eine Art Taubheit zurück. Die Geräusche und

Stimmen um sie herum hörten sich an wie in Watte verpackt.
Hüpf auf einem Bein, halt den Kopf schräg zur Seite und zieh am Ohrläppchen, das hilft, riet Miss Molly, oder nimm ein Kaugummi.
Es half nicht. Ihr eigenes Kauen und Schlucken und Atmen gurgelte und dröhnte in ihr, als sei sie unter Wasser getaucht. Sie zupfte immer heftiger an ihrem Ohr, doch weder das Gurgeln noch die Taubheit verschwanden, und das Quietschen und Gepolter des Gepäckrollers, auf dem sie die Koffer durch das Gedränge manövrierte, klang so weit entfernt, als wäre es das Scheppern des überladenen Gepäckwagens der Japaner, die auf der anderen Seite dem Ausgang zusteuerten. Zudem hatte sie das Gefühl, wie Seegras in seichtem Wasser hin- und herzuschwanken. Nach achtundzwanzig Stunden im Flugzeug konnte sie sich kaum noch auf den Beinen halten.
Warte hier auf mich, hörte sie Miss Mollys Stimme von fern sagen, und schon eilte Miss Molly durch die Ankunftshalle davon.
Lili blieb mitten unter den Übermüdeten aus den Tag- und Nachtflügen über Wüsten, Meere und Kontinente hinweg stehen und beobachtete schläfrig, wie diese mit weichen Knien oder steifen Beinen durch die Halle schlichen, stolperten und torkelten oder ganz exakt auf ein Ziel zuzugehen versuchten. Und während für sie, so müde wie sie war, die Zeit stehenblieb, drehte sich die Erde ein wenig weiter, und nun fielen Sonnenstrahlen durch das Glas der Hallenkon-

struktion, und jetzt waren es menschliche Silhouetten, die durch einen von gleißendem Licht aufgelösten Raum der Sonne draußen entgegenschlichen, entgegenstolperten und entgegentorkelten oder zielstrebig entgegengingen.

Miss Melrose? Sind Sie Miss Melrose? hörte sie eine Stimme von weit her auf englisch fragen.

Ein Knistern durchlief ihren Gehörgang, die Ohren öffneten sich, und der volle Klang der fremden Stimme flutete in sie hinein.

Sind Sie Miss Molly Melrose? Ich bin John. Jemand nahm ihre Hand und schüttelte sie.

Ah, John...

Mehr fiel ihr nicht ein, denn ihr Kopf schien völlig leer zu sein. Sie starrte ihn nur an, und wieder war ihr, als ob die Zeit stehenbliebe, aber sie war nicht mehr müde, sondern plötzlich hellwach. Überdeutlich sah sie jede Wimper um seine Augen, deren Iris in einem ungewöhnlich dunklen Blau strahlte. Sie konnte auch jedes Haar seiner kräftigen schwarzen Brauen vom anderen unterscheiden, und jede einzelne Sommersprosse auf dem schmalen Nasenrücken, obwohl sie sich kaum von der dunklen Haut abhoben. Der Grauton, der auf seinem Haar zu liegen schien, war wie die Farbe von dunklen Steinen, wenn sie vom Meer und von der Sonne ausgeblichen sind. Erst als sie seinen Mund mit dem Lächeln sah und es auch in seinen Augen entdeckte, fügten sich mit einem Schlag die einzelnen Teile zusammen, und sie blickte diesem jungen Mann, der einen Kopf größer war als

sie, ins Gesicht. Und da spürte sie, daß ihre Hand noch immer in seiner Hand lag. Er schien auf etwas zu warten.
Ich bin Lili, Miss Mollys Assistentin, fiel ihr endlich ein zu sagen, und sie war verwundert, wie flüssig ihr Englisch klang.
John ließ ihre Hand los, sie war ganz naß. Sie wischte sie verlegen am T-Shirt ab, vermied es, ihn anzusehen, blickte sich um und war erleichtert, als sie Miss Molly an einem Bankschalter erkannte.
Sehen Sie die Lady dort hinten mit den roten Pantoffeln? Das ist Miss Melrose.
John sah sie neugierig an.
Ist was? fragte sie und kam sich ziemlich verwegen dabei vor.
Nein, nein, sagte John, ich höre Ihnen gern zu.
Ich habe doch gar nichts gesagt.
Nein? Wirklich nicht? John starrte sie noch immer an.
Sie schloß die Augen, ihr wurde ganz schwindlig.
Das Kind schläft ja schon im Stehen! hörte sie Miss Molly rufen. Sie öffnete die Augen.
Miss Molly musterte sie lächelnd, dann wandte sie sich an den jungen Mann und sagte: Könnten Sie das Gepäck übernehmen, John? Sie sind doch John, nicht wahr? Miss Molly gab ihm die Hand, sah ihn an, stutzte ein wenig, etwas im Gesicht des dunkelhaarigen jungen Mannes mit den Sommersprossen über der Nase schien sie zu irritieren. Ich habe mir den Sohn von Dr. Kayl älter vorgestellt, sagte sie schließlich. Übrigens, das ist Lili, meine Assistentin.

Miss Molly hakte sich bei Lili ein, und sie gingen langsam neben John, der nun den Gepäckwagen schob, zum Ausgang. Die Glastür schwang auf, eine glühende Hitzewand stand vor ihnen. Lili hielt den Atem an, und auch Miss Molly wagte kaum, Luft zu holen. John dagegen schien die Hitze nichts auszumachen.

Endlich erreichten sie den Parkplatz, über dem die Luft in der Mittagshitze flimmerte. Die Konturen der Autos begannen, sich vor Lilis Augen aufzulösen.

Mir ist schwindlig, flüsterte sie Miss Molly zu, wahrscheinlich wird mir gleich übel.

Bei dem Air-conditioning im Auto wirst du dich gleich besser fühlen, beruhigte Miss Molly sie, und übermorgen hast du dich an das Klima gewöhnt.

Doch plötzlich hatte Lili das Gefühl, die Füße und Beine und Arme würden wegschmelzen, und schon klappte sie zusammen, fiel einfach um. Dann spürte sie, wie John sie aufhob, fühlte seine Arme, seine Brust, atmete seinen Geruch, sein Haar streifte ihr Gesicht.

Das ist die Hitze, hörte sie John sagen, als er sie auf den Rücksitz legte. Das geht gleich vorüber.

Ganz bestimmt ist es die Hitze, hörte sie Miss Molly antworten, oder meinen Sie, Lili hat Ihretwegen einen Schwächeanfall bekommen?

Sie hörte, wie John lachte. Daraufhin rollte sie sich auf dem Rücksitz zusammen. Nach wenigen Sekunden Fahrt wurde es kühler im Wagen. Sie hörte, wie John sagte, daß Mam, wie Miss Molly ja wisse, auf dem

Land in Eumundi lebe, daß es im Haus in Sydney jedoch jemanden gäbe, der sich um sie kümmern würde, daß alle Unterlagen und Anschriften auf dem Schreibtisch lägen, und Mam hoffe, sie fänden Zeit, sie doch noch in Eumundi zu besuchen.

Wie aus weiter Ferne hörte sie Miss Molly sagen: Vielleicht finden Sie es unpassend, John, und obwohl ich mir fest vorgenommen habe, Sie erst später danach zu fragen... Vielleicht *ist* es auch unpassend, John, aber es liegt mir wirklich auf der Seele... Können Sie sich vorstellen, daß Ihr Vater Selbstmord begangen hat?

Ohne zu zögern, antwortete John: Nein, niemals. Obwohl Dad sicherlich viele Gründe gehabt hätte, sich umzubringen. Er hatte Schulden, wie Sie vielleicht wissen, beträchtliche Schulden. Die Entwicklung der Erfindung, die weltweite Patentierung, alles hat Geld verschlungen. Nicht sein eigenes, er hat nie viel verdient. Hätten wir Kinder nicht von Dads Eltern das Häuschen hier in Sydney und auf dem Land in Eumundi geerbt und noch ein paar Wertpapiere, es sähe jetzt nicht gut aus für Mam.

Ach, wirklich? sagte Miss Molly überrascht. Nun, meinte sie schließlich, geniale Erfinder haben es oft nicht leicht.

Dann hörte Lili noch, wie Miss Molly bedauerte, daß sie sicher keine Zeit haben würden, Johns Mutter in Eumundi zu besuchen, und war eingeschlafen.

Als sie am nächsten Morgen aufwachte und auf die Terrasse des kleinen Hauses, das an einem Hang über einer der Buchten von Sydney zu kleben schien, hinaustrat, fühlte sie sich wie in ein fremdes Zauberreich versetzt: Handtellergroße blaue Blüten wucherten über die Böschungen, ein ausladender Mangobaum warf üppige Schatten, Palmenzweige fächelten ihr den Duft von Jasmin und Frangipaneblüten zu, und die Bucht unter ihr blinkte und glitzerte in der Sonne. Drüben auf der anderen Seite schossen Hochhäuser wie silberne Raketen in den blauen Himmel und wirkten wie eine Fata Morgana.
Sie lehnte sich an das Geländer, ließ sich von der noch sanften Sonne streicheln und betrachtete neugierig den Bananenbaum, der neben der Terrasse am Hang stand. Als die tropische Wärme sie in der Nacht nach draußen gelockt hatte, saß dort ein Opossum und blickte sie aus Urzeitaugen an. Jetzt war es verschwunden.
Sie wickelte ihren Sari, den ihr Miss Molly geschenkt hatte, enger um ihren Körper, gähnte und reckte sich, stellte sich auf die Zehenspitzen, und da sah sie John unten im Garten unter dem Mangobaum stehen. Durch die Äste fiel flirrendes Licht auf seinen nackten Rücken, die Schatten der Blätter zitterten leicht auf seiner Haut und gerieten bei jedem Windhauch in heftige Bewegung. Langsam fuhr John, mit der Hand kreisend, über seine Brust, seine Schultern wölbten sich leicht, und sein Rücken spannte sich weich und rund, und auch die Schatten der Mango-

baumblätter schienen sich ein bißchen zu dehnen. Ein Gefühl sprang in ihr auf, durchströmte sie wie ein breiter warmer Fluß, und plötzlich wußte sie, weshalb sie achtundzwanzig Stunden im Flugzeug gesessen hatte, weshalb sie hier in diesem fremden Land war, weshalb sie auf dieser Terrasse stand: wegen John. Und von einem Augenblick auf den anderen fühlte sie sich auf dieser Seite der Erde, in dieser bunten Welt, zu Hause.

Dann sah sie Miss Molly in den Garten kommen und hörte, wie sie sich mit John über den Mangobaum unterhielt und über die großen blauen Blumen, die *Morning Glories*, und über das Wetter, und danach fragte Miss Molly John nach seinem Beruf, und Lili hörte John antworten, er studiere Biochemie und wolle in die Forschung gehen, und daß er noch in diesem Jahr Examen machen werde.

In ein paar Tagen breche ich in die Wüste auf, dort will ich mich darauf vorbereiten, sagte John.

Miss Molly fragte weiter, und John antwortete weiter, aber Lili hörte nicht mehr zu. Es war, als würden die eben noch leuchtenden Farben verblassen und sei die ganze, eben noch bunte Welt mit einem Grauton überzogen.

Sie ging zurück in ihr Zimmer, legte sich aufs Bett. Sie zitterte am ganzen Körper.

Ich bin überdreht, murmelte sie, es ist der Jetlag.

Aber sie wußte, daß es nicht der Jetlag war, und sie war auch nicht überdreht. Sie war verliebt, mehr als verliebt: Endlich war sie ihm, dessen Bild in ihrer

Seele lebendig war, den sie seit Ewigkeiten kannte, obgleich sie ihn nie gesehen hatte, begegnet.
Sie war darauf vorbereitet.
Sie hatte ihn erwartet.
Aber sie war nicht darauf vorbereitet und hatte es auch nicht erwartet, daß sie ihn gleich wieder aus den Augen verlieren sollte.
Während der nächsten Tage kreisten ihre Gedanken um nichts anderes als um Johns baldigen Aufbruch in die Wüste. Es fiel ihr schwer, Miss Molly zu den Behörden und Instituten zu begleiten, die sie wegen der Erfindung von Johns Vater aufsuchte.
Woran denkst du nur? fragte Miss Molly oft verwundert, wenn Lili wegen der Tasche, des Fotoapparats oder der Unterlagen, die sie wieder einmal irgendwo liegengelassen hatte, zurücklaufen mußte. Sie murmelte dann etwas von Zeitumstellung und versuchte, den wahren Grund ihrer Verwirrung vor Miss Molly zu verbergen. Waren sie am Abend mit John zusammen, ging sie früh ins Bett. Sie vermied es, in Johns Nähe zu sein. Dabei wünschte sie sich nichts sehnlicher, als ihm nahe zu sein.
Dann kam der letzte Tag, bevor John in die Wüste aufbrechen sollte. Am Morgen fühlte sie sich krank, hatte vielleicht sogar tatsächlich Fieber.
Sie würde ihre Unterlagen heute selbst tragen, sagte Miss Molly am Morgen und verstaute ihre roten Pantoffeln, von denen sie mehrere Paare besaß und immer eins bei sich trug, um sie bei Gelegenheit gegen ihre Pumps oder Laufschuhe auszutauschen, in

der Tasche. Lili solle hinunter ans Meer gehen und sich in die Sonne legen, sie sähe so blaß aus.
Aber sie ging nicht hinunter in die Bucht an den Strand, sondern beobachtete statt dessen von der Terrasse aus, wie John vor der Garageneinfahrt seinen Jeep für die Wüste vorbereitete, wie er die Wassertanks, die Reservekanister und die Ersatzreifen prüfte und den Verbandskasten, das Gewehr und das Sonnendach verstaute. Sie lehnte sich weit über das Geländer. Plötzlich sah er zu ihr herauf: Er stutzte einen Augenblick. Dann rannte er los, während sie über die Terrasse und die Treppe an der Böschung hinunterlief. Das Gestrüpp rechts und links zerkratzte ihr Arme und Beine.
Er kam ihr entgegen, nahm gleich mehrere Stufen auf einmal. Sie flog in seine Arme, küßte ihn, drückte sich an ihn. Ihre Haut brannte nicht nur von den feinen Kratzern des Gestrüpps. Wo immer John sie berührte, zuckte sie leicht zusammen. Sie löste sich von ihm, ging mit ihm in ihr Zimmer. Sie legten sich auf ihr Bett. Lange blieben sie nebeneinander liegen, bewegungslos und erfüllt von der Nähe des anderen. Sie lauschte. Und auch John schien zu lauschen, schien auf einen Ton zu horchen. Er suchte eine Spur, die sie, aufgeregt, wie sie war, immer wieder verlor, während er sie mit wachen Sinnen immer wiederaufnahm. Und dann war sie plötzlich da, diese Spur, und sie folgte ihr, bis sie zu einem Wesen kam, das sie selbst war, wenn auch bunt und maskiert, und es tanzte mit diesem anderen Wesen, das auch bunt und maskiert

war und ihr wie ein vor Vergnügen lachender Dämon vorkam, und dann führten sie einen wilden Tanz auf, der in einem noch wilderen Lachen endete.
Noch immer außer Atem fragte sie ihn: Nimmst du mich mit in die Wüste?
John sah sie lange an, sagte dann schließlich: Mußt du nicht bei Miss Molly bleiben?
Früh am nächsten Morgen brach er auf. Lili stand am Geländer der Terrasse, lehnte sich diesmal nicht hinüber, folgte ihm nur mit den Augen. Vom Meer her schwebte ein Nebelhauch durch die Straßen von Sydney. Wir sehen uns wieder, dachte sie fast wütend. Das hatte John ihr hinterhergerufen, als sie ihn zum Abschied flüchtig küßte, sich dann umdrehte und schnell wegging.

In Sydney komme ich nicht weiter, sagte Miss Molly wenige Tage nach Johns Abreise beim Frühstück verärgert. Niemand kann mir hier Auskunft darüber geben, wer in diesem Land die Methode von Joseph Kayl anwendet, ob das Verfahren überhaupt jemals angewandt worden ist!
Sie schüttelte mißmutig den Kopf, murmelte etwas von Schulden und Selbstmord, sagte dann plötzlich: Vielleicht weiß sie etwas, stand auf und ging zum Telefon.
Wohnt deine Mutter in der Wüste? hörte Lili Miss Molly fragen, und ihr Herz machte einen unerwarteten Sprung. So, auf dem Weg dorthin, sagte Miss

Molly nach einer Weile. Kann ich deine Mutter sprechen?

Am Abend packte Lili ihren kleinen Koffer und das Gepäck von Miss Molly, sie würden am nächsten Tag zu Tina Kayl nach Eumundi fliegen.

John holte sie am Flughafen von Brisbane ab. Lilis Herz klopfte ihr bis zum Hals. Die Fahrt nach Eumundi, einem kleinen Ort im australischen Busch, nahe am Meer, dauerte zwei Stunden.

Während der Fahrt versuchte Miss Molly, von John zu erfahren, was er von der Erfindung seines Vaters wußte.

Außer Dad hat sich irgendwann kaum noch jemand wirklich für die Erfindung interessiert, auch Mam nicht. Die Geschichte hat einfach zuviel Geld verschlungen.

Über Miss Mollys Gesicht legte sich ein Schatten, und sie murmelte sichtlich verstört: Das verstehe ich alles allmählich nicht mehr, John.

Als sie aber vom Highway auf die Straße nach Eumundi einbogen, überzog eine tiefstehende Sonne die hohen Gräser, die Eukalyptusbäume, die staubige Erde, ja, das ganze Auto und Miss Molly und John am Steuer und Lili mit einem goldenen Schimmer.

Miss Mollys Gesicht hellte sich wieder auf, ein Lächeln flog darüber.

Das ist ein gutes Zeichen, John! rief sie aus. Wir werden reich!

Dasselbe hat Dad auch immer gesagt, antwortete John und lächelte etwas schief.

Schließlich bogen sie von der Straße ab und durchquerten auf einem ungepflasterten Weg einen Eukalyptushain, von dem aus ein schmaler Pfad durch dschungelartiges Gelände führte. Sie hielten vor einem großen doppelstöckigen Holzhaus mit einem türkisfarben gestrichenen Wellblechdach. Zwei Jungen standen davor, erwarteten sie.
Hi, sagten sie, steckten die Hände in die Taschen ihrer verschlissenen Jeans und blinzelten gegen die Sonne. Sie waren groß und kräftig, und auch ihr Haar war von der Sonne und dem Meer ausgeblichen. Der eine war jünger, der andere älter als Lili. Beide sahen sie neugierig an.
Mike und Tom, meine Brüder, sagte John. Und das ist meine Mutter. Er zeigte auf eine große, schlanke, jugendlich wirkende Frau, die oben auf der Terrasse vor der Glasveranda stand und ihnen zuwinkte.
Lili und Miss Molly stiegen etwas unbeholfen die weit auseinander liegenden Stufen hinauf, während John ihr Gepäck nahm und ins Haus trug. Sofort brach ein fürchterliches Geschrei aus, und Lili zuckte zusammen.
Keine Angst, das sind nur die Papageien, sie sind im Wohnzimmer. Mein Mann hat es einfach nicht geschafft, die Voliere hinten im Garten fertigzubekommen, erklärte Johns Mutter, als sie bei ihr angekommen waren, und umarmte sie zur Begrüßung.
Ich bin Tina, sagte sie und wies auf die Hocker, die um eine antike chinesische Kiste herumstanden. Sie

diente als Tisch und war mit Tassen, Tellern und Schalen voller Gebäck gedeckt.
Das sind Ingwerkekse, Tina bot sie ihnen an, schenkte Tee ein. Dann nahm sie in dem einzigen Schaukelstuhl Platz.
Lili versuchte, Johns Mutter nicht zu offensichtlich anzustarren. Auf eine seltsame Weise sah John ihr ähnlich. Es ist das Fremdartige, überlegte sie. Die Frau ihr gegenüber wirkte fremdartig, ohne daß sie sagen konnte, warum, denn sie sah europäisch aus. Bis auf ihre wirklich ungewöhnliche Art, sich zu kleiden. Sie trug plissierte Gewänder in verschiedenen Längen übereinander, und jedes hatte eine andere Farbe mit unterschiedlich gemusterten Bordüren am Saum. Als sie stand, erinnerten die Kleider an gefaltete Lampenschirme. Jetzt schmiegten sie sich eng an den Körper an.
Wir haben ziemlich viel Fisch, sagte Tina zu Miss Molly und machte eine Kopfbewegung zu einem Teich, dessen unbewegte, silbern glänzende Oberfläche durch Büsche und Schlingpflanzen von unten heraufschimmerte. Mike und Tom könnten uns für das Abendessen einen Fisch fangen.
Oh, vielen Dank, sagte Miss Molly zögernd. Sie hatte Mühe, die Balance auf dem etwas wackeligen Hocker zu halten. Was für ein interessantes Material, darf ich? Sie berührte den Stoff von Tinas Kleid.
Gefällt es Ihnen? Das freut mich.
Tina lachte und sah auf ihre nackten Füße hinunter. Sie standen, obwohl sie saß, so fest auf dem Boden, als

würden sich ihre Zehen, Saugnäpfen gleich, an den Holzplanken der Terrasse festsaugen.
Du bist also Miss Mollys Assistentin, wandte sie sich Lili zu. John hat uns von dir erzählt. Sie lächelte sie mit einem unendlich weichen Blick aus ihren blauen Augen an. Noch nie hatte Lili so blaue Augen gesehen. Johns Augen waren dunkler.
Du bist sicher das erste Mal im australischen Busch, sagte sie.
Lili nickte, und Miss Molly erzählte, auch sie habe nur ein einziges Mal einen Ausflug in die Blue Mountains unternommen, die eine Autostunde von Sydney entfernt liegen.
Dann kennt ihr beide euch nicht im Busch aus, sagte Tina, und schon drehte sie sich zu Mike und Tom, die noch immer unten an der Treppe standen, um und rief: Bring mir den Kasten, Mike, er steht auf dem Küchentisch.
Mike ging zum Hintereingang, kam kurz darauf mit einem Holzkästchen zurück. Miss Molly blickte ihn irritiert an, sah dann fragend zu Lili hinüber. Sie schaute sich unwillkürlich nach John um, er war nicht da.
Siehst du die Narbe an Mikes Bein, Lili, oberhalb vom Knöchel? Das ist ein Schlangenbiß, erklärte Tina. Mike, zeig ihr, wie man's macht.
Mike griff nach Lilis Bein, sie schrie auf.
Keine Angst, beruhigte Tina sie. Mike zeigt dir nur, wie man's macht, Lili, du sollst ja nicht gleich beim ersten Schlangenbiß tot umfallen. Hier im Busch gibt

es jede Menge giftiger kleiner Ungeheuer und weit und breit keinen Doktor!
Aber..., wollte Miss Molly einwenden, da biß Mike auch schon zu, nein, sein Mund saugte sich fest, saugte so stark, daß Lili meinte, er sauge ihr das Mark aus den Knochen, dann spuckte er in hohem Bogen über das Terrassengeländer.
So stark mußt du die Wunde aussaugen, sagte er, drei- bis viermal hintereinander, und immer alles ausspucken. Danach ziehst du 'ne Spritze mit dem Serum auf, entweder gibst du sie dir selbst, oder jemand anders tut es für dich.
Mike wischte seinen Speichel von ihrem Bein und stellte Miss Molly den kleinen Kasten mit dem Serum und den Spritzen vor die Füße.
Das ist wirklich sehr nett, Mike, sagte Miss Molly etwas ungeduldig und verlegen. Nur, Lili und ich fliegen in zwei Tagen nach Berlin zurück, und dort brauchen wir das Serum nicht.
Man weiß nie, was in zwei Tagen alles passieren kann, sagte Tina lächelnd. Und wenn nichts passiert, um so besser, dann geben wir John das Serum mit. Er kann es in der Wüste sicher gut gebrauchen. Stimmt's, Lili?
Lili nickte unsicher, spürte, wie sie rot wurde, sah zu Miss Molly hinüber, die vor Ungeduld mit dem Fuß wippte.
Sie meinten am Telefon, daß Sie mir etwas Wichtiges über die Erfindung Ihres Mannes erzählen könnten, Tina, sagte Miss Molly jetzt.
Tina schenkte Tee nach.

Schmeckt er Ihnen? fragte sie interessiert. Wir machen ihn aus Hibiskusblüten.
Ach, ja? Aber was ist mit der Erfindung, ich meine, gibt es sie überhaupt? Ist das Verfahren schon irgendwo angewandt worden? Jetzt klang auch die Stimme von Miss Molly ungeduldig. Ich habe in Sydney, wie ich Ihnen schon am Telefon sagte, nichts darüber herausfinden können.
Tina wiegte den Kopf leicht hin und her und sagte schließlich leise: Die Erfindung gibt es – und es gibt sie nicht. Dabei griff sie in einen Korb und zog ein plissiertes Stoffbündel daraus hervor. Es gibt sie, und es gibt sie nicht, wiederholte sie, und strich den plissierten Stoff glatt. Ich entwerfe und nähe seit Jahren die Kostüme für unsere Theatergruppe, müssen Sie wissen, und dabei verwende ich sehr häufig Plissee. Joseph meinte, so häufig, wie ich Plissee verwende, haben es nur die Ägypter getan.
Tina reichte Miss Molly das plissierte Stück Stoff hinüber. Es war ein Abendkleid. Miss Molly betrachtete es ratlos.
Joseph hat in einer Buchhandlung in Sydney ein Buch über Plissees gefunden. Es waren die Plissees von Mariano Fortuny. Das ist ein italienischer Modeschöpfer, wie Sie vielleicht wissen.
Miss Molly nickte.
Und wie Sie vielleicht auch wissen, sagte Tina, hat dieser Fortuny Plissees hergestellt, die ihre Falten nie verloren, selbst dann nicht, wenn sie gewaschen wurden. Aber er verriet niemandem, wie ihm das

gelungen ist, und nahm sein Geheimnis mit ins Grab. Tina senkte ihre Stimme und kniff die Augen zusammen. Ich weiß nicht, wieso sie mir auffielen, Molly, aber eines Tages entdeckte ich kleine Kristallkugeln, die wie Verzierungen seitlich an den Gewändern hängen, und plötzlich wurde mir klar, daß in diesen Kristallkugeln das Geheimnis verborgen sein mußte. Wußten Sie, daß es die Kristalle im Urin waren, die das ägyptische Plissee haltbar gemacht haben? Tina sah zwischen Miss Molly und Lili hin und her.

Ach, wirklich? sagte Lili, weil Miss Molly stumm vor sich hin starrte, vor Ungeduld eine tiefe Falte zwischen den Augenbrauen.

Joseph besorgte mir also pulverisierte Kristalle, und ich begann, Baumwoll- und Seidenstoffe in einer Art Silikatsuppe zu kochen und danach in einem Keramikofen zu backen. Ich experimentierte mit den Zutaten, der Koch- und Backzeit und der Temperatur. Eines Tages lagerten sich tatsächlich die Silikate in das Gewebe ein, und das Plissee hielt, auch noch nach der Wäsche. Wie beim Meister. So fing alles an, vor mehr als sechs Jahren!

Ach, rief Miss Molly überrascht, dann sind Sie die eigentliche Erfinderin?

Das könnte man so sagen. Tina lächelte.

Und dann? Wie ging es dann weiter?

Würden Sie auf die Idee kommen, Miss Molly, daß ich Aboriginesblut in den Adern habe?

Nein, sagte Miss Molly unwillig. Tinas Art, immer

wieder abzuschweifen, ließ sie immer ungeduldiger werden.
Es sind zwar nur wenige Tropfen, die meinem vorwiegend britischen Blut beigemischt sind, erklärte Tina. Sie schien Miss Mollys Ungeduld überhaupt nicht zu bemerken, sondern erzählte munter weiter: Es heißt jedoch, je dünner die Mischung, desto kraftvoller sei ihr Geist im Körper lebendig.
Soso, sagte Miss Molly, wippte mit dem Fuß. Und wie ging es vor mehr als sechs Jahren weiter?
Joseph stellte das Ganze, nachdem ich ihm meine Methode genau beschrieben hatte, auf wissenschaftliche Beine, wie er sagte. Er hat drei Jahre dafür gebraucht. Dann ließ er die Erfindung patentieren. *Einlagerung von Silikaten in Stoffe* nannte er das Verfahren. Es sollte nicht nur Plissees haltbar machen, sondern Farben und Stoffe überhaupt, sollte Seide oder Wolle oder Baumwolle weich oder schwer sein lassen, alles das, was bislang nur auf chemischem Wege erreicht wird. Eine revolutionäre Erfindung, meinte er. Und wie oft hat er auf Ihrem Stuhl gesessen, Molly, und über den Gewinn geredet! Einige von unseren Freunden ließen sich davon anstecken und unterstützten ihn finanziell. Bis heute hat es nur Verluste gegeben. Tina schüttelte traurig den Kopf.
Aber warum? fragte Miss Molly gereizt und blickte sie verständnislos an.
Tina zuckte die Schultern. Ich weiß es nicht. John meinte, das Verfahren sei noch nicht ausgereift. Wußten Sie, daß die Aborigines Kristalle als Sender und

Empfänger benutzt haben? Heute nutzt die Wissenschaft diese Eigenschaft für Computer.
Tina rollte die Plissees wieder zusammen, legte sie zurück in den Korb, zog dann ein orangefarbenes kurzes Kleid heraus, warf es Lili in den Schoß. Das schenke ich dir, Lili, ich glaube, es paßt dir. Du kannst es drinnen in der Veranda anprobieren.
Miss Molly nickte ihr zu. Ja, probier es nur, Lili, sagte sie abwesend. Sie sah enttäuscht und unzufrieden aus.
Drinnen in der verglasten Veranda setzte Lili sich auf den Boden. Sie war froh, kurz allein zu sein. In zwei Tagen würden sie zurückfliegen, und sie würde John nie wiedersehen. Sie würde es nicht überleben.
Denk jetzt nicht daran! befahl sie sich schließlich, zog Jeans und T-Shirt aus und schlüpfte in das orangefarbene Plissierte. Es war ein leichtes Sommerkleid, und es paßte.
Bevor sie zurück auf die Terrasse ging, sah sie neugierig in den großen doppelstöckigen Wohnraum. Als sie die Tür öffnete, flogen mehrere Papageien schrill kreischend auf, ließen sich auf den kahlen Ästen eines Baumstamms mitten im Raum nieder und schlugen mit den Flügeln. Daneben saß ein Mädchen an einem Tisch. Es war über einen Malblock gebeugt.
Lili schloß rasch die Tür und blieb stehen. Sie wagte nicht, sich zu bewegen.
Das Mädchen blickte von seinem Malblock auf, es hatte große dunkle Augen und sah Lili damit ernst und ruhig an, dann hob es ein wenig die Hand, und sofort hörten die Papageien auf zu schreien.

Wolltest du dir die Papageien ansehen? fragte das Mädchen und zeigte auf einen grünen mit rosa Bauch. Das bin ich, sagte es.
Ach, wirklich? fragte Lili grinsend.
Ja, wirklich. Mam hat ihn von Dad geschenkt bekommen, als ich geboren wurde. Ich bin die Jüngste. Ich heiße Gioia. Rate mal, welcher John ist. Komm ruhig näher, sie tun dir nichts. Soll ich dir sagen, welcher John ist? Der Rote mit den blauen Flügeln.
Gioia stand auf und setzte sich auf den Boden. Setz dich neben mich, sagte sie, dann kannst du sie streicheln.
Lili ging vorsichtig in die Mitte des Raums und setzte sich zu ihr.
Das ist hübsch, sagte Gioia und zeigte auf Lilis Kleid, ist von Mam, nicht?
Lili nickte.
Der grüne Papagei watschelte mit ausholendem Papageienschritt auf Gioia zu, ließ sich hinter dem Kopf und unter dem Flügel kraulen. Dann hüpfte er mit kurzen Sprüngen auf den Baumstamm.
Dad hat sie Mam geschenkt, sagte Gioia, erst den Roten mit den blauen Flügeln für John, dann den weißen Kakadu für Mike, dann den Bunten mit dem gelben Kopf für Tom. Komm, Prinzessin, komm, setz dich auf meine Schulter, lockte Gioia den Grünen mit dem rosa Bauch. Er turnte jetzt lautlos auf den kahlen Ästen des Baumstamms herum. Als er schnalzte, hörte es sich an, als würde eine Nuß auf den Holzboden fallen.

Gleich fliegt er los, flüsterte Gioia.
Sie duckte sich.
Das machst du gut, Prinzessin! flüsterte Gioia, als der Grüne losflog. Das hast du sogar sehr gut gemacht, sagte sie etwas lauter, klatschte in die Hände, und jetzt flog der Rote mit den blauen Flügeln auf und auch der Bunte mit dem gelben Kopf und der Kakadu. Sie segelten durch den Raum, ließen sich geräuschvoll auf einem Baumstamm gegenüber auf der anderen Seite nieder, schwangen sich gleich wieder hoch, flogen zurück, wiederholten es mehrere Male. Dann setzte sich der Grüne auf Gioias Schulter und schaute Lili aus seinen hellblau umrandeten Augen an.
Ich muß deiner Mutter und Miss Molly mein neues Kleid zeigen. Sie stand auf. Kommst du mit?
Gioia schüttelte kurz den Kopf. Ich male gerade.
Vorsichtig setzte Lili einen Fuß vor den anderen. Die Papageien schlugen aufgeregt mit den Flügeln.
John wartet auf dich, rief Gioia plötzlich hinter ihr her. Dann begann sie zu lachen. Lili blieb stehen, drehte sich um und sah, daß Gioia den Kopf so schief hielt wie die Papageien. John wartet auf dich, John wartet auf dich, wiederholte sie immer wieder.
Willst du wissen, was die Papageien sagen, Lili?
Sie nickte.
Sie sagen, du wirst hier ein blaues Wunder erleben. Weißt du, was das ist, ein blaues Wunder? Du wirst die Liebe kennenlernen, Lili, die Liebe, die Liebe, wiederholte sie und strahlte übers ganze Gesicht.
Die Liebe? fragte Lili ungläubig und hätte fast losge-

heult. Sie schloß schnell die Tür hinter sich, sammelte im Vorbeigehen in der Veranda ihre Jeans und ihr T-Shirt auf.
Oh, das paßt gut, meinte Tina. Findest du nicht auch, John, daß es Lili gut steht? rief sie über das Geländer. John hockte mit Mike auf seinem Jeep.
Sieht wirklich sehr gut aus, Mam, antwortete John. Kommst du mit ans Meer? fragte er und blinzelte zu Lili hinauf.
Nein, sagte sie und schüttelte den Kopf. Nein, wiederholte sie noch einmal.
Als John mit Mike und Tom wenig später in den Jeep stieg und wegfuhr, hätte sie am liebsten wieder losgeheult.

Sie ist viel jünger als ihr Mann, sagte Miss Molly, als sie sich auf dem Bett im Gästezimmer ausruhte.
Während Lili den Koffer auspackte, erzählte Miss Molly von ihrem Traum in jener Nacht am Comer See, bevor Joseph Kayl starb. Es ist mir sehr schwergefallen, Tina aufzusuchen, sagte Miss Molly abschließend. Aus irgendeinem Grunde fühle ich mich mitschuldig am Tod ihres Mannes.
Dann gingen sie beide hinunter zum Abendessen. Unter den Avocadobäumen war ein Tisch für vier Personen gedeckt. John sei mit Mike und Tom noch am Meer, sie würden wohl auf die Delphine warten, erklärte Tina. Nur Gioia, ihre Tochter, würde ihnen Gesellschaft leisten.

Joseph hat Gioia immer *unser Naturtalent* genannt, sie ist nämlich hellsichtig. Wahrscheinlich hat sie es von meinen Vorfahren. Von Joseph hat sie als einziges Kind die Haarfarbe und die helle Haut.
Lili redete sich zwar ein, sie sei froh, daß John nicht mit am Tisch saß, aber sie glaubte es selbst nicht. Gioia sah sie wieder aus ihren großen dunklen Augen ernst und ruhig an. Lili schluckte und lächelte tapfer.
Zuerst unterhielten sich Miss Molly und Tina über den australischen Wein, den sie tranken, danach über australische Weine im allgemeinen, und dann sagte Tina, daß sie Joseph, seitdem er tot sei, öfter dort drüben in der Küchentür stehen sähe, so wie er dort an dem Abend gestanden habe, als ihm die Einlagerung zum erstenmal gelungen sei.
Ich hoffe, es macht Ihnen nichts aus, wenn ich darüber rede. Tina blickte Miss Molly aufmerksam an.
Sie müssen darüber reden, Tina! Miss Molly nickte ein paarmal heftig, obwohl es ihr gewiß lieber gewesen wäre, Tina hätte es nicht getan.
Joseph blieb damals dort drüben stehen, fuhr Tina fort, sah zu mir herüber. Ich konnte sein Gesicht nicht sehen, weil hinter seinem Rücken eine Lampe brannte. Aber seine Augen glänzten, das konnte ich sehen. Er sagte nichts, stand nur so da, mit dem Glänzen in den Augen. Ist was, Joseph? fragte ich ihn schließlich. Wir werden reich, Tina, sagte er und rührte sich nicht vom Fleck. Wir werden endlich reich. Mehr sagte er nicht. Wie Sie sehen, Miss Molly, sind wir nicht reich geworden, sondern ärmer, um Joseph.

Miss Molly aß schweigend ihren Fisch. Nach einer Weile fragte sie: Wann haben Sie Joseph eigentlich kennengelernt? Sie müssen noch sehr jung gewesen sein.
Wir sind uns hier in diesem Haus begegnet. Meine Eltern haben mich einmal mitgenommen, als sie Josephs Eltern besuchten. Tina schwieg. Dann löste sich ein tiefes Seufzen aus ihrer Brust. Ich war erst siebzehn, sagte sie.
Es klang wie das verliebte Seufzen eines jungen Mädchens, sagte Miss Molly zu Lili, als sie später gemeinsam die Treppe zu ihren Zimmern hinaufstiegen. Miss Molly blieb noch einen Augenblick vor ihrer Tür stehen, starrte nachdenklich vor sich hin, und Lili sah, wie sich von neuem eine Falte in Miss Mollys Nasenwurzel grub. Schlaf gut, Lili, sagte Miss Molly endlich und verschwand in ihrem Zimmer.
Lili aber konnte nicht einschlafen. Sie drehte sich unruhig in ihrem Bett hin und her, warf schließlich das Leintuch zurück, stand auf, ging zum Fenster, ihre Augen suchten Johns Jeep. Er war nicht da. Sie tappte leise die Treppe wieder hinunter in den Garten. Dort setzte sie sich unter den Blätterschirm des Avocadobaumes und wartete. Irgendwann mußte sie eingeschlafen sein. Als sie wieder wach wurde, stand der Jeep neben dem Haus. Sie fuhr hoch, lief zum Wagen, umkreiste ihn. Er war leer. Sie setzte sich auf den Beifahrersitz. Als sie vom Trittbrett hinuntersprang, bemerkte sie, daß John sie beobachtete. Er hockte auf der Fensterbank seines Zimmers. Mit einem

Schwung war er auf der Terrasse, lief die Treppen hinunter, schon war er bei ihr und küßte sie. Doch sie machte sich los, lief in ihr Zimmer hinauf. Eine Zeitlang lag sie wach und kämpfte gegen das Verlangen, zu ihm zurückzukehren.

Sie schlief lange, wachte erst auf, als John an die Tür klopfte.
Kommst du mit ans Meer? rief er. Miss Molly ist einverstanden. Sie ist mit Mam in Dads Labor gefahren.
Lili stand schnell auf, duschte, rieb sich mit Sonnencreme ein, zog das neue Kleid über den Badeanzug, frühstückte hastig und trank kalte Milch, setzte die Sonnenbrille auf und lief hinaus auf die Terrasse, wo John, Mike und Tom schon auf sie warteten.
Mike setzte sich hinter das Steuer, sie kletterte zusammen mit Tom auf die Rückbank. John setzte sich neben Mike. Sie fuhren los. Der Weg bis zur Straße war unbefestigt. Mike fuhr viel zu schnell, warf den Jeep um die Schlaglöcher. Tom schmiß sich in jeder Kurve mal nach rechts, mal nach links.
Er wird mich noch zerquetschen, dachte sie. Fahr, verdammt noch mal, langsamer, Mike, rief sie schließlich wütend. Er schien nichts zu hören.
Tom schrie ihr ins Ohr: Du mußt mitreiten, reite die Welle mit, Lili, laß dich von ihr tragen!
Er legte einen Arm um ihre Schulter. Geh mit nach links, genau so, und jetzt wieder nach rechts, richtig

so, und jetzt zeig ihr mal, wie du unter der Welle hindurchtauchst, schrie er Mike zu.
Sie umklammerte die Lehne des Vordersitzes, und schon lenkte Mike den Jeep in eine tiefe Mulde. Der Wagen machte einen Sprung.
Hast du gesehen? Er ist einfach unter der Welle hindurchgetaucht, schrie Tom.
Sie mußte schlucken, ihr Mund war trocken. Hatte sie Angst? Ich will keine Angst haben, dachte sie.
Endlich erreichten sie die Asphaltstraße, Mike fuhr jetzt langsamer.
Hast du Angst vor uns? fragte Mike.
Quatsch, sie schüttelte schnell und heftig den Kopf.
Mike grinste sie im Rückspiegel an. Du hast also Angst vor uns, sagte er. Warum hat sie wohl Angst vor uns, John? Was meinst du? Sie ist doch deine Braut, oder? Gib's zu, John, sie ist deine Braut!
Was meinst du, Tom, rief Mike nach hinten, weshalb hat Johns Braut wohl Angst vor seinen Brüdern?
John warf sich einen Kaugummi in den Mund, setzte die Sonnenbrille auf, verschränkte die Arme hinter dem Kopf, kaute den Kaugummi. Tom musterte sie von der Seite, überlegte lange.
Vielleicht sind wir nicht nett genug zu ihr, sagte er schließlich.
Du meinst, wir sind nicht nett genug zu Johns Braut, sagte Mike. Was sollen wir denn Nettes tun? Hast du eine Ahnung, was wir Nettes für dich tun könnten, Lili?
Es wäre wirklich sehr nett von euch, wenn ihr mit

dem blöden Gerede aufhören könntet, antwortete sie. Könnten wir, sagte Mike und grinste sie wieder im Rückspiegel an, aber *wirklich* nett wären wir deshalb noch nicht zu dir, stimmt doch, oder? Mike warf einen Blick zu John.
Du hast recht, Mike, *wirklich* nett wären wir deshalb noch nicht zu Johns Braut. Tom neben ihr nickte.
Hört endlich mit dem Gequatsche auf, sagte John. Man merkt, daß ihr zuviel mit den Papageien zusammen seid.
Mike und Tom waren einen Augenblick still, dann brüllten sie los vor Lachen. John drehte sich zu Lili um. Sie sahen sich an, und auch sie lachten plötzlich los. Dann bog Mike von der Asphaltstraße in einen Sandweg ein.
Wenn wir Glück haben, kommen heute die Delphine, sagte John. Gestern abend haben wir nämlich keine gesehen.
Mike parkte oberhalb der Bucht. Sie sprangen aus dem Jeep, und Tom und sie schüttelten sich. Sie gingen einen schmalen Weg zum Strand hinunter. John lief vor ihr. Sie erinnert sich noch heute an das starke Aroma der Eukalyptusbäume. Sie roch es damals zum erstenmal. Und dann hörte sie, noch bevor sie bei der Klippe ankamen, das Brechen einer Welle. Noch nie hatte sie etwas ähnlich laut tosen und krachen gehört. John setzte sich mit seinen Brüdern auf die Klippe. Sie ließen die Beine baumeln und beobachteten die Wellen.
Die sind mir zu hoch, sagte sie nur und blieb stehen.

Die sind Durchschnitt, sagte Mike. Alle drei sahen gespannt hinaus aufs Meer.
Die nehmen wir, riefen sie, dann sprangen sie von der Klippe in den Sand, warfen Jeans und Hemd von sich, liefen über den Strand und in die Gischt hinein, durchtauchten die erste, die zweite, die dritte Welle, waren aus der gefährlichen Zone des tosenden Wassers heraus, kraulten jedoch noch weiter. Und jetzt erkannte sie in einiger Entfernung einen Wellenberg, sah, wie er noch höher und immer höher wuchs, seine Geschwindigkeit steigerte und auf John, Mike und Tom zuraste, die diesem rollenden Felsen entgegenkraulten, und schon waren sie von unsichtbarer Hand auf seine Spitze gehoben. Einen Augenblick lang sah Lili ihre braungebrannten Körper an der blauen Wasserwand kleben, dann tauchten sie in den rollenden Felsen hinein und waren verschwunden.
Kurz darauf kroch aus dem Kamm tausendfüßige Gischt, die Wasserwand brach, verwandelte sich in eine schneeweiße Lawine, die sich mit donnerndem Krachen so heftig überschlug, daß Lili meinte, ein Zittern unter ihren Füßen zu verspüren. Dem ersten folgten noch zwei ähnlich hohe Wellenberge, dann waren sie wieder *Durchschnitt.*
John, Mike und Tom ließen sich jetzt auf sanft ansteigende Hügel heben und in spiegelglatten Tälern treiben. Sie erwarteten das nächste Ungeheuer, das sich bereits weit draußen langsam aus der Tiefe zu erheben schien. Doch bevor es zum rollenden Felsen wurde, waren sie da, flogen sie, silbern gebogen wie

Mondsicheln, durch die Luft und fielen wie Sternschnuppen ins Meer.
Lili hielt den Atem an. Die Delphine, dachte sie.
Und schon balancierten Tom, Mike und John auf dem Kamm der Welle und vor, hinter, neben, über oder unter ihnen die Delphine. Gischt sprudelte auf. Die silbernen Leiber und auch John und seine Brüder tauchten in die Welle hinein und durch sie hindurch und waren auf der anderen Seite im Tal.
Sie überlegte nicht länger. Sie sprang von der Klippe in den Sand, lief über den Strand, zog ihr Kleid über den Kopf. Die auslaufende Gischt umspülte warm ihre Füße. Sie tauchte durch die erste Welle, da kam schon die zweite auf sie zu, auch in diese tauchte sie ein, aber die dritte folgte so schnell, daß sie kaum Zeit hatte, Atem zu holen. Mitten im gurgelnden Sog, herumgewirbelt und nach oben, dann wieder nach unten gedrückt, verlor sie jede Orientierung. Da war plötzlich etwas neben ihr, war unter ihr, etwas Festes, zugleich Samtweiches. Ihr Körper stieg nach oben, der Druck in ihrer Lunge ließ nach, sie tauchte auf, war durch die Welle hindurch, holte tief Luft, sah sich, noch benommen, um.
Weit draußen, viel weiter, als es ihr von der Klippe aus erschienen war, warteten die Jungen. John winkte ihr zu.
Komm, schrie er.
Das schaffe ich nie, dachte sie, wollte die Flaute nutzen und zurück ans Ufer kraulen. Da fühlte sie wieder das Gleiten unter sich und neben sich, fühlte wie-

der etwas Festes sie samtweich berühren. Und da sah sie das winzige Auge eines Delphins. Es war voller Lachen. Voll von einem unbändigen Lachen, wie sie es noch nie gesehen, nie gehört, nie für möglich gehalten hatte. Ein Lachen, das keinen Anfang und kein Ende zu kennen schien und ohne die geringste Erschütterung in diesem Silberleib neben ihr gelacht wurde. Und dieses Lachen sprang auf sie über, breitete sich in ihr aus, so schnell, wie sie jetzt durchs Wasser kraulte, auf John und seine Brüder dort draußen zu, die darauf warteten, im richtigen Augenblick der sich auftürmenden Wasserwand entgegenzuschwimmen, auf die Lili bereits zuschwamm, ganz ohne Angst, in der Obhut dieses immerwährenden Lachens. Und es lachte aus ihr heraus, als sie immer höher gehoben wurde, zusammen mit diesem wundersamen Wesen neben sich, mit dem sie jetzt auf dem langen Grad des rollenden Gipfels pfeilschnell dahinschoß. Doch bevor die Welle brach, bog sich der Silberleib, und sie folgte ihm und glitt durch den rollenden Felsen hindurch sanft in ein langes und tiefes Wellental.

Dort traf sie John.

Hi, sagte er nur, und sie sagte auch: Hi, und jetzt wurden sie gemeinsam hochgehoben.

Geh einfach mit der Welle mit, Lili, hörte sie Tom rufen, und sie ging mit, Welle um Welle. John war immer neben ihr und Mike und Tom auch.

Zurück am Strand, torkelte und taumelte sie, als hätten ihre Beine verlernt, geradeaus zu gehen. Dann fiel

sie einfach um und blieb im Schatten der Klippe liegen. Der Sand roch nach Sonne. Sie schlief auf der Stelle ein.
Wach auf, Lili, hörte sie John rufen, es gibt Orangensaft und Sandwiches.
Aus halbgeöffneten Augen sah sie über sich das Kreuz des Südens leuchten. Sie stützte sich auf. Etwas entfernt saßen John, Mike und Tom um ein Feuer herum.
Sie schüttelte und klopfte, noch benommen, den Sand von der Haut, vom Badeanzug und aus den Haaren. Sie fröstelte und wickelte sich in das Tuch, mit dem sie zugedeckt worden war. Sie setzte sich zu ihnen, nahm von den Sandwiches und trank Orangensaft. Das Feuer verscheuchte schnell das Frösteln aus ihren Gliedern.
Dann stand sie auf, suchte im Sand nach ihrem plissierten Kleid, streifte es über und kletterte die Klippe hinauf, blickte über das Meer und wieder zu den Jungen. Ihre vom Feuer geröteten, nackten Oberkörper glühten in der Dunkelheit. Wieder wogte eine Welle auf sie zu, diesmal kam sie nicht vom Meer, sie war in ihr, dehnte sich von innen warm in ihr aus.
Sie lief zurück, setzte sich wieder zu ihnen, und John legte den Arm um sie. Mike und Tom grinsten und sahen ins Feuer. Bald rutschten sie dicht an die Glut und sie und John noch dichter aneinander. Sie erzählte von Berlin und der Schauspielprüfung, die sie nicht bestanden hatte, John erzählte von der Wüste, Mike und Tom von den Delphinen. Sie sahen

zu den Sternen hinauf, die zum Greifen nahe zu sein schienen. Erst spät in der Nacht fuhren sie nach Hause. Die Zeit bis zum Morgen verbrachte Lili in Johns Zimmer. Sie versuchte, wach zu bleiben, sie wollte keine der kostbaren Minuten mit ihm verschlafen. Aber dann schlummerte sie doch in seinem Arm ein.

Sie packte ihren kleinen Koffer für Berlin. John saß auf dem Bett und schaute zu. Sie sprachen kein Wort. Weshalb kommst du nicht mit in die Wüste? fragte John, als sie fast fertig war.
Sie hielt inne, zögerte einen Augenblick, ihn anzusehen, drehte sich dann um. Meinst du das ernst?
Sie wußte es, bevor er nickte. Sie setzte sich neben John aufs Bett, atmete ein paarmal durch, lief dann durchs Haus, suchte Miss Molly und traf Johns Mutter in der Küche.
Sie ist in ihrem Zimmer, sagte Tina, sie wollte sich vor dem langen Flug noch etwas ausruhen. Wir sind sehr spät ins Bett gekommen, sie wollte Josephs Labor sehen, wir saßen die halbe Nacht dort. Sie fragte immer wieder nach der Erfindung. Ich bin keine Wissenschaftlerin, Molly, habe ich zu ihr gesagt. Daraufhin wollte sie von mir wissen, wie Joseph war, was für ein Mann er war, und ich habe angefangen, von ihm zu erzählen. Wäre Molly nicht ganz plötzlich aufgestanden, ich glaube, wir säßen noch immer in Josephs Labor. Tina sah auf die Uhr. Wann geht euer Flug?

Wir müssen um elf Uhr am Flughafen sein, antwortete Lili, sagte aber nicht, daß sie noch bleiben würde. Sie wollte erst mit Miss Molly darüber sprechen und dann mit Lisa und Hans telefonieren.
Ich glaube, ich muß jetzt das Gepäck von Miss Molly packen, sagte sie.
Ja, das glaube ich auch. Tina nickte.
Sie klopfte an Miss Mollys Tür.
Komm nur herein, rief Miss Molly.
Sie lag nicht im Bett, wie Lili es erwartet hatte, sie packte ihre Koffer.
Ich weiß, ich weiß, nahm Miss Molly ihr das Wort aus dem Mund. Das Gepäck ist eigentlich deine Aufgabe, aber ich muß über so vieles nachdenken, und das fällt mir beim Kofferpacken leichter.
Sie bewegte sich schnell und behende zwischen ihren verschiedenen Gepäckstücken hin und her, sortierte Kleidung, Unterlagen, Bücher und Kosmetika. Sie schien nicht müde zu sein. So mißmutig, enttäuscht und unzufrieden sie in den letzten Tagen auch gewesen war, nichts mehr davon strahlte sie an diesem Abreisetag aus.
Nun, was ist passiert? fragte Miss Molly und sah sie mit einem so strahlenden Blick an, daß es Lili ganz leicht fiel zu sagen, sie wolle noch bleiben. Sie wolle mit John in die Wüste.
In die Wüste? Lili! Wirklich? rief Miss Molly aus, sah sie fast etwas beunruhigt an, sagte dann: Nun, du wirst es dir überlegt haben, lachte und sagte: Oh, bestimmt hast du es dir nicht überlegt, so verliebt, wie du bist.

Setz dich ein bißchen zu mir, erzähl mir von John, du bist sehr verliebt in ihn, nicht wahr? Du brauchst gar nichts zu sagen, man sieht es dir an, ich habe es dir die ganze Zeit angesehen, Lili. Ich hätte mich auch in John verliebt, ganz bestimmt hätte ich mich auch in ihn verliebt.
Sie lächelte etwas sonderbar, dann legte sie den Rest der Unterlagen in ihren Aktenkoffer und verschloß ihn.
Ich könnte enttäuscht sein, wandte sich Miss Molly wieder an Lili, ich nehme weder dich noch die Erfindung mit zurück nach Berlin. Aber ich bin es nicht, wie du siehst.
Über die Erfindung sagte sie nur, daß Tina und sie verabredet hätten, sie in Deutschland zu Ende entwickeln zu lassen. Sie würde ein Institut damit beauftragen. Und dann erzählte sie ihr noch, sie hätte in der letzten Nacht eine Entdeckung gemacht, über die sie jedoch nicht sprechen könne. Ich bin auch verliebt, Lili, sagte sie überschwenglich, verliebt in das Leben.
John und sie brachten Miss Molly zum Flughafen nach Brisbane. Während der Fahrt lag die ganze Zeit ein verschmitztes Lächeln auf Miss Mollys Gesicht.
Kinder, sagte sie beim Abschied, und ihre Stimme schwankte leicht. Kinder, laßt es euch gutgehen, sagte sie dann nur, winkte und ging durch die Sperre.

Bitte, schnallen Sie sich an. Der Steward legt seine Hand auf Lilis Arm und drückt ihn leicht. Wir werden gleich in Berlin landen.
In Berlin? Lili reibt sich die Augen, gähnt, fährt sich übers Gesicht, die Haut spannt.
Sie wird bei Lisa und Hans erst einmal duschen und ein paar Stunden schlafen. Es wird viel zu erzählen geben. Sie hat Miss Molly seit drei Jahren, Marleen sogar seit fünf Jahren nicht gesehen. Und es gibt viel zu sehen. Berlin hat sich verändert, es gibt die Mauer nicht mehr, jedenfalls nicht mehr so wie früher. Lisa hat sie vor ein paar Wochen mitten in der Nacht angerufen. Stell dir vor…, sagte sie. Dann fing sie an zu weinen, und Hans mußte erklären, was alles geschehen war.
Mit dem Aufleuchten der Anschnallzeichen verlöscht das Licht in der Kabine. Lili drückt ihre Stirn gegen die Fensterscheibe. Von unten schimmern matt Umrisse durch Dunst und Wolkenbänke, dann taucht das Flugzeug darin ein, sinkt hinunter. Deutlich sind jetzt die Vierecke der Berliner Mietskasernen mit ihren Hinterhöfen zu erkennen. Autoschlangen mit ihren weißen Scheinwerfern und roten Rücklichtern winden sich an ihnen vorbei. Dann tauchen auch schon am Rand die Leuchtstaffeln der Landebahn auf. Sieht aus wie ein Signal für Außerirdische, denkt Lili, und einen Augenblick lang kommt sie sich vor wie eine, die zu Besuch aus dem All anreist, von einem anderen Stern.

Damals in der Wüste fühlte sie sich tatsächlich wie auf einem anderen Stern. John hatte sie auf dieses Gefühl vorbereitet, ihr ausgemalt, wie es sein würde, wenn es außer Sand und Sonne nichts gäbe, fast nichts.
Es gibt doch dich und mich, das reicht mir. Lili war sich ganz sicher.
Zunächst fiel ihr gar nicht auf, daß sie nach einigen hundert Kilometern Busch bereits durch die Wüste fuhren. Der Übergang war nicht abrupt, er vollzog sich langsam und unauffällig, und sie und John hatten einander so viel zu erzählen, daß sie kaum etwas anderes als John und sich wahrnahm. Doch dann bemerkte sie die Wüste: die Hitze am Tag, die Kühle in der Nacht, die Leere, die unendliche Weite und die Erde, die in ein endloses Geflecht von Rissen zersprungen war, darüber der ausgeblichene Himmel. Es war wie ein Schock.
Sie redete weniger. Immer öfter saß sie da und sagte gar nichts. Oder hörte John zu, wie er von der Wüste erzählte und von den Ureinwohnern und daß vor kurzem ein Pilot aus der Luft großflächige Figuren auf Felsplateaus entdeckt habe, mysteriöse Zeichen, wie man sie bisher nur aus den Anden kannte. Manchmal sang John auch, am liebsten, wenn die Sonne aufging oder unterging. Lili lag dann auf der Erde vor dem Sonnendach und schaute in den Himmel, und so, wie sich die Farben dort entfalteten, schien sich seine Stimme zu entfalten, strömte in sie hinein, füllte sie aus, und sie war glücklich.
Dann begann John, sich auf sein Examen vorzuberei-

ten, auch innerlich, sagte er und erklärte, er müsse sich über seine Ziele klarwerden. Sie wechselten jetzt nicht mehr die Plätze, sondern schlugen Zelt und Sonnendach unterhalb eines langgestreckten Felsens auf. Nachts lagen sie viel auf- und über- und untereinander, tagsüber versank John in seine Bücher. Oder in Gedanken.

Sie gewöhnte sich in dieser Zeit an, eine Art Tagebuch zu führen. Sie wollte das tägliche Geschehen notieren. Aber als sich die wenigen Ereignisse wie Feuer machen, Wasser abkochen, Essen zubereiten, abwaschen, putzen und aufräumen wiederholten, begann sie aufzuschreiben, was mit ihr geschah. Sie schilderte, wie sie sich einmal sehr weit vom Lager entfernte und es nur noch ein Punkt am Horizont war. Da löste sich der Horizont in dem grellen Licht auf, und sie glaubte, in einem unendlichen Raum ohne Anfang und Ende zu sein. Zum erstenmal war sie im *Nichts*, von dem John vor ihrem Aufbruch gesprochen hatte. Sie hörte sich atmen. Immer lauter atmete sie. Sie hörte jeden Schritt, mit dem sie zum Lager zurückging, hörte ihn immer lauter werden. Es war, als werde sie zu einer Riesin.

War ziemlich verrückt, sagte sie zu John, als sie ihm davon erzählte.

Man kann in der Wüste viele verrückte Erfahrungen machen, meinte er und beschrieb ihr, was er bei seinen früheren Aufenthalten erlebt hatte. Aber nichts glich ihrem Erlebnis, auch nicht der Erfahrung, die sie schon kurze Zeit später machte. Es war wieder eine

Nichts-Erfahrung, wie John es nannte. Doch dieses Mal wuchs sie nicht in das Nichts hinein, sie drohte, darin zu verschwinden.
Fortan entfernte sie sich nicht mehr von ihrem Zeltplatz. Sie hatte Angst, in dem grenzenlosen Raum verlorenzugehen. Sie vermied es sogar, an Lisa und Hans zu denken oder an Marleen und Miss Molly oder an andere Freunde in Berlin. Denn auch sie wurden in dieser unendlichen Weite zu winzigen Figuren, drohten, ebenfalls darin zu verschwinden.
John saß unter dem Sonnendach und schaute vor sich hin.
Worüber denkst du nach? fragte sie.
Sie nahm einen Schluck aus der Wasserflasche. Ihr Mund war so trocken wie die kleinen Erdschollen, die zu Staub zerfielen, wenn sie auf sie trat.
Ich versuche, mir vorzustellen, wie es Jesus in der Wüste ergangen ist, antwortete er langsam. Auch ihm fiel das Sprechen schwer.
Bestimmt schlechter als dir. Sie reichte ihm die Flasche. Er soll vierzig Tage lang nichts gegessen und nichts getrunken haben.
John bog den Kopf zurück, ließ das Wasser in seine Kehle laufen, verschloß die Flasche sorgfältig.
Das darf man nicht so wörtlich nehmen. Die Wüste ist ein Bild für den Zustand vor der Materialisierung, ein Symbol für die Leere. Und in der Leere offenbart sich Gott.
Klingt wie aus einer Bibelinterpretation, sagte sie.
Ist es auch, grinste John, stimmt aber trotzdem.

Sie rollte sich zu ihm unter das Sonnendach, legte ihren Kopf auf sein Knie, rieb sich die Augen, die vom Staub brannten, und blinzelte. Das Licht war selbst unter der Plane grell, die Sonne war so übermächtig, daß der Himmel fast farblos erschien.
John, sagte sie leise, weißt du, daß ich jeden Tag mehr das Gefühl habe zu verschwinden? Bald wird es mich nicht mehr geben.
John sah sie forschend an.
Sie lächelte. Ich meine es ernst, sagte sie. Ich weiß gar nicht mehr genau, wer ich bin. Bald werde ich nicht mehr wissen, ob es mich überhaupt noch gibt. Ich verschwinde einfach in diesem Nichts da draußen.
John blies ihr seinen Atem ins Gesicht, er kühlte und nahm ein wenig die Hitze von ihrer Haut.
Du sagst gar nichts, sag doch etwas!
Willst du sehen, was ich heute morgen gefunden habe? fragte er.
Ich möchte lieber, daß du dich mit mir unterhältst! Es könnte sein, daß ich verrückt werde!
John war aufgestanden und um den Jeep herumgegangen. Als er zurückkam, hielt er etwas in der Hand, das auf den ersten Blick aussah wie verrottetes Pergament. Dann erkannte Lili ein regelmäßiges Muster, die Schuppen bildeten sich deutlich ab. Er überreichte ihr das fragile Gebilde, und sie hielt es in die Luft. Es war die fast durchsichtige Haut einer Schlange.
Klingt banal, sagte er, aber vielleicht häutest du dich gerade. Man weiß dann nicht, wer man ist. John

musterte sie mit zusammengekniffenen Augen: Ich habe eine Ahnung, wer du sein wirst, wenn du dich gehäutet hast.

Wer denn?

Meine Braut.

Die Idee gefiel ihr so gut, daß sie sich stark genug fühlte, auch die letzten Tage in der Wüste noch durchzuhalten.

Doch dann lag die Schlange unter dem Schlafsack. John sah sie nicht, er trat fast auf sie und wurde von ihr gebissen. Sie saugte sofort, wie Mike es ihr gezeigt hatte, die Wunde unterhalb der Wade mehrmals aus, spuckte in hohem Bogen über John hinweg. Das Serum spritzte John sich selbst. Er bekam tatsächlich weder Fieber noch Krämpfe.

Am nächsten Tag baute er das Lager ab. Gib zu, du hast sie unter den Schlafsack gelockt, damit wir hier endlich abhauen, sagte er grinsend.

Nach drei Wochen in der Wüste erschien ihr die Rückreise durch den Busch voller Überraschungen. Sie wies John auf jeden Felsen hin, der grün oder rot oder blau schimmerte, freute sich über jeden Eukalyptusbaum, von dem die Rinde wie abgezogene Hautfetzen herunterhing. Als sie die Brücke über einen träge fließenden Bach passierten, bat sie John anzuhalten, so groß war ihr Bedürfnis, fließendes Wasser zu sehen, Hände und Füße hineinzuhalten, sich schließlich ganz und gar hineinfallen zu lassen.

Sie übernachteten in einem Motel, und Lili verbrachte viel Zeit unter der Dusche und genoß es, wieder auf einem Klo zu sitzen. Als sie an der Spülung zog, sprang ein großer knallgrüner Frosch heraus. Sie schrie auf.

Ich bin wirklich reif für die Zivilisation, sagte sie entschuldigend zu John.

Sind nur noch zweitausend Kilometer bis dorthin, antwortete er und begann, sie wie ein Hund zu beschnuppern. Schade, flüsterte er, ich habe deinen unzivilisierten Geruch sehr gemocht.

Zwei Tage später wußte sie, daß auch der Frosch wie die Schlangenhaut in der Wüste ein Vorbote gewesen war. Gegen Mittag erreichten sie den Muttaburra Stretch, eine fast schnurgerade, einspurige Straße durch trockene Ödnis. Nur nachts fahren dort riesige Trucks, am Tage begegnet man niemandem. Sie hatte die Veränderung nicht bemerkt. Am Nachmittag war der Himmel nicht mehr blau wie in den Wochen zuvor, sondern hing voller grauer schwerer Wolken.

Das ist deine Schuld, sagte John.

Meine Schuld?

Er sagte ernst: Wenn man die großen grünen Frösche weckt und sie aus Brunnen, Badewannen, Waschbecken oder Klos springen, dann gibt es Regen, und wenn es hier regnet, fallen nicht nur einzelne Tropfen, dann fällt der Regen wie in einem Stück auf die ausgetrocknete Erde. Du wirst es gleich erleben.

Er kniff die Augen zusammen und suchte auf der schmalen Straße nach einer Ausweichstelle. Als sie die gefunden hatten, kurbelte John schnell die Scheiben

hoch und begann hastig, alle Ritzen von innen mit Klebeband abzudichten. Lili half ihm.
Kaum waren sie fertig, fiel der Regen vom Himmel. Tatsächlich wie in einem Stück. Schon nach kurzer Zeit stand das Wasser an den Rändern der Straße, und bald war sie überschwemmt.
Tropfen so groß wie Bergkristalle prasselten auf das Dach des Jeeps. Dann sahen sie die Frösche. Erst schienen es nur wenige entlang der Straße zu sein, die schon nicht mehr zu erkennen war. Aber dann schwammen sie überall: große, aus den lehmigen Wasserfluten hellgrün leuchtende Frösche. Bald umringten sie den Jeep ganz dicht und glotzten seelenruhig vor sich hin, ja, es sah so aus, als lächelten sie dabei. Und während das Wasser immer weiter stieg, schwammen die Frösche immer höher um sie herum.
Erst am Abend hörte der Regen so abrupt auf, als hätte jemand den Haupthahn abgestellt. Kurz darauf leuchteten die Sterne wieder, und die Frösche begannen zu quaken, so laut, daß der Jeep zu vibrieren schien und sie selbst mitzuvibrieren schienen, ja, die ganze Welt um sie herum schien durch die unglaublichen Tonfolgen, die den Froschkehlen entstiegen, ins Vibrieren zu geraten. Irgendwann schliefen sie trotz des Lärms erschöpft, aber so wohlig ein, als sei alle Erdenschwere von ihnen abgefallen.
Sie wachten erst wieder auf, als im Morgengrauen ein Truck neben ihnen anhielt und der Fahrer *Are you okay?* rief. Das Wasser und die grünen Frösche waren

verschwunden. Ein paar Tage später erreichten sie die Zivilisation.
Bleib doch noch, sagte John zu Lili, als sie schließlich nebeneinander im Garten des Häuschens über der Bucht von Sydney unter dem Mangobaum lagen. Es gibt hier eine Schauspielschule, an der wirst du die Prüfung bestehen, bestimmt werden dir die Delphine und die Schlange und die Frösche helfen.
Und du? fragte sie.
Ich? Ich werde mein Examen machen und mich dann nach einem Job umsehen.
Sie rief bei Lisa und Hans an. Ich bleibe noch etwas, sagte sie.

Lili steht am Transportband und wartet auf ihr Gepäck. Sie wirft einen Blick in den grauen Berliner Morgenhimmel und gähnt. Dann fährt sie sich mit den Händen durch das Haar, schminkt sich die Lippen und setzt ihren Hut auf. Es ist ein Männerhut.
Willst du ihn eigentlich auch noch im Bett aufbehalten? fragte John irgendwann gereizt.
Er mag den Hut nicht. Manchmal versteckt sie ihr langes Haar darunter. Dann sagt John jedesmal: Du siehst wie ein Junge aus! Was natürlich nicht stimmt, sie wird schließlich im nächsten Jahr dreißig.
Ach, John! seufzt Lili.
Sie schaut suchend durch die Glasscheibe, hinter der sich viele Menschen drängen. Lauter Berliner Gesichter, denkt sie, es sind keine dunkelhäutigen dar-

unter. Lisa wird sich wahrscheinlich verspätet haben, sie kommt immer zu spät.
Das Transportband setzt sich quietschend in Bewegung, spuckt die ersten Gepäckstücke aus. Lili hält Ausschau nach ihrem Koffer. Unerwartet steht Hans plötzlich neben ihr, umarmt sie, der Hut fällt zu Boden. Als sich beide bücken, stoßen ihre Köpfe zusammen. Sie lachen, und Lili bemerkt, wie froh sie ist, Hans wiederzusehen. Es liegt zwei Jahre zurück, daß er und Lisa und Hannes sie in San Francisco besucht haben. Hannes sei ein bißchen erkältet, Lisa habe ihn nicht der kalten Luft aussetzen wollen, daher sei nur er da, erklärt Hans. Aber so habe er sich zur Gepäckausgabe durchmogeln können. Er lächelt, nimmt ihren Koffer vom Band. Lili geht neben ihm zum Ausgang. Sie sehen sich immer wieder kurz an, mit schnellen, fragenden, forschenden Blicken.
Wie geht es John? fragt Hans.
Weiß ich nicht so genau, antwortet sie unsicher, wir haben Probleme.
Oh, das tut mir leid.
Hans erzählt hastig von der Aufregung, die die ganze Stadt erfaßt hat.
Du wirst es gleich erleben, sagt er, überall Trabis.
Er verstaut ihr Gepäck im Kofferraum, sie steigen ein und fahren auf den Zubringer zur Stadtautobahn.
Auf den Richtungsschildern liest sie die vertrauten Namen: *Reinickendorf, Spandau, Wilmersdorf, Charlottenburg, Steglitz*. Lebt sie wirklich seit zehn Jahren nicht mehr hier?

Ich bleibe noch etwas länger, das hat sie noch mehrmals am Telefon zu Lisa und Hans gesagt. Erst als sie und John seiner Karriere wegen nach Kalifornien gingen, sagte sie es nicht mehr. Ich bin einfach immer nur bei ihm geblieben, denkt Lili. Dabei hat sich ständig alles in ihrem Leben geändert: Sie wechselten die Wohnungen, die Jobs, die Städte, die Freunde, alles. Nur daß sie ein Paar waren, das änderte sich nicht.
Wir haben hilfreiche Paten, hat sie einmal Miss Molly erklärt, und als Miss Molly wissen wollte, wer denn diese Paten seien, zählte sie sie auf: die Delphine in den Wellen, die Schlange in der Wüste und die Frösche im Regen. Sie glaubt tatsächlich an diese Paten, sagt oft zu sich, wenn sie eine bedrohlich erscheinende Veränderung auf sich zukommen sieht: Geh mit der Welle mit! Oder wenn sie vor einer Art Nichts steht, denkt sie an die Wüste, und sie fürchtet sich nicht mehr davor. Als ihre Krankheit wie ein Unwetter über sie hereinbrach, ermunterte sie sich, an deren reinigende Wirkung zu glauben, so hatte sie es auch nach dem Unwetter mit den Fröschen empfunden: Innerhalb kurzer Zeit klärte sich alles, und sie blieb bei John.
Welche Ausfahrt soll ich nehmen? fragt Hans.
Kaiserdamm, wünscht sie sich, oder ist es ein Umweg?
Hans schüttelt den Kopf, fädelt den Wagen in die Ausfahrt ein. Es ist fast der direkte Weg, sagt er.
Noch bevor Hannes geboren wurde, sind Lisa und Hans aus der Ansbacher Straße in die Bleibtreustraße gezogen. Sie wollten mit ihrem zweiten Kind, das

sie vor fast vier Jahren *geschenkt* bekamen, wie Lisa es nennt, noch einmal *neu anfangen*.
Das ist deine große Schwester, sagt Lisa zu Hannes, als Lili in der Tür steht. Erkennst du sie wieder?
Bestimmt nicht, meint Lili, schiebt den Hut aus der Stirn.
Hannes schüttelt verlegen den Kopf.
Mittlerweile könnten wir Schwestern sein, stellt Lisa etwas später in der Küche fest. Sie gießt für Lili einen Schlaftee auf.
Könnten wir. Der Altersunterschied zwischen Hannes und mir ist größer als zwischen uns beiden. Das ist eine hübsche Wohnung, sagt sie dann.
Gefällt sie dir?
Lili nickt. Und ich weiß auch, weshalb sie mir gefällt. Sie hat keinen langen Gang, von dem Zimmer links und rechts abgehen, es gibt keine linke und keine rechte Seite mehr.
Nein, die gibt es nicht mehr, sagt Lisa bestimmt.
Hannes kommt mit einer bunten Rassel in die Küche, läuft aber gleich wieder hinaus.
Er ist noch schüchtern. Übermorgen hat er sich an dich gewöhnt und wird dir nicht mehr von der Seite weichen. Lisa schenkt den Tee ein, Lili nippt vorsichtig, er ist noch heiß.
Du wirst sicherlich auch bald ein Kind bekommen, meint Lisa.
Hannes kommt wieder mit der bunten Rassel in die Küche gerannt, bleibt diesmal vor Lili stehen und schaut sie unverwandt an. Sie betrachtet sein feines

Kindergesicht mit den hellen, klaren Augen und stellt sich vor, Hannes wäre ihr Kind. Nein, sie wird kein Kind bekommen. Sie hat keine Zeit für ein Kind.
Ich bin selbst noch ein Kind, sagt sie.
Lisa runzelt unwillig die Stirn. Du bist bald dreißig.
Lili zuckt mit den Achseln. Dann bin ich eben ein etwas altes Kind.
Und John? Möchte er keine Kinder?
Weiß ich nicht, sagt Lili jetzt unwillig, schaut auf die bunte Rassel in Hannes' Hand, nimmt sie und beginnt, sie heftig zu rütteln und zu schütteln, und da erinnert sie sich an die Turbulenzen während des Fluges und wie sie es genossen hat, hinauf- und hinabzugleiten. Sie hat sich wie ein Vogel gefühlt. Frei wie ein Vogel. Sie gibt Hannes die Rassel zurück.
Wir brauchen keine Kinder, sagt sie schnell, John und ich brauchen keine Kinder.
Lisa zieht die Augenbrauen hoch und will etwas antworten, läßt es dann aber bleiben.
Hübsche Idee von Miss Molly, diese Silvestereinladung, sagt sie statt dessen. Dann fällt ihr ein, daß Marleen angerufen hat: Du sollst sie zurückrufen. Die Nummer steht auf dem Zettel neben dem Telefon. Sie wollte wissen, wie du aussiehst und ob sie dich noch wiedererkennt. Ich habe ihr erzählt, daß du jetzt einen Hut trägst. Sie sagte, ihr hättet seit ein paar Jahren nichts voneinander gehört.
Stimmt, bis auf eine Postkarte jedes Jahr zu Silvester. Ich glaube, ich muß jetzt unter die Dusche und dann ins Bett. Lili zieht den Hut in die Stirn, steht auf.

Ruf aber erst Marleen an, sagt Lisa. Behältst du den Hut auch im Bett auf? fragt sie dann etwas gereizt. Glaub schon. Lili zieht ihn grinsend noch etwas tiefer in die Stirn, geht zum Telefon und wählt die Nummer, die Lisa auf den Zettel geschrieben hat.

2

Marleen hält ihren Schal vor die Nase und überquert die Oranienstraße. Der Abgasgeruch der Wartburgs und Trabis ist kaum zu ertragen, die Stadt quillt über von ihnen. Aussichtslos, mit dem Auto zum KaDeWe fahren zu wollen. Wahrscheinlich sowieso eine dumme Idee, die Lebensmittelabteilung wird überfüllt sein. Marleen verlangsamt ihren Schritt, dann beschleunigt sie ihn wieder. Sie hat sich nun einmal vorgenommen, für das Neujahrsessen mit Lili dort etwas besonders Gutes zu kaufen. Und jetzt kann sie gleich noch Pfannkuchen und Baguette und Sekt für Felix und David mitbringen, denn Lili hat gestern am Telefon darauf bestanden, daß sie heute abend nur mit ihr und Miss Molly Silvester feiern wolle, wie vor zehn Jahren, ohne David und Felix.
Lili verdirbt mir den ganzen Spaß, hat sie zu Felix gesagt.
Die U-Bahn ist nicht überfüllt, Marleen setzt sich auf einen Platz nahe an der Tür, zündet sich eine Zigarette an und zieht genüßlich den Rauch ein. Ihr Unmut löst sich langsam auf.
Seit ein paar Wochen raucht sie wieder. Ich bin nervös, hat sie Felix erklärt.
Weshalb?
Nur so ein Gefühl, hat sie geantwortet.

Sie sieht ihr Spiegelbild in der Fensterscheibe. Ich habe mich verändert, denkt sie.
Ja, mir geht es gut, war ihre Antwort auf Lilis Frage. Ich habe einen Mann, ein gesundes Kind und einen interessanten Job.
Hat dir die Maus also tatsächlich Glück gebracht? meinte Lili daraufhin.
Die Maus? Ach ja, die hatte sie ganz vergessen! Sie muß jetzt noch lachen, obwohl sie noch immer ein bißchen wütend ist auf Lili.
Die Frau ihr gegenüber blickt von ihrer Zeitung auf. Marleen nickt ihr zu, die Frau nickt zurück und lächelt. Seit der Sache mit der Mauer kommt das häufiger vor, denkt Marleen. Man lächelt und nickt sich zu.
Sie hat ihr tatsächlich Glück gebracht, die Maus, ihr und David und Felix. Sie ist fast zeitgleich mit Lili in ihrem Leben aufgetaucht und fast zeitgleich mit ihr wieder daraus verschwunden. Zumindest hatte sie sie beinahe vergessen, so wie sie Lili fast vergessen hatte. Sie existierte, aber sie kam nicht mehr in ihrem Alltagsleben vor. Als David noch klein war, erzählte sie ihm Einschlafgeschichten von einem bunten Vogel, der in die Welt hinausgeflogen war und Abenteuer erlebte, und von einer grauen Maus, die zu Hause blieb und der er davon erzählte. Die graue Maus, das war sie. Oder ein Teil von ihr, der in ihr lebendig wurde, als Felix sie verließ. Obgleich er in ihrer ersten gemeinsamen Nacht zu einem Mann geworden war, wie sie ihn noch nie zuvor gekannt hatte, einer, der

unter ihren Augen von Kopf bis Fuß beseelt worden war, so scherte er sich nicht im geringsten um ihre Liebe und verschwand schon bald wieder.

Marleen aber fühlte sich so elend wie nie zuvor. Ihr wurde immer elend, kaum daß sie sich verliebt hatte, aber so elend, wie ihr damals war, wenn sie nur an Felix dachte, war ihr bei keinem anderen gewesen. Sie mochte nichts mehr essen und verlor ihre mühsam angegessenen Pfunde. Sie wolle nur noch unter seinem schweren Körper wie begraben sein, schrieb sie an Lili.

Daß ihr übel war, so stellte sich bald heraus, lag allerdings weniger an Felix als vielmehr an David Leonhard – so sollte er heißen, wenn es ein Junge werden würde. Aber auch wenn es David Leonhard nicht gegeben hätte, sie hätte wegen Felix gekotzt! Ich liebe ihn so sehr, jammerte sie immerfort laut vor sich hin. Wenn sie nach einem nur mit Mühe überstandenen Arbeitstag ihre Wohnungstür hinter sich schloß, legte sie sich in die Badewanne, verbrachte Stunden darin, fühlte sich vom warmen Wasser zärtlich umschmeichelt. Sie ließ es immer wieder heiß nachlaufen und kippte duftende Öle hinein. Melisse, Rosmarin, Lavendel. Sie wirkten beruhigend und linderten ein wenig ihre Übelkeit. Felix liebte sie, aber er wollte keine Verantwortung. Das bißchen, das ich aufbringen kann, brauche ich für mich selbst, sagte er.

An einem Samstag verordnete sie sich einen Spaziergang im Grunewald, durchstreifte statt dessen jedoch Kaufhauspassagen und Boutiquen. Sie probierte alles: Jacken, Hosen, Röcke, Kleider, Pullover, Mäntel, sogar Unterwäsche, und der Wunsch, sich ganz und gar neu einzukleiden, wurde immer heftiger in ihr. Nichts wie weg mit dem alten Zeug! Am besten, sie würde sich selbst gleich mit wegwerfen! Und das war ihr dann auch tatsächlich gelungen.
Sie hatte sich auf ihrem Streifzug durch die Läden ein Kleid gekauft, aber erst zu Hause vor dem Spiegel fiel ihr auf, daß sie darin aussah wie eine graue Maus. Und da erkannte sie: So sehr sie sich ihr Leben lang angestrengt hatte, keine Maus zu sein, es gelang ihr nicht. Das war die Wahrheit. Und diese Wahrheit empfand sie alles andere als beglückend. War das vielleicht der Grund, weshalb Felix sie wieder verlassen hatte?
Du bringst das Kleid zurück und läßt dir einen Gutschein geben, entschied sie. Am Montag meldete sie sich krank. Fred war darüber äußerst verstimmt.
Du weißt doch, daß ich mit den anderen Make-up-Mädels nicht zusammenarbeiten kann, sagte er unwirsch zu ihr am Telefon. Morgen bist du wieder gesund. Du mußt mehr essen, riet er ihr, du bist einfach zu dünn.
Sie gehorchte, warf Nudeln ins heiße Wasser, öffnete ein Glas mit Tomatensauce. Als sie vor dem Nudelberg saß, dachte sie an Felix, und sofort wurde ihr wieder kotzübel. Sie schob den Teller beiseite und ging ins Bad, ließ heißes Wasser einlaufen, schüttete

die duftenden Essenzen hinzu und glitt vorsichtig so tief hinein, daß sie bis zur Kinnspitze untergetaucht war. Das neue Kleid, das Mausgraue, wie sie es inzwischen nannte, hing noch immer an der Tür.
Während sie in der Wanne lag, starrte sie es an. Eine Stunde. Zwei Stunden. Dann begann sie, sich zu erinnern. Wie alles angefangen hatte. Mit dem Engel. Und wie sie sich für ihn, diesen Engel, der sie sein wollte, angestrengt hatte. Um alles schön und gut zu machen. Um selbst schön und gut zu sein. Um eine schöne und gute Welt zu schaffen.
Als sie aus der Badewanne stieg, fiel etwas wie eine zentnerschwere Rüstung auf den Boden, sie hörte es geradezu scheppern: Ihr war, als sei die Anstrengung all dieser Jahre von ihr abgefallen.
Da umarmte sie das neue Kleid, tanzte mit ihm durch ihre Dachwohnung und sagte: Ich werde dich nicht zurückbringen und umtauschen, ich behalte dich, aber tragen werde ich dich nicht. Ich werde dich in meinen Schrank hängen und dir immer dankbar sein.
Am Tag darauf ging sie wieder ins Studio. Sie trug das Mausgraue.
Wie siehst du denn aus? fragte Fred. Du bist ja wirklich krank.
Ich bin wieder gesund, sagte sie.
Du siehst aber noch immer schlecht aus, stellte er fest.
Ich fühle mich aber gut, erwiderte sie lächelnd.
Fred sah sie an, als sei er wirklich besorgt. Und was ist das? Er zupfte an ihrem neuen Kleid. Sieht ja aus wie ein Putzlappen.

Ist auch einer, sagte sie. Schließlich hatte es ihr einen klaren Blick verschafft. Aus Dankbarkeit trug sie es eine Woche lang jeden Tag.
Fred gefiel das nicht. Er begann, ihre Arbeit zu kritisieren, vermißte etwas auf den Gesichtern der Models.
Die sehen schon so grau aus wie du, meinte er und sah sie von oben herab an.
Zuerst verunsicherte sie Freds Mäkelei, dann wurde sie wütend. Aus Trotz und weil sie jetzt so aussehen wollte, wie sie sich fühlte, nichts mehr *schön und gut* machen, sich nicht mehr anstrengen wollte, um etwas zu vertuschen, schminkte sie sich ein blasses Gesicht und malte dunkle Ringe um die Augen. Da übersah Fred sie einfach, wie man eine graue Maus eben übersieht, und sie dachte, den Job wirst du nicht mehr lange behalten, und so kam es auch, und doch anders, als sie es vermutete.
Jürgen, einer der drei Werbechefs, blieb am letzten Produktionstag neben ihr stehen, sah ihr zu und meinte dann, eine Visagistin – bisher war sie nur das Mädchen für das Make-up – müsse kreativ sein. Sie dachte, jetzt erzählt er dir, wie schlecht deine Arbeit ist, aber Jürgen sagte, er finde sie ziemlich innovativ, und dann rückte er damit heraus, daß die Agentur einen Auftrag für einen Billigmode-für-junge-Leute-Katalog bekommen habe, und er finde, so wie sie sich in der letzten Woche gestylt habe, das sei genau das Zeitgefühl der Achtziger, schwarzweißgrau gegen die knallbunten Siebziger.

Hast du nicht Lust, vor der Kamera zu arbeiten?
Ja, sagte sie nur. Mehr fiel ihr in dem Augenblick nicht ein.
Nach den Probeaufnahmen meinte Jürgen: *Cool*, einfach *cool*, und damit stand sie vor der Kamera und nicht mehr dahinter. Denn *cool*, das sei der Ausdruck der Achtziger, wie Jürgen sagte, und den trage sie wie eine zweite Haut auf ihrem Gesicht.
Fred war zunächst schockiert, dann sah auch er ein, daß sie *cool* war. Es fiel ihr nicht schwer, so zu sein. Sie strengte sich einfach nicht mehr an. Sie war das, was sie war: eine graue Maus.
In dieser Zeit traf sie Miss Molly, die aus Australien zurück war, und erzählte ihr, was sie inzwischen erlebt hatte: daß Felix sie wieder verlassen habe und daß sie schwanger sei, aber daß das mausgraue Kleid ihr Glück im Unglück gebracht habe. Sie verdiene jetzt ziemlich gut und werde David Leonhard auf jeden Fall zur Welt bringen.
Am nächsten Tag schickte ihr Miss Molly Tierkarten, aus denen sie sich für einen Tag, für eine Woche, einen Monat oder auch für ein ganzes Jahr ein Schutztier ziehen solle. Mit einem solchen Schutztier könne sie sich, schrieb ihr Miss Molly, besser in den irdischen Dingen zurechtfinden.
Marleen studierte daraufhin den Text zu jeder der Tierkarten, vor allem den über die Maus. Ihre Botschaft sei, las sie, alles, was man vorhabe oder was einem widerfahre, ganz genau zu prüfen. Marleen folgte dem Rat. Und das erste, was sie genau prüfte,

war ihre Liebe zu Felix. Sie holte jedes noch so verborgene Gefühl, das sie für ihn empfand, an die Oberfläche, sie prüfte jeden noch so beiläufigen Gedanken an ihn.

Sie hatte noch nicht alle Gefühle und Gedanken *ganz genau* geprüft, da begegnete sie Felix. Seit Wochen hatte er sich nicht mehr bei ihr blicken lassen, war ihr ausgewichen. An einer Straßenecke am anderen Ende der Stadt lief sie ihm wieder einmal in die Arme. Und gleich am nächsten Tag noch ein zweites Mal.

Sie war mit Jürgen, Fred, Bella und den anderen ins S. O. 36 tanzen gegangen. Sie waren alle aufgedreht, denn der Katalog kam gut an. Doch kaum sah Marleen die Leute auf der Tanzfläche, wie sie im Dunkeln so allein vor sich hin zappelten und umhersprangen, packte sie eine große Wehmut. Sie schloß die Augen, schlang die Arme um sich selbst, wiegte sich nach der Musik und sehnte sich nur nach dem einen, bis jemand sie in die Arme nahm, und das war, sie wußte es, bevor sie die Augen öffnete – Felix.

Ich suche uns eine Wohnung, versprach Felix noch in derselben Nacht, und schon bald hatte er sie in der Oranienstraße, hundert Schritte von der Agentur entfernt, gefunden. Er renovierte sie und verwandelte die muffigen Fabrikräume in eine helle Wohnung.

Damals war sie sich ganz sicher, daß die Maus aus Miss Mollys Karten sie zusammengeführt hatte. Und so gewöhnte sie sich an, alles, was sie vorhatte oder was ihr widerfuhr, auch weiterhin genau zu prüfen.

Marleen steigt am Wittenbergplatz aus und schlägt sofort wieder den Schal vor Mund und Nase. Ein nicht enden wollender Strom von Autos, vor allem aus dem Osten, verstopft auch hier die Straßen. Auf dem Platz und den Gehwegen drängeln sich Neugierige und Flaneure. Die aus dem Osten bestaunen die Schaufenster, die aus dem Westen bestaunen das Staunen.

Noch bevor Marleen den Tauentzien überquert hat, sieht sie schon von weitem, daß sie keinen Fuß ins KaDeWe setzen wird: Trauben von Menschen haben sich vor den Eingängen angesammelt, das Kaufhaus ist offensichtlich überfüllt. Mehr als überfüllt. Und noch immer versuchen Leute hineinzugelangen.

Marleen bleibt stehen, schaut eine Zeitlang zu, dann drängelt sie sich entschlossen den Tauentzien wieder hinunter. Sie wird zurückfahren und in ihrer Gegend das Nötigste besorgen, türkische Delikatessen statt französischer für Lili. Als sie an der Augsburger Straße die Treppen hinuntersteigt, erscheint ihr der U-Bahn-Schacht wie ein rettendes Schlupfloch, in das sie aus dem Gedränge und dem lauten Verkehr und dem Gestank hineinschlüpfen kann.

Während sie auf den Zug wartet, versucht sie sich zu erinnern, wann sie vergessen hat, alles genau zu prüfen, was ihr widerfuhr, was sie dachte und fühlte. Als sie mit David schwanger war, hat sie sogar einmal geträumt, sie sei eine Maus. Ganz langsam öffnete sich in ihrem Traum eine große alte Tür, sie knarrte fürchterlich in den Angeln, und dahinter war diese Dunkelheit. Sie rührte sich zuerst nicht vom Fleck, dann schlüpfte sie durch den Türspalt hinein. Ihre Augen mußten sich nicht lange an das Dunkel gewöhnen, sie nahmen gleich das blaue Licht wahr, das in dem Höhlenraum flimmerte. Es forderte sie auf, in die Mitte zu kommen, dorthin, wo es am hellsten war. Nein, nein, ich muß im Schutz der Dunkelheit bleiben, dachte sie, ich darf mich nicht ins Licht wagen. Doch, doch, du darfst es, ich werde dir dabei helfen, sagte eine Stimme. Es war die Stimme von David Leonhard. Dann wachte sie auf.

Sie blieb noch ein wenig im Bett liegen, lauschte der Stimme nach und kam zu spät ins Studio. Dort trug sie hastig ihr Make-up auf, verwischte etwas Schwarz unterhalb des Jochbeins, Bella, Freds Assistentin, klebte ihr die Haare mit Gel an den Kopf und drehte ihr einen kleinen Diamanten ins Ohrläppchen.

Sieht cool aus, sagte sie nach einem prüfenden Blick.

Fred kam in die Garderobe.

Jim wartet schon, flüsterte er. Jim war der Kameramann.

Marleen, an was denkst du? fragte Jim, als sie endlich vor der Kamera stand.

An nichts, antwortete sie.

Das stimmt nicht, du hast Falten auf der Stirn. Könntest du bitte an nichts denken?

Sie versuchte es.

Sie sind noch immer da, Marleen.

Wer?

Die Gedanken. Ich sehe sie durch die Kamera. Ich glaube nicht, daß unser Kunde uns für deine Gedan-

ken bezahlt. Machen wir eine Kaffeepause. Vielleicht klappt es danach besser.
Bella brachte ihr einen Pappbecher mit heißer Schokolade. Sie trank in kleinen Schlucken und schaute aus dem Fenster auf den Fernsehturm drüben im Osten am Alexanderplatz.
Immer wenn sie vor der Kamera stand, erzählte sie David Leonhard, was gerade geschah, wie sie den Arm bewegte oder den Kopf, wie sie ging, wohin sie sah. Sie konnte sich für David selbst beobachten. Das führte offenbar zu dieser Distanz sich selbst gegenüber, zu dieser Ausdruckslosigkeit, die alle so cool fanden, daß Jürgen sie trotz ihrer Schwangerschaft vor die Kamera holte.
Können wir bitte weitermachen? rief der Assistent.
Fred zupfte an ihr herum. Was ist los, Marleen? flüsterte er.
Einiges. Sie kicherte.
Sie sah, wie Jürgen hinter Jim auftauchte. Jim war nicht zufrieden mit ihr und sagte es Jürgen. Der schaute auf seine Turnschuhe, wippte auf den Zehenspitzen, und nebenbei wanderten seine Augen zu ihr. Er erkannte natürlich sofort, daß sie nicht cool war, ganz und gar nicht *cool*. Im Gegenteil. Es kam ihr geradezu lächerlich vor, *cool* zu sein, jetzt, wo David angefangen hatte, mit ihr zu sprechen! Sie rannte in die Garderobe. Jim, Jürgen, Bella, Fred, die Assistenten sahen fassungslos hinter ihr her.
He, du kannst doch nicht einfach vom Set laufen, donnerte Jim.

Ich kann nicht mehr, sagte sie in der Garderobe zu Bella. Dann kamen die Tränen. Ich bin kein Model. Das habe ich von Anfang an zu Jürgen gesagt. Ich bin hinter der Kamera wirklich besser als vor der Kamera, auch wenn man davor besser verdient als dahinter. Sie dachte an die neue Wohnung, an Felix, das Kind, die Kosten.

Es ist ziemlich ruhig da draußen, oder hörst du etwas?

Bella schüttelte den Kopf.

Wie soll es jetzt weitergehen? fragte Marleen.

Bella zuckte mit den Achseln.

Am besten, ich gehe mal raus, sagte sie. Ihr Herz klopfte in schnellen, harten Schlägen. Ich werde dir helfen, hörte sie die Stimme von David Leonhard. Wenig später arbeitete sie wieder hinter der Kamera. Gegen Ende ihrer Schwangerschaft stellte sie eines Tages erstaunt fest, daß sich parallel zum Wachstum ihres Leibesumfangs auch ihr Aufgabenbereich vergrößert hatte. Jürgen wollte immer häufiger von ihr wissen, wie sie ein Konzept beurteile oder welche Ideen sie zu einem neuen Produkt habe, ja, er sagte sogar, sie habe einen ziemlich genauen Blick, und er schätze ihren Rat.

Wenn das so weitergeht, sagte sie abends zu Felix, muß er mir einen Beratervertrag geben. Und tatsächlich lag einige Tage später morgens der Vertrag auf ihrem Schminktisch. Es ist nicht gerade üblich, als Hochschwangere befördert zu werden, dachte sie zufrieden.

Sollte sie vielleicht doch noch vor der Geburt von David Leonhard heiraten? überlegte Marleen, als sie etwas später mit dem Fahrstuhl die sechs Stockwerke nach unten fuhr, um in einer Drehpause ein wenig Luft zu schnappen.

Für das Kind wäre es besser, hatte Tante Rosa gesagt, und deinen Eltern wäre es auch lieber. Wenn Tante Rosa von ihren Eltern spricht, meint sie in der Regel sich selbst. Als die Eltern mit den Geschwistern nach Frankfurt zogen, sie jedoch in Berlin bleiben wollte, hatte Tante Rosa sie bei sich aufgenommen. Sollte sie wegen Tante Rosa heiraten? Sie überquerte den Segitzdamm und schlenderte dann über den Rasen des schmalen Parkstücks.

Werden wir eben heiraten, sagte sie zu David und strich sich das Haar aus der Stirn. Es sollte ein warmer Tag werden. Im Radio war eine Hitzewelle angekündigt worden. Am anderen Ende des kleinen Parks stand eine Bank, sie ging darauf zu.

Wie langsam ich heute bin, dachte sie und hatte plötzlich das Bedürfnis, sich auf den Boden zu setzen und Lilis Brief zu lesen. Sie wagte es nicht. Die Hunde der ganzen Gegend markierten täglich dieses Stückchen Grün. Sie lehnte sich statt dessen gegen den Stamm einer Birke und beobachtete, wie der Türke auf der anderen Straßenseite die sorgfältig aufgeschichteten Gemüse und Salate mit Wasser besprengte und die Markise herunterdrehte. Das seltene Gefühl, unendlich viel Zeit zu haben, breitete sich in ihr aus. Sie schaute zur Agentur hinauf. Hinter den

Fenstern in der sechsten Etage glaubte sie die herumwirbelnden Silhouetten von Bella und Fred zu erkennen. Sie nahm Lilis Brief aus der Tasche.
Als sie ihn zu Ende gelesen hatte und aufblickte, sah sie drei Krähen über den Rasen hüpfen. Dann stolzierten sie auf ihren dünnen Beinen weiter, pickten dabei links und rechts in die Erde. Sie fuhr sich über die Stirn, bemerkte den Schweißfilm auf ihrer Haut, er war hauchdünn. Die Sonne konnte ihn gewiß nicht hervorgerufen haben, sie stand noch nicht hoch genug, noch kühlte der leichte Morgenwind.
Von weitem rollte sachte eine Schmerzwelle heran, verebbte wieder, und sie sah voraus, was sie gleich tun würde. Sie würde langsam und sorgfältig Lilis Brief zusammenfalten, ihn in ihre Umhängetasche stecken und auf das Taxi zugehen, das am Ende des kleinen Parks am Stand wartete. Sie würde einsteigen und zu dem Fahrer sagen: In das Gertraudenkrankenhaus, bitte.
Auf dem Weg dorthin würde sie David Leonhard, um ihn zu beruhigen, die Geschichte von dem bunten Vogel und der grauen Maus erzählen, die sich in der Silvesternacht in der S-Bahn von Ost- nach Westberlin kennengelernt hatten. Aber David Leonhard hörte nicht zu. Er veranstaltete einen fürchterlichen Lärm in ihrem Bauch.
Sei still, du kannst noch nicht auf die Welt kommen, es ist viel zu früh für dich, schimpfte sie. Er hörte nicht auf sie.
Im Kreißsaal wurde Mozart gespielt, die Schmerz-

wellen tosten jetzt durch sie hindurch, daß ihr Hören und Sehen verging.

Vergessen Sie das Atmen nicht, mahnte die Hebamme.

Lili hüpfte als bunter Vogel eine breite Treppe hinauf, die in den Himmel zu führen schien. Oben stand jemand. Es war David.

Er wartet auf mich, dachte Marleen.

Hast du meinen Geburtstag vergessen? fragte er.

Nein, natürlich nicht, stotterte sie, aber er sollte doch erst später sein.

Ein wildes Brausen und Tosen umgab sie, und sie sah und hörte nichts mehr. Sie glaubte, in einem Meer von unendlich hohen Wellen und unendlich tiefen Tälern zu sein, in dem sie jede Woge in einen noch tieferen Schmerz trug, woraus sie immer wieder emportauchte, um von der nächsten Woge noch tiefer hineingetragen zu werden. Und dann waren ihre Ohren erfüllt von einem Gurgeln, einem Schrei, einem Brüllen.

Ich werde ihn Leo nennen, Lili, flüsterte sie. Dann heulte sie los, wollte ihn am liebsten trockenlecken, den winzigen Leo, und knurrte die Schwester an, als sie ihn ihr wegnehmen wollte.

Marleen steigt am Moritzplatz aus, geht die Oranienstraße hinunter. Auch im türkischen Delikatessenladen steht heute eine Schlange, sie stellt sich in die Reihe.

Als Miss Molly sie kurz nach David Leonhards Geburt besucht hat, schenkte sie ihr einen Ballen Stoff, in den als Muster ein großes Herz mit einem Löwen darin eingewebt war. Das Motiv sei ihr durch seinen zweiten Namen, Leonhard, den sie mit *Löwenherz* übersetzte, in den Sinn gekommen, sagte Miss Molly. Sie habe den Stoff eigens für ihn weben lassen.
Ich werde Kopfkissen und Bettbezug daraus nähen, sagte Marleen.
Eine gute Idee, meinte Miss Molly. Dann wird gewiß sein Herz im Schlaf stark und mutig wie das eines Löwen. Seitdem schläft David in der Herz-mit-Löwe-Bettwäsche.
Der Verkäufer fragt sie nach ihren Wünschen, und sie zählt mehrere Spezialitäten auf, die er in mittelgroße Plastikbecher füllt.
Sie ist damals froh gewesen über Miss Mollys Besuch. Anders als Tante Rosa konnte Miss Molly verstehen, daß sie nach Ende des Mutterschaftsurlaubs wieder in der Agentur arbeiten wollte.
Das ist David gegenüber verantwortungslos, sagte Tante Rosa. Es versetzte Marleen einen Stich, sie liebte und schätzte Tante Rosa.
Felix und ich tauschen ein wenig die Rollen, versuchte sie, Tante Rosa zu erklären. Es gefällt ihm, es gefällt mir, und David gefällt es auch.
Woher willst du das wissen? fragte Tante Rosa in einem Ton, als hielte Marleen sie zum Narren. Er ist doch erst ein paar Wochen alt.
Es hatte einfach keinen Sinn, mit Tante Rosa darüber

zu reden. Trotzdem blieb ein Unbehagen zurück. Erst als Marleen sah, daß David unter Felix' Obhut wuchs und gedieh wie andere Kinder auch, legte es sich.
Marleen fing also wieder an, in der Agentur zu arbeiten, allerdings zunächst nur halbtags, während Felix seinen Zeichentisch im großen Wohnraum aufbaute. Im Laufe der Zeit gab er das Zeichnen mehr und mehr auf, spezialisierte sich statt dessen auf das Renovieren von alten Wohnungen. David ist mein Hauptberuf, sagte Felix oft.
Ohne ihn wäre Davids Herz nicht stark und mutig wie das eines Löwen geworden, denkt Marleen. Schon deshalb liebt sie Felix. Auch wenn sich ihre Gefühle verändert haben. Das Begehren, das sie am Anfang so heftig verband, hat sich langsam, fast unmerklich zurückgezogen. Etwas anderes verbindet sie jetzt. Vertrauen. Die Liebe zu David. Zum gemeinsamen Leben.
Marleen kauft in der gegenüberliegenden Weinhandlung Champagner und Krimsekt, in der Bäckerei daneben Baguette und Pfannkuchen und geht langsam die Oranienstraße zurück nach Hause.
Finden Sie eigentlich, daß ich mich nach Davids Geburt verändert habe? hat sie Miss Molly bei ihrem Besuch gefragt.
Ich weiß es nicht, sagte Miss Molly prüfend und wiegte den Kopf hin und her.
Ich finde, daß ich mich sehr verändert habe, behauptete Marleen.
Miss Molly überlegte. Wenn ich dich nicht kennen

würde, würde ich denken, daß du ein bißchen traurig aussiehst.

Traurig? Warum sollte ich traurig sein? Felix und ich lieben uns, und wir haben das schönste Kind der Welt.

Marleen war irritiert. Warum konnte Miss Molly denken, sie sei traurig, wo sich doch ihr ganzes Leben, seitdem sie Miss Molly begegnet war, aufs beste entwickelt hatte, wenn auch manchmal unter Schmerzen? Dann stutzte sie.

Ich glaube, Sie haben sich von meinem neuen Makeup täuschen lassen, Miss Molly. Sie lächelte. Ich sehe nicht traurig aus, ich sehe *cool* aus!

Ach so, sagte Miss Molly, griff sich mit den Fingerspitzen ins Haar, ließ ihren Blick über Marleens Gesicht wandern. Über ihre blaßgeschminkte Haut, die schwarzumschatteten Augen und das dunkelrote Kußmündchen. Ein Mäuschengesicht.

Von fern fühle ich mich an Stummfilmzeiten erinnert, meinte Miss Molly schließlich. Ist das jetzt Mode?

Stummfilmzeiten? fragte Marleen. Was meinen Sie damit? Unser Werbechef sagt, es sei was ganz Neues. Es sei *cool,* und *cool* werde der Ausdruck der Achtziger sein.

Wirklich? sagte Miss Molly nur und sah sie nachdenklich an. Dann begann sie, von den Moden zu erzählen, und daß Stoffe und Muster wie Frauen seien und sich wie Frauen wandelten.

Mit den Lebensverhältnissen verändern sich auch die Stoffe, verändern sich die Webarten, die Farben, die

Muster, erklärte sie und fuhr dann fort: Entsprach nicht nach dem Chaos der vierziger Jahre die Einfarbigkeit Anfang der fünfziger Jahre dem Wunsch der Frauen nach einem geordneten, einfachen Leben? Und wie schrill und schreiend waren die Farben und Muster Ende der sechziger, Anfang der siebziger Jahre mit dem allgemeinen Aufwachen einer neuen Generation. Die Dornröschenzeit mit den großen Blumen Ende der Fünfziger, Anfang der Sechziger war nun endgültig vorbei. Anleihen aus der modernen Kunst prägten für kurze Zeit das Bild, bis durch die fernöstlich inspirierten Hippies der indische Farben- und Formenreichtum die Stoffmode beeinflußte. Daran wirst du dich sicher noch erinnern.

Miss Molly lehnte sich zurück. Und was werden nun die Achtziger bringen? fragte sie mehr sich selbst und blickte vor sich hin. Wahrscheinlich werden die Muster jetzt, wo die Frauen eigene, neue Wege suchen, mehr durch Linien geprägt werden, durch Streifen, Kreise, Punkte, sagte sie schließlich.

Kennst du die Landkarten der Aborigines? fragte sie plötzlich und wurde mit einemmal ganz unruhig.

Marleen mußte ihr von Felix Papier, Bleistifte und Buntstifte bringen, und sofort reihte sie Dreiecke, Vierecke, Kreise, Linien und Würfel aneinander, und schon bald konnte Marleen ein Muster erkennen. Dann setzte Miss Molly die Grundelemente auf eine andere Weise zusammen, und ein neues Muster entstand. Auch die Farben kombinierte sie immer wieder anders, und alles geschah so schnell, daß es aussah,

als würden diese vielen neuen Muster Miss Molly einfach so aus der Hand fließen.
Wahrscheinlich sind es Mäuseschritte. Miss Molly kicherte plötzlich vor sich hin. Und immer weitere Skizzen entstanden. Ja, sie sehen aus wie Mäuseschritte, sagte Miss Molly, als sie die Entwürfe betrachtete. Sie ordnete die Blätter. Ich wußte gleich, daß du mir Glück bringen würdest, Marleen, meinte sie zufrieden.
Nachdem Miss Molly sich von ihr verabschiedet hatte, drehte sie sich auf der Treppe noch einmal um und rief ihr zu: Mäuseschritt in den Achtzigern, nicht mehr Hahnentritt wie in den Siebzigern!
In den letzten Jahren habe ich sie immer seltener gesehen, denkt Marleen. Und dann lag vor ein paar Wochen Miss Mollys Einladung zur zehnjährigen Silvesterjubiläumsfeier im *Ristorante da Luigi* im Briefkasten.
Marleen schleppt die Einkaufstüten in den vierten Stock hinauf. Es gibt keinen Fahrstuhl zu ihrem *Loft*, wie sie die ehemalige Fabriketage nennen. Sie stellt die Tüten auf dem Küchentisch ab, geht zum Telefon und wählt Miss Mollys Nummer.
Lili wird vielleicht vergessen haben, ihr zu sagen, daß David und Felix heute abend nicht dabeisein werden.
Miss Molly meldet sich am Telefon.
Lili möchte, daß es ein richtiges Jubiläum ist, daß es wieder so ist wie vor zehn Jahren, sagt Marleen.
Das wünsche ich mir auch, antwortet Miss Molly mit ihrer hellen Stimme. Sie lacht. Wahrscheinlich wer-

den wir jedoch heute abend feststellen, daß es eben nicht so ist wie vor zehn Jahren. Wir können die Zeit nicht zurückdrehen... Trotzdem verstehe ich Lili. Hoffentlich erkenne ich euch überhaupt. Also bis später, ich freue mich.
Ich mich auch, obwohl... Bis später, sagt Marleen nur und legt auf.

3

Miss Molly bleibt neben dem Telefon sitzen. Wie gut sie Lili versteht. Auch sie wünscht sich insgeheim ein Silvester wie vor zehn Jahren. Doch während sie sich den Abend auszumalen beginnt, besteht eine Stimme in ihr darauf, daß es ein Silvester *nach* zehn Jahren ist. Zehn Jahre sind vergangen! Wie im Flug! Plötzlich fühlt sie sich bedrückt.

Sie geht in die Küche und gießt sich einen grünen Tee auf. Sie setzt sich auf die Fensterbank, schaut in das Geflecht der kahlen, dunklen Äste, das mit einer dünnen Schneeschicht bedeckt ist. Sie trinkt den Tee langsam und in kleinen Schlucken. Nein, es ist nicht das Alter, das sie bedrückt. Es sind die zehn Jahre, in denen sich nichts verändert hat, die sie bedrücken: Zehn Jahre, und noch immer kann die Erfindung von Joseph Kayl nicht genutzt werden, obwohl sie verschiedene Institute damit beauftragt hat. Und so verleiden ihr noch immer die giftigen Abwässer im Comer See und anderswo das einst ungetrübte Vergnügen an ihren Stoffen.

Miss Molly erhebt sich, geht, die Teetasse in der Hand, durch ihre Wohnung.

Zwar sterben die Fische im See nicht mehr in Scharen, da die staatlichen Auflagen strenger geworden sind, und auch die Verwendung von Blei bei der Seidenfabrikation ist generell verboten. Dennoch werden bei der Produktion Gifte freigesetzt, nicht nur am Comer See, sondern überall. Seitdem zum Beispiel die Melrose Company die neuen Stoffe aus Japan in ihre Kollektion aufgenommen hat, klagen die Zuschneiderinnen über Nasenbluten und Hautausschläge.

Miss Molly bleibt vor dem Paravent stehen, betrachtet ihr diesjähriges Silvesterkleid, das dort auf einem Bügel hängt. Heinz, der noch immer jedes ihrer Silvesterkleider schneidert, hat das kleine Schwarze mit einem kurzen Cape in Apricot aufgehellt. Eine traumhaft schöne Farbe für Sie, sagte er schwärmerisch, als er fertig war.

Vielleicht würde es ja doch ein Silvester wie vor zehn Jahren. Die Begegnung mit Lili und Marleen hat sie damals so beflügelt, daß sie vor lauter Übermut sogar ihren Hintern kreisen ließ, und schon wenige Wochen später ist sie mit Lili nach Australien geflogen. Im Gespräch mit Tina Kayl hat sie etwas entdeckt, was sie seitdem immer wieder beschäftigt. Noch hat sie mit niemandem, auch nicht mit Tina oder Lili, darüber gesprochen. Bis Joseph Kayls Erfindung angewendet werden kann, soll es ihr Geheimnis bleiben. Und das ist es leider bis heute noch.

Miss Molly geht zum Telefon, ruft Luigi an und bittet ihn, zwei Gedecke weniger aufzulegen.

Felix und David feiern nicht mit, Lili hat sich gewünscht, daß alles so sein soll wie vor zehn Jahren.

Das wird es nicht, meint Luigi, dafür garantiere ich.

Ja, die Welt ist älter geworden und wir auch, sagt Miss Molly.
Die Welt schon, aber nicht du, Miss Molly. Ich habe übrigens eine Überraschung für dich. Ich hoffe, sie wird dir gefallen.
Eine Überraschung? Wirklich?
Miss Molly spürt, wie durch Luigis Ankündigung ihre bedrückte Stimmung mit einemmal verflogen ist. Sie wird mir bestimmt gefallen, sagt sie leise und legt den Hörer auf.
Kurz darauf steht sie unter der Dusche. Danach fühlt sie sich wunderbar beschwingt. Luigi hat wirklich ein besonderes Talent, denkt sie, mich mit seinen Überraschungen von meiner Melancholie zu befreien.
Sie setzt sich vor den Spiegel im Schlafzimmer. Seitdem es mit einem Schminktisch und dem Paravent möbliert ist, bezeichnet sie es als *Boudoir*. Sie bindet ihr dunkelgetöntes Haar mit einem elastischen Samtband aus der Stirn. Dann beginnt sie, verschiedene Cremes als Basis für ihr Make-up aufzutragen. Und während sie darüber nachsinnt, womit Luigi sie wohl überraschen wird, taucht die Erinnerung in ihr auf, wie er sie einmal – ist es vier, fünf oder gar sechs Jahre her? – so sehr überrascht hat, daß ihr Herz wie das eines jungen Mädchens klopfte.

Es war Anfang März und naßkalt. Die Wolken hingen tief, und während des Tages war es nicht richtig hell geworden. Sie war auf dem Nachhauseweg. Die Lichter der Straßenbeleuchtung spiegelten sich auf dem regennassen Pflaster. Sie dachte während der Fahrt über ihre Lustlosigkeit nach, die sie seit längerem empfand und die sie früher nicht gekannt hat, und verspürte plötzlich den Wunsch, mit jemandem darüber zu sprechen.

Sie bog vom Ernst-Reuter-Platz statt in die Bismarckstraße in die Hardenbergstraße ein und hielt vor dem *Ristorante da Luigi*. Seit der Silvesterfeier war sie hier immer häufiger zu Gast. Es war auch nicht das erste Mal, daß sie mit Luigi einfach nur reden wollte.

Sie betrat das Lokal und stellte überrascht fest, daß bereits jemand aus der Melrose Company an der Bar saß: Achim, ihr bester Mann in der Auslieferung.

Ich habe gewußt, sagte er, daß Sie heute hierherkommen würden.

So? meinte sie erstaunt.

Ja, ich habe Sie am Nachmittag beobachtet, wie Sie durch das Hauptlager gegangen sind, und da wußte ich, daß Sie heute abend hierherkommen würden.

Weshalb? fragte sie ihn.

Weil Sie etwas auf dem Herzen haben. Früher sind Sie fast jeden Tag durchs Hauptlager gegangen, haben sich die neuen Lieferungen angesehen und die Stoffe gestreichelt.

Gestreichelt?

Ja, wie Ihre Hand über die Seide, das Tuch oder die Baumwolle gestrichen ist, bei der Seide nur mit den Fingerkuppen, bei schwerem Tuch mit der ganzen Hand – das war ein Streicheln, wirklich. Seit einiger

Zeit kommen Sie nicht mehr ins Lager und streicheln die Stoffe nicht mehr. Heute habe ich Sie zum erstenmal wieder dort gesehen. Sie haben aber die Stoffe kaum beachtet, und da dachte ich, daß Sie etwas auf dem Herzen haben und daß Sie am Abend bestimmt zu Luigi gehen werden. Deshalb bin ich hier. Stimmt irgend etwas nicht? Sind Sie vielleicht mit meiner Arbeit unzufrieden?

Um Gottes willen, Achim, nein, sagte Miss Molly und erzählte dann, daß sie seit vier Jahren auf die Anwendungsmöglichkeit der Erfindung dieses australischen Chemikers warte, wovon ja in der Firma alle wüßten, von den verschiedenen Instituten jedoch nichts als Ausreden zu hören bekäme. Gerade heute sei wieder so ein Schreiben voller vager Formulierungen eingetroffen. Wahrscheinlich stecken sie mit den Chemiekonzernen unter einer Decke, sagte sie düster.

Das tun sie bestimmt nicht, meinte Achim, alles braucht seine Zeit.

Möchtest du einen Cognac oder einen Grappa? fragte Luigi und sah sie besorgt an.

Ich möchte einen Orangensaft.

Einen Orangensaft? Luigi war betroffen.

Ich glaube, es wird Zeit, daß Miss Molly mal wieder ein Fest feiert, sagte Achim.

Ja, feiern wir ein Fest, stimmte Luigi sofort zu, ein Kostümfest!

Die Idee gefiel ihr. Einen Abend lang aus der Haut schlüpfen, die alte, müde, enttäuschte Miss Molly als Hülle zurücklassen können.

Ich bin für ein römisches Kostümfest, sagte Achim.
Nein, Rom gefiel ihr nicht, auch Luigi, dem Bolognesen, nicht. Ein venezianisches Kostüm würde mir viel besser stehen, sagte Miss Molly.
Du willst doch nicht deine herrlichen Rundungen unter dem vielen Stoff eines venezianischen Kostüms verbergen? fragte Luigi entrüstet. Ich muß gestehen, Miss Molly, das würde ich sehr bedauern, außerordentlich bedauern, Miss Molly.
Ich möchte tanzen, Luigi.
Jetzt?
Nein, nicht jetzt, das Kostüm muß so geschneidert sein, daß ich darin tanzen kann.
Ein Solo mit deinem wunderbaren Hintern, wenn ich das so sagen darf? Es wäre wirklich ein Jammer, wenn Miss Molly dieses Solo nur deshalb nicht tanzen könnte, weil sie sich unter einer Fülle von Stoff versteckt! Lieber gebe ich, obwohl ich aus Bologna stamme, meine Stimme für Rom.
Luigi legte den Arm um ihre Taille. Francesco, rief er, könntest du für Miss Molly Lucio Battista auflegen? Darf ich bitten?
Du willst mit mir tanzen? Ich habe so lange nicht mehr getanzt, Luigi. Ich weiß nicht, ob ich es noch kann.
Aber gewiß kannst du es noch. Tanzen verlernt man nicht, merkst du es?
Das ist nur die Musik. Sie ist wirklich sehr schön.
Luigi schwenkte sie herum, als sei sie ein Fliegengewicht. Francesco schob einige Stühle beiseite. Weißt

du, wenn man dich im Arm hält, dann hat man wirklich eine Frau im Arm und nicht nur eine Ahnung von einer Frau wie bei diesen modernen dünnen Wesen.
Du bist ein Schmeichler, Luigi. Gleichzeitig dachte sie: Weshalb werde ich nur so verlegen?
Luigis Arm umfaßte sie fester, und sie nahm seinen männlichen Geruch wahr: *Narde und Safran, Würzrohr und Zimt.* Wie durch einen Nebel sah sie Achim das Restaurant verlassen. Er war der letzte Gast gewesen, auch Francesco und Paolo ließen sich nicht mehr blicken. Und so tanzten Miss Molly und Luigi unbeobachtet auf der kleinen Fläche zwischen dem Tresen, den Tischen und dem Eingang.
Luigi zog sie noch enger an sich. Oder war sie es, die sich an ihn schmiegte, noch immer verwirrt von dem Duft seiner Haut? Sie hatte es sich abgewöhnt, den Duft von Männern wahrzunehmen. Irgendwann hatte sie begonnen, sich unwohl zu fühlen, wenn sie Lust empfand. Hielt sie es nicht seit längerem für unpassend, überhaupt noch begehrenswert sein zu wollen? Und erlaubte sie sich daher auch selbst kein Begehren mehr?
Fährst du mich nach Hause, Luigi? hörte sie sich fragen und war selbst erstaunt darüber.
Luigi führte wortlos ihre Hand an die Lippen, und Miss Molly war sich nicht sicher, ob sie den erwartungsvollen Ausdruck in seinen Augen nicht einfach nur töricht finden sollte.
Ich hole deinen Mantel, sagte er, ließ sie los und rief

durchs Restaurant: Francesco, gib mir bitte die Platte. Ich möchte sie Miss Molly schenken.

Miss Molly fröstelte leicht, vermißte Luigis warme Umarmung, aber da half er ihr auch schon in den Mantel und steckte ihr die Schallplatte unter den Arm. Er hielt ihr die Tür ihres Wagens auf.

Lietzensee-Ufer acht, sagte sie, und er müsse über die Kantstraße fahren.

Es ist nicht das erste Mal, daß ich dich nach Hause bringe, meinte Luigi, startete den Motor und bog in die Kantstraße ein. Aber es ist das erste Mal, daß ich mit in deine Wohnung komme – wenn du erlaubst, fügte er hinzu. Luigi streifte leicht ihr Bein und ließ seine Hand auf ihrem Knie liegen.

Luigi, wollte sie sagen, bitte, ich bin kein junges Mädchen mehr. Sie wollte dabei lächeln und seine Hand nehmen und sie lächelnd zurück auf das Lenkrad legen. Statt dessen sagte sie: Luigi, ich bin eine alte Frau.

Du bist eine ältere Frau, sagte er, und seine Stimme war so erwartungsvoll wie zuvor sein Blick.

Sie vermied es, ihn anzusehen.

Und ich begehre dich, *weil* du eine ältere Frau bist.

Bitte, Luigi, rede nicht solch einen Unsinn.

Es ist kein Unsinn, es ist die Wahrheit. Ich begehre deine Schenkel, *weil* sie die weichen Schenkel einer älteren Frau sind.

Luigi…!

Aber weißt du, was ich am meisten begehre?

Was? fragte sie leise.

Deinen Hintern, sagte er und hielt mitten auf der Straße an.
Fahr bitte weiter. Neben uns ist ein Polizeiwagen, sagte sie schnell.
Erlaubst du mir, nachher noch einmal mit dir zu tanzen? fragte Luigi unbeeindruckt.
Hör bitte mit dieser italienischen Operette auf, sagte sie beunruhigt, gleich werden sie deine Papiere sehen wollen, und dann nehmen sie uns vielleicht noch mit auf die Wache. Ich möchte jetzt viel lieber die zweite Seite der Schallplatte hören!
Mit mir?
Sie verdrehte die Augen. Meinetwegen auch mit dir! seufzte sie.
Luigi küßte ihre Hand. Wegen Verführung Minderjähriger werden sie mich auf jeden Fall nicht festnehmen können, sagte er und bog ins Lietzensee-Ufer ein.
Sie stieg hastig aus dem Wagen. Komm in einer Viertelstunde nach, flüsterte sie ihm leicht verlegen zu.
Im Fahrstuhl stellte sie sich vor, daß sie, sollte Luigi tatsächlich in einer Viertelstunde klingeln, nicht öffnen würde. Aber kaum hatte sie die Wohnungstür hinter sich geschlossen, bemerkte sie, daß sie bereits auf Luigis Klingeln wartete.
Schnell legte sie ihren Mantel ab, lief ins Boudoir, dimmte das Licht, zündete mit leicht zittrigen Händen ein paar Kerzen an, ging ins Bad, ließ ihre Kleidung einfach auf den Boden fallen, wählte einen feinen Duft und erinnerte sich an *Narde und Safran,*

Würzrohr und Zimt. Dann schlüpfte sie in das leichte Musselingewand. Es klingelte.
Sie drückte auf den Türöffner. Und während sie die zweite Seite der Schallplatte auflegte, bemerkte sie Luigis Spiegelbild in der Panoramascheibe, sah, wie er hinter ihr stehenblieb und seine Arme ausbreitete. Und schon spürte sie, wie Luigi ihren Nacken küßte. Der Duft seiner Haut berauschte sie wieder, und dieses Mal so heftig, daß sie sich in die lichten Höhen und wohligen Tiefen einer paradiesischen Landschaft versetzt fühlte, in der sie Luigis Atem wie ein warmer Wind umstrich. Seine Hände glitten unter ihr Musselingewand und über die Wölbungen und Abstürze ihres Körpers, und jetzt war sie selbst mehr und mehr diese Landschaft, die unter seinen Händen entstand. Als er die Ausläufer ihres Hinterns berührte, war sie mitten im Dschungel am Fuße der Anden. Affen tobten in den Bäumen, Krokodile lauerten im Wasser, Kolibris flatterten, aber am heftigsten vibrierte die Luft von den noch entfernten Rufen der Trommeln. Sie folgte ihnen, schlängelte sich als große dicke Schlange durch das Unterholz bis zu einer Lichtung. Dort verwandelte sie sich wieder in eine Frau. Sie spürte warmen, weichen Sand, der bei jedem Schritt um ihre Zehen spielte, fühlte den leichten Wind, der sie zärtlich berührte, je näher sie auf die Mitte der Lichtung zuging, wo Luigi wartete. Sie ließen sich fallen, drehten sich über- und umeinander, dann hörte sie den noch fernen, süßen Ton.

Wo sind wir? flüsterte sie, als sie am Morgen in seinen Armen aufwachte.
Im Paradies, murmelte Luigi.
Möchtest du einen Kaffee? fragte sie.
Nein, ich möchte im Paradies bleiben.
Ich werde trotzdem die Espressomaschine anstellen.
Mitten in der Nacht?
Es ist Morgen, sagte sie, draußen fahren schon die Busse, hörst du sie nicht?
Bist du denn nicht noch müde? murmelte Luigi verschlafen.
Nein. Sie löste sich aus seiner Umarmung, streifte das Musselingewand über, ging ins Wohnzimmer und blieb einen Augenblick vor dem Panoramafenster stehen. Ein leichter Wind kräuselte die Oberfläche des Lietzensees.
Erlaubst du, daß ich den Kaffee mache? fragte Luigi. Er stand in der Tür und knöpfte sein Hemd zu.
Aber ja, sagte sie, bemerkte ihre Verlegenheit und ging schnell ins Bad.
Wie frisch du aussiehst, meinte Luigi, als sie wenig später nebeneinander auf der Fensterbank saßen und ihren Espresso tranken.
Was für ein Schmeichler du bist! sagte sie und lachte und legte ihren Kopf an seine Schulter. Sie fühlte sich tatsächlich sehr frisch an diesem grauen Märzmorgen.
Sie verlegte alle Termine und erschien erst gegen Mittag in der Firma.
In ihrem Büro setzte sie sich auf die Fensterbank. Es

gehört zu ihren Gewohnheiten, sich auf Fensterbänke zu setzen und dem Leben draußen eine Weile zuzusehen. Vom dritten Stock aus sah sie über die Mauer hinweg nach drüben, zu den Häusern, die sich hinter dem breiten Steppengürtel auf Ostberliner Seite erhoben.

Kurz vor acht verläßt Miss Molly im kleinen Schwarzen mit dem apricotfarbenen kurzen Cape darüber ihre Wohnung, drückt den Fahrstuhlknopf. Vielleicht wird es ja doch wieder ein Silvester wie vor zehn Jahren, denkt sie und fährt die sechs Stockwerke hinunter.

Silvester Neunzehnhundertneunundachtzig / Neunzehnhundertneunzig

1

Ein Windstoß packt sie und scheint sie über die Schwelle von Luigis Restaurant zu heben.
Mein Gott, Luigi, wie hübsch! Miss Molly ordnet ihr Haar, schaut sich überrascht um, ihre Augen wandern über apricotfarben lasierte Wände.
Meine Silvesterüberraschung, sagt Luigi stolz. Wie gefällt sie dir?
Sie gefällt mir so sehr, wie mir deine Überraschung vor zehn Jahren nicht gefallen hat! Schau, mein Cape sieht genauso aus.
Was für ein Zufall!
Luigi hilft ihr aus dem Mantel, bewundert das Silvesterkleid. Heinz ist kein Schneider, er ist ein Künstler! Darf ich dich zu einem Glas Champagner einladen?
Miss Molly setzt sich an die Bar und versucht, sich mit ihrem Cape im Spiegel vor der gleichfarbigen Wand zu spiegeln.
Wirklich, Luigi, diese Lasur ist wundervoll. Bist du selbst auf die Idee gekommen, oder ist dir wieder ein Innenarchitekt empfohlen worden?
Du wirst es einem Italiener kaum glauben, aber es war die Mauer! Sie hat mich auf die Idee gebracht.
Du meinst *unsere* Mauer?
Ja, eure Mauer. Es war an dem Tag, als sie durchlässig

wurde, als die ersten Leute durch die Mauer gelassen wurden. Ich glaube, du warst gerade in Indien, Miss Molly. An diesem Tag saß ich hier allein, alle waren unterwegs, und da habe ich mich umgesehen, dazu ist ja sonst keine Zeit, und ich habe gedacht: Jetzt ist Schluß mit dem makellosen Weiß, ich will Farbe!
Bravo! Miss Molly ist begeistert.
Du verstehst das, nicht wahr? Ich habe mir gesagt, die Welt wird jetzt bunter, und ich wollte, daß es in meinem Restaurant auch bunter wird, aber ich wollte keine Farbe, die dick auf der Wand liegt. Ich wollte durchlässige Wände, und so bin ich darauf gekommen, sie lasieren zu lassen.
Luigi tritt hinter der Bar hervor, setzt sich neben Miss Molly, legt einen Arm um sie.
Wenn man jetzt hier sitzt, sagt er stolz, und auf die Wände schaut, dann öffnen sie sich, und man beginnt, sich in andere Räume hineinzudenken, die dahinter liegen. In andere Welten. Und man erkennt andere, bisher unbekannte Möglichkeiten.
Wie poetisch! sagt Miss Molly.
Wir brauchen Visionen, fährt Luigi fort. In dieser Stadt braucht man jetzt Visionen. Francesco, schenk Miss Molly nach, wir wollen darauf anstoßen. Du siehst wirklich bezaubernd aus und keinen Tag älter als im letzten Jahr. Also, auf daß alle Mauern dieser Welt durchlässig werden, vor allem die hier drinnen. Luigi klopft sich gegen die Brust, nimmt einen Schluck Champagner, schüttelt sich. Ich trinke das Zeug nur, weil Silvester ist! Er schaut sich um. Wo

bleiben Lili und Marleen? Wo stecken unsere anderen Gäste? Wahrscheinlich machen alle einen Umweg über das Brandenburger Tor. Das hätte sich vor einem Jahr niemand träumen lassen, was? Du bist so still, Miss Molly, bist du traurig?
Traurig? Miss Molly sieht Luigi an. Seine Miene ist besorgt, seine braunen Augen schauen sie warm an, und als er jetzt seinen Arm wieder um ihre Schulter legt, bricht sie zu ihrer eigenen Überraschung in Tränen aus.
Was ist nur mit mir los, Luigi? stammelt sie. Ich glaube, ich habe nicht einmal ein Taschentuch bei mir, und deine Servietten sind viel zu steif, ich zerstöre mein Make-up damit. Danke. Sie tupft vorsichtig ihre Augen mit Luigis Taschentuch trocken. Wahrscheinlich ist es wegen der Zeit, die so schnell vergeht, sagt sie, und ihre Stimme schwankt leicht.
Aber Miss Molly, wie kannst du heute abend über die Zeit nachdenken! Du solltest überhaupt nicht an sie denken. Es liegt noch viel Zeit vor dir, du wirst bestimmt hundert Jahre alt und älter!
Nein, nein, das werde ich ganz bestimmt nicht, Luigi. Aber es ist auch nicht so, daß ich mich vor dem Tod fürchte. Die Seele wechselt nur das Kleid, hat meine Mutter immer gesagt, wenn jemand gestorben ist. Sie wechselt das Kleid wie ich das Silvesterkleid. Miss Molly laufen wieder Tränen über die Wangen. Mein Gott, bin ich heute sentimental. Sie sucht in ihrer Handtasche nach ihren Schminkutensilien, bessert schnell das leicht verlaufene Make-up aus.

Als sie sich die Nase pudert, bemerkt sie im Spiegel der Puderdose, daß Lili, gefolgt von Marleen, zur Tür hereinkommt. Eilig läßt sie die Dosen und Stifte in ihrer Handtasche verschwinden, rutscht vom Barhocker, geht einige Schritte auf die beiden zu.
Sie müssen mir helfen, Miss Molly, sagt Marleen zwischen einem Küßchen links und einem Küßchen rechts, bitte klären Sie Lili auf, daß es hierzulande kein Verbrechen ist, hin und wieder eine Zigarette zu rauchen.
Hin und wieder? Sie raucht ununterbrochen, sagt Lili. Das ganze Taxi hat sie vollgequalmt. Mir tränen immer noch die Augen.
Sie hat mir einfach meine Schachtel weggenommen, beschwert sich Marleen.
Lili zieht die Packung aus der Manteltasche, wirft sie Marleen zu. Kannst sie wiederhaben! Marleen fängt sie mit einer Hand.
Du siehst ja wie ein Junge aus, ruft Luigi und schaut Lili entgeistert an. Ich hätte dich fast nicht erkannt. Wo hast du denn deine wilden Haare gelassen?
Unter meinem Hut. Lili lüftet ihn, und ihr langes, lockiges schwarzes Zottelhaar fällt herab.
Bravo! Luigi klatscht in die Hände, umarmt Marleen und dann Lili, besieht sich neugierig ihren Hut, probiert ihn auf.
Sie haben sich überhaupt nicht verändert, Sie sehen immer noch aus wie ein Porzellanpüppchen. Lili umarmt Miss Molly so vorsichtig, als sei sie tatsächlich zerbrechlich.

Und ihr seht beide ziemlich hübsch aus heute abend, sagt Miss Molly und versucht, ihre Befangenheit abzuschütteln. Wirklich sehr hübsch, wiederholt sie.
Francesco nimmt Lili Mantel und Rucksack ab.
Lili drückt den Hut ganz nach hinten auf ihre Locken und zupft ihr leuchtendblaues Samtkleid zurecht. Sie hat es in Erinnerung an Miss Mollys Silvesterkleid von einer Freundin nähen lassen. Es ist ein bißchen zu kurz und der Ausschnitt ein wenig zu tief, und die Taille setzt etwas zu hoch an.
Sieht gut aus, sagt Marleen und wirft ihr inzwischen langes Haar über die Schulter.
Lili schaut sie verblüfft an, denn auch Marleen trägt ein blaues Samtkleid, wenn auch ein nicht ganz so kurzes. Sieht auch gut aus, sagt sie.
Man könnte euch für Schwestern halten, meint Miss Molly, wenn auch für zwei recht ungleiche Schwestern.
Marleen lacht auf. Sie haben den Nagel auf den Kopf getroffen, Miss Molly. Seitdem wir uns wiedergesehen haben, streiten wir uns wie zwei ziemlich ungleiche Schwestern!
So habe ich das nicht gemeint. Miss Molly wendet sich zur Tafel, die für vierzehn Personen gedeckt ist und am selben Platz wie vor zehn Jahren steht, an der Stirnseite des Restaurants. Wir wollen doch feiern, nicht wahr? Sie setzt sich an das Kopfende, Marleen nimmt rechts von ihr Platz.
Wenn es dir nichts ausmacht, dann laß mich auf dei-

nem Platz sitzen. Der Rauch zieht in die andere Richtung.
Es macht mir etwas aus, faucht Marleen ungehalten.
Miss Molly zuckt erschrocken zusammen. Hört ihr jetzt bitte auf zu streiten? Ich kann nicht auch noch eure Launen ertragen, ich habe heute selbst Launen genug! Sie fuchtelt nervös mit den Händen in der Luft. Löst eure Probleme allein, sagt sie gereizt, aber vielleicht nicht gerade heute abend. Da kommen endlich mein Freund Heinz und Achim mit Helene. Heinz, setzen Sie sich bitte neben Lili. Ich hoffe, Sie haben gute Laune mitgebracht. Es ist ja ein besonderes Silvester, nein, nicht wegen der Mauer, natürlich auch wegen der Mauer, nein, wegen Lili und Marleen. Wir haben uns hier vor zehn Jahren kennengelernt. Erinnern Sie sich noch?
Heinz will sich gerade auf den ihm zugewiesenen Platz setzen, aber da geht er langsam drei Schritte zurück, verschränkt die Arme, kneift die Augen zusammen, blinzelt von Lili zu Marleen und wieder zurück, atmet tief ein, zeigt mit einem Finger erst auf die eine, dann auf die andere und ruft: Das sollen die Mädchen sein? Er schüttelt den Kopf. Nein, das glaube ich nicht. Wie die Zeit vergeht. In Null Komma nichts sind aus ihnen richtige Frauen geworden, in Null Komma nichts! Meine Gratulation! Er verneigt sich ein paarmal und sinkt auf seinen Stuhl.
Lili und Marleen lächeln verlegen. Francesco und Luigi reichen einen Aperitif.
Miss Molly beugt sich zu Heinz. Nein, nein, sagt sie.

Sie haben sich vom äußeren Eindruck täuschen lassen. Die beiden sind gar nicht erwachsen, sie sind kindischer als vor zehn Jahren. Stellen Sie sich vor, sie zanken sich, wer links und wer rechts von mir sitzt.
Oh, das kann ich verstehen, Miss Molly, sagt Heinz zerstreut und blickt sich suchend um. Ich brauche erst einmal ein Mineralwasser. Wissen Sie, Miss Molly, bei soviel Verbrüderung, wie ich sie auf dem Weg hierher erlebt habe, kann ein bißchen Zank durchaus wohltuend sein. Er wendet sich an Lili und Marleen. Laßt uns auf ihn anstoßen. Laßt uns auf den Zank der neunziger Jahre anstoßen. Er kommt so sicher, wie ich Schneidermeister bin, zumindest in dieser Stadt. Prost! Er hebt sein Glas.
Bevor die streitenden Freundinnen antworten können, ruft ein Gast vom Nebentisch: Schließe mich an! Ein hochgewachsener Herr in fortgeschrittenem Alter verneigt sich kurz, leert sein Glas in einem Zug, wirft es zu Boden und trampelt heftig auf den Scherben herum. Das ist die russische Art! sagt er, verneigt sich wieder und setzt sich.
Luigi runzelt die Stirn, gibt Francesco einen Wink, der kurz darauf mit Schaufel und Besen am Tisch des Gastes erscheint.
Verzeihung, dies ist ein italienisches Restaurant, sagt Francesco und fegt langsam und sorgfältig die Glassplitter zusammen.
Für einen Moment ist es still im Lokal. Miss Molly und ihre Gäste, die inzwischen eingetroffen sind, und auch die Gäste an den anderen Tischen verfolgen auf-

merksam jeden Besenstrich, und ihre Mienen sind nachdenklich, bis Paolo mit zwei Hilfskellnern erscheint. Sie balancieren große Platten mit dampfender Pasta durch das Restaurant und lassen sie auf die Tische niederschweben. Ah, endlich! rufen alle. Wie köstlich! Und schon füllen sich die Teller.

Noch bevor eine Gruppe von elegant gekleideten Frauen und Männern lärmend das Restaurant betritt, erreicht ein Windstoß vom Eingang her selbst die entferntesten Tische und läßt diesen und jenen Gast aufblicken. In der Mitte der Gruppe ist ein junges Paar zu erkennen, das sich durch seine Kleidung von den anderen unterscheidet.

Zwei aus dem Osten, flüstert Heinz Lili hinter vorgehaltener Hand zu. Das sieht man sofort an dem Jeansstoff, den gibt es nur drüben. Er schüttelt den Kopf. Ich habe wirklich nichts gegen die Menschen, aber diese Stoffe…!

Auch Miss Molly blickt dem jungen Paar inmitten der eleganten Gesellschaft, die jetzt am Tisch im Erker Platz nimmt, nachdenklich hinterher. Müssen wir denn wirklich expandieren? hat sie ungehalten gefragt, als ihr die Geschäftsführung zwischen den Festtagen einen Bericht über den neuen Absatzmarkt im Osten vorlegte.

Nein, sieh doch nur! sagt Achim laut zu seiner Frau Helene und zeigt auf Luigi, der jetzt eine Magnumflasche Champagner zu den Gästen im Erker trägt. Und als Paolo und Francesco Platten mit gegrillten Langusten zum Ost-Tisch, wie der Tisch nach kur-

zer Zeit genannt wird, jonglieren, flüstert Heinz Lili zu: Die wissen doch gar nicht, wie man so etwas ißt.
Es hat sich schnell herumgesprochen, daß das junge Paar aus dem Osten am Brandenburger Tor spontan zum Silvesterdiner eingeladen worden ist.
Als das Festessen seinen Höhepunkt erreicht und Luigi bei gedämpftem Licht flambierte Meringue-Torten servieren läßt, steht der ältere Herr auf und geht mit erhobenem Wodkaglas zielstrebig auf den Ost-Tisch zu.
Auf ein neues, auf ein goldenes Jahrzehnt! Er hebt sein Glas.
Trinken Sie nicht, ruft eine Frau vom Nebentisch mit schriller Stimme. Es ist noch zu früh, das bringt Unglück!
Ex und hopp, sagt der Mann unbeirrt, trinkt und wirft das Wodkaglas mit voller Wucht hinter sich.
Die Fensterscheibe im Erker zersplittert. Die elegante Gesellschaft springt von den Stühlen auf, blickt sich hilfesuchend nach Luigi und den Kellnern um. Die Gäste aus dem Osten schauen beklommen vor sich hin. Idiot, sagt Marleen, zündet sich eine Zigarette an, stößt den Rauch in die Luft. Miss Molly wedelt ihn mit einem Blick zu Lili fort.
Habe ich nicht gesagt, daß dies ein italienisches Restaurant ist? sagt Francesco, wenn auch aufgebracht, so doch höflich, zu dem älteren Herrn.
Die Frauen am Ost-Tisch suchen ihre Schals und Tücher. Es zieht, es zieht, wiederholen sie so lange,

bis die zerbrochene Scheibe mit Pappe verschlossen wird.
Jetzt sieht es hier ein bißchen aus wie bei uns, ruft der junge Mann aus dem Osten.
Wenig später schon röten Sekt und Wein die Wangen, legen die Frauen Schals und Tücher wieder beiseite, wird das junge Paar zutraulicher, und bald hört man Sätze, die mit *Bei uns im Osten…*, und solche, die mit *Bei uns im Westen…* beginnen. Es sind Sätze, die wie Billardkugeln aneinanderklicken. Zuerst im Karambolage-Stil, dann wechselt die Spielart. Das junge Paar geht zum Poolbillard über, klickt mit nur einem Satz drei, vier, fünf, ja bis zu sechs weitere Sätze an, etwa mit *Bei uns im Osten gibt es ab Potsdam keine Bananen mehr.* Und schon überschlagen sich die Beschreibungen all der Herrlichkeiten, die sich im Westen *außer* Bananen kistenweise in den Regalen stapeln.
Eine Zeitlang beschränkt sich das Ost-West-Spiel auf den Tisch im Erker, dann erweitert sich das Spielfeld, klickt der Satz *Wir haben geglaubt, der Konsum sei reine Propaganda* eine Vielzahl von Sätzen überall im Restaurant an, zählen auch die anderen Gäste auf, was es alles im Westen tatsächlich und wahrhaftig zu kaufen gibt, und nach und nach wird das Erstaunen über all diese Dinge immer größer, als hätte niemand bisher bemerkt, welche Fülle, welcher Reichtum jeden tagtäglich umgibt.
Ganz betroffen von soviel Glück, wenden sich mehr und mehr Gäste dem jungen Paar zu. Der Tisch ist bald dicht umringt. Jeder will hören, was der junge

Mann und die junge Frau von den Menschen im Osten erzählen. Und nach einiger Zeit fangen die Menschen aus dem Westen an, sich mit anderen Augen zu sehen, beginnen sie, sich neu zu erleben, sie, die Glücklichen.

Miss Molly und ihre Gäste sind längst verstummt. Sie haben nachdenklich zugehört. Plötzlich steht Miss Molly auf und sagt: Ich gehe jetzt an die Bar. Ich brauche dringend einen Cognac. Und meine Silvesterbesinnungsminute!

Darf ich Sie begleiten? fragt Heinz.

Nein, nein, vielen Dank, ich habe das Gefühl, daß ich über etwas nachdenken muß.

Marleen rückt einen Stuhl weiter, sitzt jetzt genau neben Lili und sagt: Könnte ein interessanter Film sein, eine Ost-West-Liebesgeschichte ohne Mauer, findest du nicht? Er aus dem Osten, sie aus dem Westen oder umgekehrt.

Lili zieht ihren Hut in die Stirn. Könnte ein interessanter Film sein, stimmt.

Liebesgeschichten sind die einzigen Geschichten, die mich wirklich interessieren, sagt Marleen und zündet sich eine neue Zigarette an. Erinnerst du dich noch an die Geschichte von deinem Bräutigam?

Was für ein Bräutigam? Lili wedelt den Rauch mit der Serviette fort.

He, sag mal, erinnerst du dich nicht mehr? Du hast mir vor genau zehn Jahren da drüben in der Ausfahrt erzählt, daß deine Seele auf dem Weg zur Erde das Bild deines Bräutigams erblickt habe und es seitdem

in deinem Herzen sei. Und als Lili noch immer nicht antwortet, sagt sie: Behältst du deinen Hut eigentlich auch im Bett auf?
Was stört dich an meinem Hut? Lili drückt ihn noch ein bißchen tiefer in die Stirn.
Sie sehen sich an und grinsen.
Liebst du ihn noch?
Lili zögert einen Augenblick, sagt dann: Wir haben Probleme.
Die haben Felix und ich auch, das ist doch normal.
John will ein Kind und ich nicht.
Marleen denkt einen Augenblick nach. Deshalb wollte Lili also ohne David Silvester feiern. Das ist wirklich ein Problem, meint sie dann.
Ja, es hat alles zwischen uns verändert.
Lili, Marleen! Miss Molly winkt aufgeregt von der Bar. Ich muß mit euch anstoßen!
Aber es ist doch noch nicht zwölf Uhr, ruft Luigi, der gerade an der Bar vorbeikommt, Miss Molly zu.
Ich will ja gar nicht auf das neue Jahr anstoßen. Miss Molly strahlt über das ganze Gesicht. Ich möchte mit Lili und Marleen darauf anstoßen, daß ich die Firma verlasse!
Du verläßt die Firma? Was soll das heißen? Luigi sieht sie beunruhigt an. Was hast du nur für Launen heute abend!
Sie können doch nicht die Firma verlassen! rufen Lili und Marleen wie aus einem Mund. Sie sind doch die Firma!
Ich bin lange genug die Firma gewesen. Jetzt brauche

ich Distanz. Ich werde auf Wanderschaft gehen. Darauf möchte ich mit euch anstoßen! Und schon kickt sie gegen die Gläser von Luigi, Lili und Marleen.
Am Ost-Tisch wird laut gezählt: Vierundzwanzig, dreiundzwanzig, zweiundzwanzig, einundzwanzig –
Was für ein Timing, flüstert Miss Molly glücklich.
Prost Neujahr! rufen die Zählenden, und alle liegen sich in den Armen.
Francesco und Paolo werfen Konfetti in die Luft und schießen Papierschlangen quer durch das Restaurant, die Hilfskellner laufen mit Sektflaschen umher und schenken den Gästen nach, Miss Molly, Luigi, Lili und Marleen umarmen einander, heben die Gläser, stoßen an, horchen kurz auf den hellen Ton, der trotz des Lärms zu hören ist, und trinken auf das neue Jahr.
Auf das neue Jahrzehnt! sagt Miss Molly.
Lili schließt die Augen, denkt an John, will ihn sich ins Gedächtnis rufen, so wie er war, als sie noch keine Probleme hatten, aber es gelingt ihr nicht, das Erinnerungsbild flackert. Als würde es gleich verlöschen, denkt Lili und öffnet schnell wieder die Augen. Sie begegnet Marleens Blick.
In diesem Augenblick fliegt die Tür auf, die Portiere wird weggeweht, ein Windstoß wirbelt das Konfetti auf den Lampen am Eingang durch die Luft. Es rieselt bunt glitzernd wie Diamantsplitter auf den Scheitel eines Jungen nieder, der neben der Tür stehengeblieben ist und sich jetzt die Ohren zuhält. Von draußen dringt das erste Knallen und Zischen des beginnenden Feuerwerks herein. Die Gäste springen

auf und strömen an dem Jungen mit dem glitzernden Haar vorbei nach draußen.
David! Auch Marleen drängt zur Tür. Was ist los? Wo ist Papa? Wie bist du hierhergekommen? Ist was passiert? Nun sag schon, was ist passiert? Du bist ja gar nicht richtig angezogen, du hast ja noch deinen Schlafanzug an!
David schlottert, als hätte er Schüttelfrost, rührt sich nicht vom Fleck, schaut nur neugierig um sich.
Was ist los, mein Schatz – nun sag's doch endlich! fleht Marleen und nimmt den stummen David auf den Arm, trägt ihn, den doch schon viel zu großen Jungen, zur Bar, setzt ihn auf einen Hocker, reibt ihm die kalten Hände, redet auf ihn ein. David sagt noch immer kein Wort, klappert nur hin und wieder mit den Zähnen, grinst mal Luigi an, mal Miss Molly oder Lili.
Du hast doch sicherlich eine heiße Schokolade für dieses arme, verfrorene Kind? flüstert Miss Molly Luigi zu.
Eine heiße Schokolade für den Signorino, ruft Luigi zu Francesco hinüber.
Wir starren ihn an wie Idioten, denkt Lili. Er sieht so erwachsen aus, sagt sie leise zu Miss Molly. Warum hat sie nur darauf bestanden, daß David nicht an der Feier teilnehmen sollte?
Marleen fährt David durchs Haar, reibt weiter seine kalten Hände. Paolo bringt die heiße Schokolade, David nippt daran, lächelt Miss Molly zu, dann Lili.
Wo ist Papa? Was ist passiert? Nun sag doch endlich was! drängt Marleen.

David schaukelt auf dem Barhocker hin und her, und jedesmal, wenn Licht auf sein Haar fällt, leuchten die Glitzerteilchen darin auf.
Was soll ich denn sagen? Er stößt heftig mit dem Fuß gegen den Barhocker. Ich bin eingeschlafen, und als ich wieder aufgewacht bin, war Papa nicht mehr da. Es lag auch kein Zettel auf dem Tisch, wann er wiederkommt. Draußen knallte es so laut. Da habe ich mich angezogen, und ein Mann in einem BMW hat mich mitgenommen.
Marleen ringt die Hände. Das darf doch nicht wahr sein! ruft sie ein ums andere Mal.
Doch, es ist wahr, Mama, sagt David immer wieder, und je häufiger er das sagt, desto lustiger findet er es, und schließlich lacht er und lacht und lacht, bis ihm die Tränen kommen, und sein Lachen ist so ansteckend, daß auch Miss Molly losprustet, obwohl sie Felix' Verhalten durchaus nicht billigt. In einer Nacht wie dieser darf man ein Kind nicht allein lassen.
Es ist eine Nacht – das kündigten die seit Tagen massenhaft explodierenden Knallkörper an –, in der die Bewohner dieser Stadt ein Leuchtzeichen an den Himmel setzen werden. Seine aufsteigende Phönixkraft soll so stark sein, daß sie die Wunden jenes anderen Feuers, das einst vom Himmel über Berlin niedergegangen ist, endlich heilt.
Lili versucht, nicht mitzulachen, denn Marleen sieht so unglücklich aus. Doch auch auf sie springt Davids Lachen über, und als auch Luigi es nicht länger zurückhalten kann, sich David auf die Schultern setzt

und mit ihm durch das Restaurant springt, fällt Marleen Lili schließlich lachend in die Arme. Da fängt Lili an zu weinen, plötzlich laufen ihr Tränen über das Gesicht. Und so liegen sie sich wie vor zehn Jahren auf der Fahrt von Ost- nach Westberlin lachend und weinend in den Armen, nur daß dieses Mal Marleen lacht und Lili weint. Damals war es das Feuerwerk links und rechts vom Todesstreifen, das die eine an ein Ende denken ließ, was die andere amüsierte. Jetzt ist es Felix' Verschwinden, das in der einen Lachen auslöst, und es ist der Gedanke an John, der die andere zum Weinen bringt.
Und für Paolo ist der richtige Augenblick gekommen, seine Lieblingsplatte aufzulegen. In der richtigen Lautstärke. Um richtig tanzen zu können. Und richtig laut zu singen: *Voooo-lare, oho, caaaantare, ohohoho…*
David schaukelt auf Luigis Schultern hinaus auf die Straße, während Lili und Marleen in der Tür stehenbleiben. Über das breite Trottoir zischeln Knallfrösche mit dem Knistern und Knallen der Chinaböller um die Wette, und mit Gedonner und Getöse steigt ein endloser Raketenkorso auf, entfaltet sich zu einem einzigen bunten Schirm aus immer wechselnden Farben, unter dem die ganze Stadt ungeteilt Platz zu haben scheint. Marleen aber vergißt alles um sich herum und springt mitten hinein in das wilde Getrommel der Böller und Erbsen und Frösche, hüpft und hopst und wirft die Beine in die Luft, so daß Lili nicht umhinkann, den Böller- und Erbsen- und Fröschetanz mitzutanzen.

Bitte, geh und hol die beiden von der Straße. Das Herumgespringe ist doch viel zu gefährlich. Miss Molly versetzt dem jungen Mann, der an der Tür lehnt, einen leichten Stoß. Nun geh schon!
Er dreht sich erstaunt zu ihr um.
O Verzeihung, ich habe Sie verwechselt! Trotz ihrer Verlegenheit mustert Miss Molly ihn von oben bis unten.
Nun? fragt er amüsiert.
Bitte, holen Sie die beiden herein, sagt sie schließlich und eilt zurück an ihren Platz an der Stirnseite des Tisches. Paolo hat inzwischen Kristallschalen mit kunstvoll aufgetürmten Pfannkuchenbergen auf die verlassene Tafel gestellt, und nicht nur Appetit, nein, ein heftiges Hungergefühl überfällt Miss Molly geradezu.
Wie für jedes, so auch für dieses Silvesterfest erlaubt sie sich ein Kilo Gewichtszunahme. Bisher hat sie kaum etwas von den Speisen angerührt, weder die Pasta noch den gegrillten Fisch, nicht die Saltimbocca und nicht einmal die Zabaione, seit ihren Backfischjahren ihr Lieblingsdessert. Das Mausoleumsgefühl, das sie zu Beginn des Abends empfunden hat und sie sogar in Tränen ausbrechen ließ, hat die Speisen in Grabbeigaben verwandelt. Sie verspürte nicht die geringste Lust, sie anzurühren.
Seitdem sie jedoch in Gedanken in die Welt hinausgelaufen ist, um sie zu erwandern, als hätte sie die roten Schuhe an den Füßen, die *richtigen* roten Schuhe aus dem Märchen, verspürt sie einen wahren

Bärenhunger, und jetzt hat sie nichts anderes im Sinn, als jene duftenden Pfannkuchen zu verschlingen, die man auch Berliner nennt und die sie mit Guß lieber hat als mit Zucker oder Puderzucker, mit Himbeer gefüllt lieber als mit Apfel, Ananas oder Pflaumenmus. Sie nimmt eines der verlockenden, unter der weißen Glasur goldbraunen Wunderwerke vorsichtig zwischen zwei Finger, beißt hinein, und das noch warme, außen knusprig-krosse und innen luftigleichte Schmalzgebäck mundet ihr wie die köstlichste Köstlichkeit Arabiens.

Bitte, setzen Sie sich doch ein wenig zu mir, sagt sie zu dem jungen Paar aus dem Osten, das, von der Straße zurückkehrend, an ihrer Tafel vorbeischlendert, und weist auf die freien Plätze. Dann bin ich nicht so allein. Bitte, nehmen Sie doch Platz. Möchten Sie einen Pfannkuchen? Oder wie nennen Sie das Silvestergebäck?

Auf Rügen sagen wir *Berliner*, in Berlin *Pfannkuchen*, antwortet die junge Frau.

Sie kommen von Rügen? fragt Miss Molly, und ihre Augen werden groß und rund.

Die junge Frau nickt und greift nach dem Gebäck. Ich bin von Rügen, mein Mann ist aus Stralsund.

Miss Molly sieht von einem zum anderen.

Auch der junge Mann nimmt einen Krapfen.

Findet man noch immer Bernstein an der Steilküste?

In Miss Mollys Stimme ist ein leichtes Zittern.

Ja, man kann, wenn man Glück hat, nach einer Sturmnacht unterhalb der Steilküste darauf stoßen.

Ach ja? Ich habe dort auch einmal vor vielen Jahren nach einer Sturmnacht einen *Schatz* gefunden.
Das junge Paar sieht plötzlich müde aus.
Es ist alles so unwirklich, sagt die junge Frau und beginnt zu weinen.
Oh, das ertrage ich nicht. Hören Sie bitte auf zu weinen. Ich neige dazu mitzuweinen. Dabei ist es doch ein wahres Glück, daß wir heute abend hier zusammensein können. Und Miss Molly beginnt, der jungen Frau und dem jungen Mann etwas hastig und unvermittelt von ihren Zukunftsplänen zu erzählen, und da weiß sie plötzlich, daß sie ihre Wanderung an der Steilküste auf Rügen beginnen wird, dort, wo sie vor über fünfzig Jahren ihren *Schatz* gefunden hat.
Wir müssen jetzt leider gehen, sagt die junge Frau schließlich, und Miss Molly protestiert vergeblich.
Dann nehmen Sie wenigstens meine Adresse mit, wenn Sie schon so unhöflich sein wollen, mich alte Frau vor unausgetrunkenen Gläsern sitzenzulassen. Sie sucht in ihrem Täschchen, passend zum Cape aus apricotfarbener Duchesse, nach einer Visitenkarte und gibt sie den beiden. Ich bin sicher, daß wir uns bald wiedersehen.
Auf Rügen? fragt die Frau.
Oder in Stralsund? fragt der Mann.
Auf Rügen *und* in Stralsund, sagt Miss Molly und kann es nicht verhindern, daß ihre Stimme wieder leicht zittert. Sie winkt den beiden hinterher.
Währenddessen hat sich, angeführt von der Erkergesellschaft, eine Polonaise zur ehrenvollen Verabschie-

dung des Paars aus dem Osten formiert, und ein Gast ruft: Meine Herrschaften, meine Herrschaften, Sie sehen jetzt eine West-Schlange. Eine West-Schlange bewegt sich, im Gegensatz zu einer Ost-Schlange. Eine Ost-Schlange steht. Meine Herrschaften, meine Herrschaften...

Luigi hat sich zu Miss Molly an die Tafel gesetzt.

Ach Luigi, seufzt Miss Molly, lehnt sich an seine Schulter. Wie seltsam es doch zugeht im Leben. Vorhin kamen mir die Tränen, weil ich so bedrückt und traurig war, und eben hätte ich vor lauter Glück fast geweint. Ich werde meine Wanderung auf Rügen beginnen.

Auf Rügen? fragt Luigi. Und darüber bist du glücklich?

Ja. Es kommt mir vor, als ob ich träume.

Luigi sinnt einen Augenblick vor sich hin. Vielleicht ist das ganze Leben ein Traum, sagt er. Vielleicht ist alles, was geschieht, und alles, was geschehen könnte, auch wenn es nicht geschieht..., vielleicht ist alles, bevor es geschieht, und selbst wenn es dann nicht geschieht, bereits als Traum in der Welt.

Miss Molly greift mit beiden Händen vorsichtig in das feine Gespinst ihrer Haare, lockert es auf, wie immer, wenn sie Ordnung in ihre Gedanken bringen will.

Wenn das, was du sagst, wahr wäre, Luigi, dann wäre die Erfindung von Joseph, du weißt, die Sache mit den Silikaten, bereits als Traum in der Welt?

Ja, ich glaube schon, sagt Luigi bestimmt.

Miss Molly läßt ihren Kopf wieder zurück auf seine Schulter sinken, und die Idee, daß die noch immer unausgereifte Erfindung als Traum bereits ausgereift in der Welt schlummert und dieser Traum in ihr, wenn sie die Welt durchwandert, wach werden könnte, erfüllt sie mit einer neuen Hoffnung. Sie bittet Luigi, ihr ein Taxi zu rufen.
Du willst schon gehen?
Ja, Luigi, ich möchte noch heute nacht dem Traum entgegenträumen, antwortet Miss Molly überschwenglich, steht auf und geht zu Lili und Marleen, die an der Bar lehnen.
Miss Molly, Miss Molly, ruft David und lacht ihr zu, während er auf dem Barhocker balanciert und Kunststücke ausprobiert. Marleen und Lili unterhalten sich mit dem jungen Mann, den Miss Molly gebeten hatte, die Feuerwerkstänzerinnen von der Straße zu holen. Es ist doch wieder ein besonderes Silvester, denkt sie. Das ist Anton, sagt Marleen, als Miss Molly sich von ihnen verabschieden will.
Wir kennen uns bereits.
Ach ja?
Miss Molly hat mich aufgefordert, euch wieder hereinzuholen. Dabei hat sie mich regelrecht in die Rippen geboxt, sagt Anton verschmitzt lächelnd.
Mich hat Miss Molly hier vor zehn Jahren fast vom Stuhl geschubst, sagt Marleen, und ich bin auf die Straße gestolpert und... Sie verstummt.
Schade, daß Sie schon gehen. Wir haben kaum drei Worte miteinander gesprochen, sagt Lili schnell.

Das holen wir nach. Auf Wiedersehen.
Luigi begleitet Miss Molly zur Tür.

Ich will mit dir tanzen. David zupft an Lilis leuchtendblauem Samtkleid. Komm. David greift nach ihrer Hand.
Lili drückt sich ihren Hut in die Stirn und läßt sich von ihm auf die Tanzfläche ziehen.
Wollen wir auch tanzen? fragt Marleen.
Ich kann nicht tanzen, sagt Anton.
Marleen sieht zu Lili und David hinüber. Wie die anderen Gäste springen und hüpfen sie zwischen den Tischen und Stühlen hin und her. David kann auch nicht tanzen, sagt Marleen.
Besser als ich, meint Anton und sieht ebenfalls David und Lili zu. David hat jetzt einen Arm um Lili gelegt und ihre Hand genommen und dreht sich mit ihr im Kreis.
Wie seltsam, denkt Marleen, das Fest hat so ganz anders begonnen, als es zu Ende geht. Sie gähnt.
Ich weiß nicht, was in Felix gefahren ist, sagt sie, er ist sonst so zuverlässig mit David. Sie nimmt eine Zigarette, Anton gibt ihr Feuer. Für diese Nacht ist es die letzte. Sie stößt den Rauch in die Luft. Danach muß ich David nach Hause bringen. Er schläft schon fast ein beim Tanzen. Wahrscheinlich werden Lili und ich ihn die Treppe hinauftragen müssen.
Kann ich helfen? fragt Anton.
Keine schlechte Idee, sagt Marleen und beobachtet ihn, während er Lili und David wieder beim Tanzen

zuschaut. Mit der schwarzen Weste und dem weißen Hemd sieht er wie ein Kellner aus, denkt sie. Auch seine Augen erinnern sie an die eines aufmerksamen Kellners, nichts scheint ihnen zu entgehen. Seine Bewegungen sind schnell und geschmeidig.

Wahrscheinlich ist er doch ein guter Tänzer, denkt Marleen, aber warum will er dann nicht mit mir tanzen? Sie betrachtet sein Profil, seine Züge wirken klar, kräftig, frisch.

Bist du verheiratet? fragt sie.

Geschieden, antwortet Anton knapp und sieht sie an.

Er ist nicht viel älter als ich, denkt Marleen.

Kinder?

Er nickt. Eine Tochter.

Aber du bist nicht Kellner, oder?

Kellner? Nein. Er lacht, und dabei werden seine Augen zu Schlitzen. Tatarenaugen, denkt Marleen. Ich bin Berater, Wirtschaftsberater.

So siehst du nicht aus, sagt Marleen. Gehen wir?

2

Anton trägt David die Treppen in den vierten Stock hinauf, Felix ist nicht zu Hause. Er legt David aufs Bett, zieht ihm die Schuhe aus und alles andere, was er sich über den Schlafanzug gezogen hat. Marleen deckt ihn zu. Dann geht sie ins Badezimmer. Im Spiegelrahmen steckt ein Brief. Sie nimmt ihn, geht in die Küche, liest ihn.
Was ist? fragt Lili, als sie in die Küche tritt.
Marleen schaut nicht auf. Wortlos legt sie den Brief auf den Tisch, öffnet den Eisschrank, nimmt die Sektflasche heraus, legt ein Baguette zum Aufbacken in den Ofen, stapelt Pfannkuchen auf einen Teller.
Anton steht in der Küchentür und verfolgt, ebenso wie Lili, Marleens Gang vom Eisschrank zum Herd, zum Schrank, zum Tisch.
Marleen hält inne. Er ist weg, sagt sie, einfach weggegangen. Er kommt nicht wieder. Sie zeigt auf das beschriebene Stück Papier, starrt es an, wendet sich abrupt ab, nimmt drei Sektschalen aus dem Schrank, läßt den Korken knallen, schenkt ein, verteilt die Gläser.
Na, dann prost. Sie nimmt einen großen Schluck und fängt an zu lachen. Ich habe es gewußt. Die ganze Zeit habe ich es gewußt! Bin ich froh, daß es endlich passiert ist. Prost! Sie trinkt wieder einen Schluck.

Lies! Sie hält Lili den Brief hin. Lies schon! sagt sie. Genier dich nicht, wir sind doch alte Freundinnen! Aber dann steckt sie den Brief in ihren Ausschnitt und nimmt das Baguette aus dem Ofen.
Mein Gott, bin ich hungrig, stöhnt sie. Von Miss Mollys Menü habe ich kaum etwas angerührt, irgendwas lag mir im Magen. Das war es! Sie zieht Felix' Brief wieder aus dem Ausschnitt, wedelt mit ihm hin und her, fängt an zu kichern. Bin ich froh, daß es endlich vorbei ist! Wollt ihr nicht etwas essen? Sie zeigt auf die Pfannkuchen und das Baguette, zündet sich eine Zigarette an.
Anton schenkt Sekt nach, Marleen stößt mit ihm an, kichert und lacht.
Soll ich euch den Brief vorlesen? fragt Marleen, und ohne eine Antwort abzuwarten, liest sie, was Felix geschrieben hat: daß er nicht wiederkommt; daß es ihm schwerfällt, sich auf diese feige Art einfach davonzuschleichen; daß er ihr nicht habe sagen können, wie groß die Last ihrer Beziehung, wie unerträglich die Rolle, die er darin übernommen hat, für ihn geworden ist.
Marleen will wieder lachen, aber daraus wird ein Weinen. Lili will sie in den Arm nehmen. Aber Marleen will nicht von Lili, sie will von Anton getröstet werden. Doch Anton tröstet sie nicht, er küßt sie, und es ist, als breche eine Verkapselung auf. Mit Verwunderung bemerkt sie, daß sie seit langem auf diesen Kuß gewartet hat, der alles in Bewegung bringt, der ihr Leben verändert, es aus seiner Verankerung löst.

Bereits als sie Antons Augen zum erstenmal begegnet ist, hat sie diese Verankerung gespürt. Sie war ihr nicht unbekannt, im Gegenteil, bisher ist sie froh darüber gewesen, sie hat sich sicher gefühlt wie ein Schiff im Hafen. Antons Blick jedoch war wie das offene Meer, und der Hafen wurde eng und schmal, und jetzt, wo er sie küßt, erwidert sie seinen Kuß.

Sie sieht die Falte zwischen Lilis Augenbrauen, sieht, wie sie aus der Küche geht, hört, wie sie die Wohnungstür leise hinter sich schließt.

In Marleens Schlafzimmer läßt sich Anton quer aufs Bett fallen. Marleen bleibt unschlüssig davor stehen.

Was ist?

Sie läßt sich in seine Arme fallen, zieht das Hemd von seinem Körper. Er streift ihr ein Kleidungsstück nach dem anderen ab, so geschickt, als sei das sein täglich Brot.

3

Lili geht unschlüssig die Oranienstraße hinunter. Als sie zum Moritzplatz kommt und die vielen Menschen dort sieht, holt sie die Stiefel und die dicken Strumpfhosen von Lisa aus dem Rucksack und tauscht sie in einem Versorgungsbus gegen ihre Pumps und Nylons. Wie sehr sie es vermißt hat, nachts durch die Straßen zu laufen, wird ihr erst jetzt bewußt. In Kalifornien gibt es niemanden, der tagsüber oder gar nachts zu Fuß umherstreift. Sie knöpft den Mantel zu, zieht den Hut über die Ohren, steckt die Hände in Lisas Fellhandschuhe, verläßt den Bus und schaut sich um. Der Moritzplatz, ein fast häuserloses Niemandsland nahe der Mauer, ist heute abend nicht mehr das verlassene, gepflasterte Rund in einem öden Stück Stadtwüste. Voller Menschen ist er zu einem Kreisel für eine rotierende Menge geworden. Lili drängelt sich mitten hinein, und lauter Gesichter trudeln ihr entgegen, gerötete, verweinte Gesichter, erregte, glückliche, betrunkene, lustige Gesichter, und auch nachdenkliche. Und immer wieder Umarmungen, Sätze wie: *Ihr könnt bei uns schlafen. Ihr könnt mit uns fahren. Laßt uns zusammen in die Kneipe gehen...*

Lili überlegt, ob sie der Mauer folgen soll, einer Mauer, die sich, so fest sie auch noch immer steht, auflöst, gegen die geklopft, an der gerüttelt, auf der getanzt wird. Aber dann entscheidet sie sich, ihr nicht zu folgen, sondern sich treiben zu lassen, umherzustreifen, mal hier, mal dort zu verweilen, wie vor zehn Jahren, als sie auf der Potsdamer Straße dem siamesischen Zwillingspaar begegnet und ihm bis in den Osten gefolgt ist und dort Marleen getroffen hat und später dann, zurück im Westen, Miss Molly. Ach John, denkt Lili und seufzt.

Brauchste 'nen Bräutigam? fragt eine Stimme.

Vielleicht, sagt Lili und drängelt sich schnell durch die Menge davon.

Schon an der nächsten Ecke wird sie umarmt und an der übernächsten geküßt. In welche Straße sie auch einbiegt, überall wird gefeiert, hört sie Musik aus Kneipen und offenen Fenstern, versuchen Autos mit viel zu vielen Insassen, vorwärts zu kommen, eines mit geöffnetem Verdeck, das Radio auf volle Lautstärke gedreht: *So ein Tag, so wunderschön wie heute* – Ganz Berlin ist auf den Beinen, feiert nicht Silvester, sondern feiert Berlin.

Bis in die frühen Morgenstunden macht Lili mit, läßt sich küssen und umarmen, in Kneipen und auf der Straße. Zum Schluß stößt sie mit dem Taxifahrer an, der sie nach Hause bringt. Er hat einen Piccolo in Plastikbechern spendiert: Auf Berlin!

Auf Berlin! sagt sie, schon betrunken vom häufigen Anstoßen.

Brauchste 'nen Bräutigam? fragt der Taxifahrer und grinst.

Vielleicht, Lili hebt den Plastikbecher. Auf Berlin!

4

Das spiegelglatte Wasser des Lietzensees schimmert silbern. Miss Molly sitzt auf der breiten Fensterbank. Sie hat das Licht gelöscht, zum Schluß auch die Kerze auf dem Tisch. Sie will den künftigen Ereignissen entgegenträumen. Es ist doch wieder wie vor zehn Jahren gewesen, denkt sie. Auch an diesem Silvester weiß sie: Sie wird sich, wenn auch auf eine ganz andere Weise als damals, um Josephs Erfindung kümmern.

Sie schaut hinunter in die unbewegte Stille des Sees, in das blattlose, starre Geäst der Bäume an seinem Ufer. Und einen Moment lang scheint die Nacht den Atem anzuhalten, und vor Miss Mollys Augen lösen sich die Konturen der Zweige, der Stämme, des Sees, des gegenüberliegenden Ufers mit den Häusern auf, und alles zerfällt in winzige Teilchen. Sie flimmern, schwirren umher und verbinden sich schließlich zu einem Bild. Sie erkennt es, obgleich es im Laufe der Jahre immer undeutlicher geworden ist. Gleich wird es ganz verschwimmen, denkt Miss Molly.

Aber nein, das Bild wird klarer, die Konturen treten hervor, und jetzt ist es scharf. Sie muß lächeln.

Er ist älter geworden, denkt sie. Er ist jetzt fast so alt wie ich.

Die Jahre Neunzehnhundert-neunzig bis Neunzehnhundert-neunundneunzig

1

Lili steht am Fenster in Marleens Wohnung in der Oranienstraße, blickt hinunter auf den dichten Verkehr. Den hat es hier früher nicht gegeben, sagt Marleen oft.

Früher – das Wort hört Lili fast jeden Tag, seitdem sie wieder in Berlin ist, und früher meint die Zeit, als es die Mauer noch gab.

Wäre es doch nur wieder so wie früher, klagt Lisa, wenn Lili mit ihr über den Markt geht und polnische Frauen ihre armselige Habe anbieten. Das hat es hier früher nicht gegeben, sagt sie dann fast beleidigt.

Lili ist froh, daß in Berlin vieles anders ist als früher, jetzt, wo sich in ihrem Leben alles verändert hat. Eine richtige *Parallelaktion* nennt sie es. Denn wie für diese Stadt ist auch für sie ihr bisheriges Leben fast über Nacht Vergangenheit geworden, ist sie selbst in einer überraschend neuen Gegenwart angekommen.

Diese neue Gegenwart bedroht sie manchmal, verwirrt sie, erschreckt sie, auch schmerzt das Vergangene, es läßt sie wehmütig sein und manchmal voll Trauer oder Wut. Trotzdem fühlt sie sich so gegenwärtig, so mitten im Leben, wie schon seit langem nicht mehr, ist aufgeregt davon, erregt, angeregt. Berlin geht's wie mir, hat Lili zu Lisa gesagt, wir beide

leiden an Trennungsschmerz. Doch jede Trennung ist auch ein Anfang, hat sie hinzugefügt.
Nicht anders als Berlins Neuanfang mißfiel Lisa Lilis Trennung von John. Sie hat versucht, sie zu überreden, zurückzufliegen. Ihr seid doch unzertrennlich, sagte sie besorgt.
Auch Lili fiel es schwer, sich einen Alltag ohne John vorzustellen, obgleich ihr Leben mit ihm im vergangenen Jahr in nichts ihrer ersten gemeinsamen Zeit glich. Aber dann rief sie ihn am Tag ihres geplanten Rückflugs an.
Ich bleibe in Berlin, sagte sie, und das Herz klopfte ihr bis zum Hals.
Ich weiß, antwortete John nur und legte auf.
Bevor sie abgeflogen war, hatte John alles mögliche unternommen, ihre Reise nach Berlin zu verhindern. Im Gegensatz zu ihr hatte er offenbar geahnt, daß sie nicht zurückkommen würde.
Kann ich bei dir wohnen? fragte Lili Marleen ein paar Wochen später, als sie zum Essen bei ihr in der Oranienstraße war.
Ja, sagte Marleen, und sie würde auch aufhören zu rauchen. Aber weshalb willst du nicht mehr zurück?
John hat sich so verändert, er ist so eifersüchtig. Krankhaft eifersüchtig. Er will ein Kind, aus Eifersucht.
Aus Eifersucht?
Lili wollte Marleen Johns Eifersucht erklären, aber sie brachte es einfach nicht fertig zu sagen, John sei eifersüchtig, weil sie Filme machen wollte. Es erschien ihr geradezu lächerlich.

John meint, ich sei zu ehrgeizig, sagte sie statt dessen. Dabei gefalle es ihr, zusammen mit anderen Geschichten zu erzählen. Es macht mir einfach Spaß, verstehst du? Jahrelang habe sie keine Idee gehabt, was sie werden wolle. Sie sei ohne Ziel gewesen, habe in Salat-Bars und Coffee Shops gearbeitet. Das gefiel mir. Dort lief von morgens bis abends ein Film, interessanter als die meisten Filme im Kino. Und ich spielte mit. Auf immer neuen Bühnen. Ich wechselte zu anderen Salat-Bars, wenn das Programm anfing, mich zu langweilen. Daß ich einmal Schauspielerin hatte werden wollen, vergaß ich. Und ich hatte immer Zeit für John.

Als wir wegen Johns Karriere nach Berkeley zogen, hatte er bald immer weniger Zeit für mich. Die Tage in den Coffee Shops ödeten mich jetzt an. Du bist zu alt dafür, sagte ich mir, und es stimmte auch. Ich hörte auf, John verdiente ja genug. Ich blieb zu Hause. Aber es dauerte nicht lange, und mir fiel, wie du dir denken kannst, die Decke auf den Kopf. Zum erstenmal bekam ich Heimweh, und John versprach mir, wir würden nach Berlin fahren, hatte aber nie Zeit. Da bereitete ich meine Reise allein vor. Ein paar Tage vor dem Abflug wurde ich krank.

Auf deiner Postkarte, die du mir damals geschrieben hast, stand aber nichts von einer Krankheit, sagte Marleen.

Ich dachte, es ginge schnell vorüber, sagte Lili. Daß es keine Erkältung, sondern Asthma war, wußte ich damals noch nicht.

Das Asthma habe ihr Leben verändert, und das wiederum habe John verändert, fuhr sie fort. Aber eigentlich sei es nicht die Krankheit, es sei die Therapie gewesen, die alles verändert habe. Als keine Behandlung mehr half und sie glaubte, daß sie beim nächsten Anfall ersticken würde, habe sie von einer neuen Heilmethode gehört, von der Atemtherapie.
Atemtherapie? Was ist denn das? wollte Marleen wissen. Aber da kam David herein, und Marleen mußte englische Vokabeln abhören.

Lili geht in die Küche und deckt den Frühstückstisch ab, prüft dann die Vorräte im Eisschrank. Sie wird noch einiges besorgen müssen, sie notiert es auf einen Zettel. Danach geht sie in ihr Zimmer, legt sich auf eine Decke am Boden und beginnt mit ihren Atemübungen. Wie Zähneputzen gehören sie inzwischen zu ihrer täglichen Hygiene. Durch die Übungen ist sie von ihren Anfällen fast völlig geheilt, nur ein paar leichtere Beschwerden sind geblieben. Aber auch die wird sie noch vertreiben. Sie atmet tief ein. Der Atem fließt in jeden Winkel ihres Körpers, und sie spürt ihre Lunge, zwei innere Flügel, die sich langsam und gleichmäßig bewegen wie die Schwingen eines großen Vogels, und sie gleitet sicher und ruhig dahin.
Atme dich in den Tag, atme dich in die Welt, bis du in ihr angekommen bist, hat ihr Therapeut immer wieder gesagt. Eines Tages, als sie in dieser Welt, einer

inneren Welt, angekommen war, ist dort ein Mädchen auf sie zugetreten: Sie kannte sie nicht, hatte sie noch nie gesehen, sie war in ihr lebendig geworden.
Lili begann, wenn auch verhalten, sich für diese andere zu interessieren, sie zu beobachten, ihr nachzugehen, ihr zuzuhören. Dann stand sie eines Tages in einem Geschäft und kaufte sich ein Notizbuch. Zuerst schrieb sie nur ein paar Sätze am Tag wie: *Sie hat hellblaue Augen,* oder: *Sie ist achtzehn Jahre alt,* oder: *Wenn sie geht, hüpft sie plötzlich zwei oder drei Schritte, dann geht sie weiter wie zuvor.* Bald fing sie an, die Geschichte von Dolly – so nannte sie das Mädchen – aufzuschreiben. Im Coffee Shop las sie ihren Freundinnen und ehemaligen Kollegen zuerst nur hin und wieder, dann immer öfter etwas daraus vor. Sie gewöhnten sich an, über Dolly zu reden, als gäbe es sie wirklich. Nein, das würde Dolly nie tun, sagte dann eine der Freundinnen, oder Dolly verhalte sich nicht eindeutig genug, eine andere. Macht doch einen Film daraus, sagte irgendwann der Neue an der Kaffeemaschine. Und das machten sie dann auch, sie machten alle zusammen einen Film daraus, die Freundinnen und ehemaligen Kollegen spielten vor der Kamera, Lili stand dahinter.
Obwohl John meinte, sie sei mit ihren sechsundzwanzig Jahren zu alt, bewarb sie sich mit dem Video an der Filmhochschule in San Francisco für die Regieklasse. Sie wurde nicht nur aufgenommen, sie bekam sogar ein Stipendium.
Gratuliere, sagte John, aber leider habe er keine Zeit,

mit ihr zu feiern, er habe gerade ein neues Forschungsprojekt auf dem Tisch.

Auch sie hatte bald keine Zeit mehr. Es fiel ihr immer schwerer, an etwas anderes zu denken als an Einstellungen, Kamerafahrten, Schauspielerführung. Und an die Geschichten und Bilder, die aus einer bisher unbekannten Quelle in ihren Kopf sprudelten.

Ich weiß schon gar nicht mehr, wie du riechst, meinte John an einem Sonntagmorgen. Mein Gott, ich habe ganz vergessen, wie du dich anfühlst, du bist ja eine richtige Frau geworden, das habe ich gar nicht bemerkt, sagte John lachend, und er sah wieder so aus wie damals, ein vor Vergnügen lachender Dämon, und sie tanzten einen wilden, doch ganz und gar neuen Tanz.

Ich dachte schon, du liebst mich nicht mehr, sagte sie und schmiegte sich an ihn.

Wir sollten Kinder haben, sagte John plötzlich, erst eins, dann zwei, dann drei, dann vier.

Kinder? Jetzt? Sie schüttelte den Kopf. Nein. Vielleicht später, tröstete sie ihn, als sie Johns enttäuschtes Gesicht sah.

In der Zeit, als sie mit den Vorbereitungen für ihren Abschlußfilm begann, wünschte sich John immer heftiger, immer verbissener ein Kind. Nicht jetzt, John, vielleicht später, sagte sie immer wieder.

Sag nicht ständig später, später, drohte John eines Abends. Später ist es dann vielleicht zu spät. Er sah sie mit einem Blick an, den sie bisher an ihm nicht gekannt hatte. Er machte sie ängstlich.

John, was ist? Du bist so anders.
Du bist es, die anders ist! brauste er auf. Sieh dich im Spiegel an. Wie du mit dem Hut auf dem Kopf aussiehst.
Was hast du gegen meinen Hut?
Du wirst ihn demnächst noch im Bett tragen! sagte er wütend. Sie mußte lachen, aber John verzog keine Miene. Sie drückte den Hut etwas tiefer in die Stirn, es stimmte, sie setzte ihn, seitdem sie ihn sich für die Dreharbeiten zu ihrem Abschlußfilm gekauft hatte, kaum noch ab.
Du siehst damit wie ein Junge aus, fing John wieder an.
Wenn ich ihn trage, fühle ich mich beschützt, erklärte sie ihm.
Du fühlst dich wie ein Boß, das ist es, unterbrach John sie grob und schlug ihr unvermutet den Hut vom Kopf.
Als ihr Abschlußfilm auf einem Festival einen Preis gewann, hatte sie das Gefühl, John würde sie am liebsten dafür schlagen. Sie ging in ihr Zimmer und verriegelte die Tür. Das hatte sie noch nie getan.
Lili tritt ans Fenster. Jeden Tag um die Mittagszeit hält sie Ausschau nach Marleen. Wenn sie hinten am Segitzdamm in die Oranienstraße einbiegt, beginnt Lili mit den Vorbereitungen für das gemeinsame Mittagessen mit David. Es ist eine der Aufgaben, die sie in Marleens Haushalt übernommen hat.

2

Marleen schlägt lauter als sonst die Wohnungstür zu, geht gleich in die Küche, wirft wütend ihre Tasche auf das Sofa und zündet sich sofort eine Zigarette an, bläst den Rauch heftig in die Luft, sucht einen Aschenbecher.

Wolltest du nicht aufhören zu rauchen? fragt Lili.

Seit heute morgen habe ich eine ganze Schachtel verpafft. Bestimmt werde ich bis heute abend noch eine zweite verpaffen. Ich bin gekündigt!

Gekündigt? wiederholt Lili ungläubig.

Marleen läßt sich auf einen Stuhl fallen.

Rückläufige Auftragslage! Sagt er! Alles Vorwand! Der Chef will mich einfach los sein, mir fällt nichts mehr ein, glaubt er. Natürlich sagt er das nicht, der Feigling.

Marleen schleudert ihre Schuhe unter den Tisch und kippelt mit dem Stuhl nach hinten, balanciert auf zwei Beinen.

Weshalb sollte Jürgen dich los sein wollen? Ihr seid doch ein erfolgreiches Team.

Sie hat ihr Gespür verloren, imitiert Marleen Jürgen, sie hat keine Nase mehr, sie hat keinen Geschmack mehr, sie hat keinen Blick mehr dafür, sie sieht es einfach nicht, das Gesicht der Neunziger! Sie schlägt mit der Hand auf die Sofalehne.

Das hat er gesagt?

Nicht wörtlich, aber so ähnlich. Wir haben seit einiger Zeit verschiedene Ansichten. Marleen schaukelt mit dem Stuhl noch heftiger hin und her.
Ob du es glaubst oder nicht, habe ich vor ein paar Wochen zu Jürgen gesagt, es wird in den Neunzigern um Beziehungen gehen, laß uns Beziehungskonzepte entwickeln. Er hat mich angesehen, als ob ich den Verstand verloren hätte: Was sind denn Beziehungskonzepte? hat er mich gefragt und eine Grimasse gezogen. Wart's ab, habe ich nur geantwortet und mich hingesetzt und ein richtig schönes Beziehungskonzept mit Animationen und allem Drum und Dran ausgearbeitet. Ob du es glaubst oder nicht, hat Jürgen mich nachgemacht, als er mein Konzept auf meinen Tisch zurücklegte, aber das hier ist kalter Kaffee, Marleen. Das werden wir noch sehen, habe ich gesagt. Marleen schaut auf die Uhr. Wo bleibt David?
Ich habe ihn gebeten, vom Bäcker Brot und vom Türken Salat mitzubringen.
Oh, den können wir gleich in den Müll werfen. Salat hat mehr Nitrate als ein nitratgesättigtes Steak, das habe ich gestern in einer ganz normalen Zeitung gelesen, nicht etwa in einem Ökoblatt. Nach all den Jahren gekündigt! Marleen verdreht die Augen zur Decke, schüttelt den Kopf, drückt die Zigarette im Aschenbecher aus, zündet sich gleich darauf die nächste an, sinnt den Rauchringen hinterher, die sie, einen nach dem anderen, in ihrem Mund formt und in die Luft schickt. Rauchringe beruhigen sie, es sind Friedenszeichen.

Lili deckt den Tisch, stellt den Reistopf in den Ofen, setzt das Gemüse auf, wendet die Hähnchenkeulen. Ich werde keinen Bissen herunterbekommen, denkt Marleen. Allein der Essensgeruch bereitet ihr Übelkeit. Als Bella ihre Stullen ausgepackt und auf den Tisch gelegt hat, hätte sie sich fast übergeben.
Sie geht ins Badezimmer, wäscht sich die Hände, kämmt sich das Haar. Sie sieht blaß aus. Ihr Blick bleibt am Spiegelrand hängen. Dort hat in der Silvesternacht Felix' Brief gesteckt. Auch eine Art von Kündigung. Die ist ihr allerdings nicht auf den Magen geschlagen. Im Gegenteil. Sie hat Heißhunger verspürt.
Sie setzt sich auf den Rand der Badewanne, säubert und feilt ihre Fingernägel. Weshalb Felix gegangen sei? wollte Lili plötzlich vor ein paar Tagen wissen. Ich habe es doch damals vorgelesen, oder? sagte sie. Ja, aber was war der wirkliche Grund? Den kenne ich nicht, antwortete sie. Vielleicht gibt es ihn einfach nicht, denkt Marleen jetzt, vielleicht hat sich unsere Beziehung erfüllt und ihr natürliches Ende gefunden? Was sie miteinander leben, was sie füreinander sein konnten, haben sie gelebt. Sie nimmt den Deckel vom Cremetopf, reibt ihre Hände ein.
Die Trennung von John ist wie ein langsames Sterben, sagte Lili daraufhin.
Marleen fand es irgendwie kitschig. Mach einen Film draus, riet sie ihr und kam sich fast gefühllos vor.
Lili schob ihren Hut aus der Stirn und fing an, von ihrer Idee zu einem Film zu erzählen. Die Geschichte

soll mit einem Liebespaar beginnen, ineinander verschlungen wie siamesische Zwillinge, dem der Junge, die Hauptfigur, in einer Silvesternacht in den damaligen Ostteil der Stadt folgt. Zehn Jahre später trifft er das Mädchen wieder, in das er sich in dieser Nacht verliebt hat.

Und dann fahren sie nach Sydney, rutschte es Marleen heraus.

Nein, sie will nach New York, sagte Lili, und sie mußten beide lachen. Was ist eigentlich mit Anton? fragte Lili dann.

Marleen sagte, sie wolle keine neue Bindung, sie wünsche sich jetzt ein lose geflochtenes Netz von Beziehungen.

Das Essen ist gleich fertig, ruft Lili aus der Küche. Marleen steht vom Badewannenrand auf, betrachtet sich noch einmal im Spiegel.

Vielleicht ist auch meine Beziehung mit Jürgen an ihr natürliches Ende gekommen, denkt sie, vielleicht sollte ich froh sein über die Kündigung. Sie nickt ihrem Spiegelbild zu und geht zurück in die Küche.

David kommt mit den Einkaufstüten herein.

Deine Mutter sagt, wir sollen ihn in den Müll werfen, Lili zeigt auf den Salatkopf, er hat mehr Nitrate als ein nitratgesättigtes Steak.

Sie soll lieber aufhören zu rauchen. David windet Marleen blitzschnell die Zigarette aus der Hand, drückt sie im Aschenbecher aus und leert ihn in den Mülleimer. Marleen greift nach der Packung, doch auch die schnappt David ihr weg.

Gib sie mir bitte wieder, bettelt Marleen.
David schüttelt den Kopf. Nein, sagt er entschieden, schwingt sich auf die Fensterbank, streckt sich dort aus und läßt ein Bein baumeln.
Marleen sieht unwillig zu ihm hinüber, setzt sich dann auf das Sofa. Seitdem Lili bei ihnen wohnt, denkt sie, hält David sich mehr als früher in der Küche auf. Er hört den Geschichten zu, die Lili erzählt. Besonders aufmerksam verfolgt er jedoch, was Lili über John sagt oder sie selbst über Anton oder Felix. Er tut dann so, als lese er in seinen Comicheften, aber er läßt sich kein Wort entgehen. Früher, als Felix da war, hat er solchen Gesprächen nicht zuhören können, es gab sie nicht.
David räuspert sich, versucht zu husten.
Bist du erkältet? fragt Marleen.
David schluckt. Glaub' ich nicht.
Deine Stimme klingt aber erkältet, meint Lili.
Vielleicht ist es schon der Stimmbruch, sagt Marleen.
So früh?
Vielleicht habe ich es eilig, ein Mann zu werden, grinst David.
Was für ein Mann willst du denn werden? fragt Lili.
David zuckt die Schultern. Weiß nicht.
John hat einmal erzählt, wie er sich, als er noch ein Junge war so wie du und sich vorstellte, ein Mann zu sein, plötzlich auf einem Berg stehen sah, erzählt Lili. Er streckte seinen Arm aus, und da kam ein Adler geflogen und setzte sich darauf. Kaum saß der Adler auf seinem Arm, da bemerkte er noch ein anderes

Tier, das zu seinen Füßen saß, und das war ein großer Leguan. Und so ging er, jetzt ein Mann, vom Berg ins Tal, den Adler auf dem Arm und den Leguan an seiner Seite.

Finde ich gut, sagt David nach einer Weile, rutscht von der Fensterbank, setzt sich an den Tisch, und Lili reicht ihm die Schüssel. Marleen stochert gedankenverloren im Essen herum, pickt Erbsen aus dem Gemüse, auch Lili bleibt stumm.

Sonst erzählt Marleen während des Mittagessens immer das Neueste aus der Agentur, oder Lili spricht über ihr Drehbuch, an dem sie schreibt, denn wenn Lili und Marleen sich nicht über Männer unterhalten, dann reden sie über ihre Arbeit.

David räuspert sich wieder. Es ist noch immer still am Tisch, niemand redet ein Wort.

Bist du deinen Job los, Mama? fragt er schließlich.

Woher weißt du das?

Ich weiß es gar nicht. David springt auf, läuft zur Tür, es hat geklingelt. Er kommt mit Anton zurück.

Woher wußtest du, daß ich dich brauche? fragt Marleen.

Oh, das wußte ich nicht, darf ich? Anton sucht Teller und Besteck zusammen, setzt sich an den Tisch, nimmt vom Reis, vom Gemüse und vom Huhn mit Pilzen.

Ich bin meinen Job los, gekündigt, sagt Marleen und wirkt plötzlich sehr gelassen. Was soll ich jetzt tun? Du bist doch Berater.

Bist du gar nicht wütend?

Erst war mir übel vor Wut. Aber dann dachte ich, vielleicht ist es eine Chance für was Neues.
Und gekränkt? Bist du nicht gekränkt?
Gekränkt? Will ich nicht sein! Ich bin lieber zu gut für Jürgen, wie Fred behauptet. Du wirfst Perlen vor die Säue, sagt er immer zu mir, meint damit natürlich sich selbst, weil er doch eigentlich fürs Theater und für die Oper arbeiten will.
Ja, wahrscheinlich bist du zu gut, sagt Anton und lächelt.
Was sonst, sagt Marleen. Es klingt aber nicht so ganz überzeugt.
Ich sollte vielleicht die Chance nutzen und was ganz anderes machen, auch wenn ich wirklich Spaß daran habe, die Welt der Dinge, in die mich Jürgen vom Make-up geholt hat, zu beleben und ihr wie im Märchen eine Seele zu geben.
Was würdest du Marleen raten? fragt Lili Anton.
Ich würde ihr raten, für den Rest des Tages die Agentur zu meiden. Wir könnten etwas unternehmen. Ein Picknick am Müggelsee zum Beispiel. Oder ein Spaziergang auf der Pfaueninsel. Eine Bootsfahrt im Spreewald. Potsdam…
Ich muß Schularbeiten machen, unterbricht ihn David, danach bin ich verabredet.
Lili räumt den Tisch ab, Marleen ist in Gedanken.
Niemand also an heiterem Müßiggang interessiert? Anton blickt zwischen Lili und Marleen hin und her.
Ein Spaziergang durch heitere Zukunftsvisionen würde uns durchaus gefallen, räumt Marleen ein. Auch

Lili hat Visionen, sie schreibt die halbe Nacht an einem Film. Wohin gehst du? fragt sie Lili, die schon in der Tür steht.

Ich habe eine Verabredung mit Luigi. Er will mich einem Freund vorstellen. Ich könnte bei ihm im Café bedienen.

Marleen steht auch auf. Tut mir leid, Anton, ich muß in die Agentur.

Ich kann dich mitnehmen, bietet Anton Lili an.

Ich würde gern die Strecke mit der U-Bahn ausprobieren.

So viele Absagen bekommt man nicht jeden Tag.

Wenn du Lust hast, kannst du nachher mit uns Fußball spielen, sagt David.

Abgemacht.

3

Lili wischt mit dem einen Tuch über die Kaffeemaschine, poliert mit dem anderen das Metall, drückt dann beide Tücher ihrer vorbeieilenden Kollegin in die Hand.
Übergabe, sagt sie und bestellt zwei Eiskaffee und eine Eisschokolade. Für Hannes, fügt sie hinzu und zeigt auf die andere Seite der Kreuzung. Dort an der Ampel. Neben meiner Mutter.
Lili setzt sich an einen der Tische am offenen Fenster. Es ist ein warmer Sommertag, ein leichter Wind bewegt die Markise. Ihr gefällt das Café. Es ist ein bißchen verrückt dort, hat sie anfangs zu Marleen gesagt, und das hat auch Luigi gemeint, als sie zusammen mit ihm zum erstenmal das Café betrat, um sich bei seinem Freund vorzustellen. Und zu Beginn hat ihr dessen Verrücktheit auch manche Schwierigkeit gemacht: Die Torten und Kuchen, die überall im Café in Kühlvitrinen stehen und die ihr Chef selbst herstellt, sind nicht nur extrem farbig, sondern auch so extrem groß, daß es ihr in der ersten Zeit so gut wie nie gelungen ist, eines der riesigen Stücke von der Platte oder vom Blech heil auf den Teller zu heben.
Lili schaut nach draußen. Lisa überquert jetzt mit Hannes den Olivaer Platz. Langsam wie eine Schnecke, denkt sie. So langsam ist sie mit mir früher nicht gegan-

gen. Ich bekam Seitenstiche, wenn ich mit ihr Schritt zu halten versuchte. Und wenn sie sich bei ihr mit gestrecktem Arm einhängte, ließ Lisa nach kurzer Zeit ihren Arm einfach herunterfallen, und Lili mußte neben ihr herlaufen.

Jetzt bleibt Hannes stehen und streichelt einen Dackel. Lisa bleibt ebenfalls stehen, sie hat alle Zeit dieser Welt. Die hatte sie früher nicht, denkt Lili.

Ich genieße dieses Kind, hat Lisa neulich zu ihr gesagt. Ich bin damals bei dir viel zu jung gewesen. Am Anfang warst du eine Zeitlang mein Püppchen, nur hatte ich dann mit achtzehn bald keine Lust mehr auf Puppen. Das Leben fand draußen statt, nicht drinnen im Kinderzimmer.

Trotz des schönen Wetters hat Lisa darauf bestanden, sie mit Hannes im Café zu besuchen. Ich möchte sehen, wo du arbeitest.

Hier sieht es ja wie im Schlaraffenland aus, sagt Lisa zu Hannes, als sie das Café betreten, und zeigt auf die Tortenberge und Kuchentürme. Das ist ja ganz außergewöhnlich! Das ist ja Kunst! sagt sie zu Lili und setzt sich zu ihr an den Tisch.

Die Kollegin bringt die beiden Eiskaffee und die Eisschokolade. Lisa wählt lange unter den Torten, bestellt schließlich zwei Erdbeerkuchen, Lili ein Eis.

Tut mir leid, daß wir uns verspätet haben, es gab zu viele Hunde auf dem Weg hierher. Wir sind nämlich von zu Hause aus zu Fuß hierhergegangen.

Hannes setzt sich auf Lilis Schoß. Sie kitzelt ihn ein bißchen hinter den Ohren.

Wir haben mit Hannes ein zweites Leben geschenkt bekommen, hat Lisa bei ihrem letzten Besuch gesagt, und es komme ihr so vor, als seien Hans und sie durch ihr erstes Leben wie durch eine Prüfung für dieses zweite gegangen. Wir sind erst jetzt reif füreinander.
Sie saugen durch die Strohhalme Eiskaffee und Eisschokolade, essen Erdbeerkuchen und Eis, und Lili erzählt, wie wichtig der Job für sie sei, nicht nur zum Geldverdienen, sondern auch für ihr Berlin-Gefühl.
Berlin-Mitte würde mich natürlich eigentlich mehr interessieren, sagt sie.
Der Osten? Weshalb denn das? fragt Lisa.
Der Film wird dort spielen, zumindest ein wichtiger Teil der Geschichte.
Ach, sagt Lisa nur und berichtet von Hannes, daß er zur Zeit so schlecht schlafe, nachts in ihrem und nicht in seinem Bett liegen wolle.
Die Kollegin bringt zwei weitere Eiskaffee, Hannes rutscht von Lilis Schoß, läuft hinter ihr her bis hinter den Tresen. Lisa schaut ihm nach, wendet sich dann wieder an Lili.
Ich bin beim ersten Kind zu jung gewesen, aber werde du nicht zu alt, meint sie mit leicht besorgter Miene.
Mach dir keine Sorgen. Lili lächelt sie an. Ich werde keine Kinder haben.
Oh! Lisa sieht sie erst ungläubig, dann kopfschüttelnd und schließlich mitleidig an.
Sag das nicht, Lili, sag das nicht. Du weißt gar nicht, was du da sagst.

Was denn?
Du… du kastrierst dich, stottert Lisa und verschluckt sich fast. Kein Kind zu bekommen, das ist für eine Frau so, als ob sie nicht wirklich lebt!
Ich werde Kinder bekommen, aber andere Kinder. Lili schaut Lisa trotzig an. Hast du schon einmal etwas von geistigen Kindern gehört?
Bevor Lisa von ihrer Verblüffung zu Spott übergehen kann, erklärt Lili ihr, wie wichtig diese anderen Kinder für sie sind, wie kastriert sie sich ohne sie fühlen würde. Es gibt genug Menschen auf dieser Erde, viel zu viele sogar, trumpft sie schließlich auf, denn sie spürt, daß Lisa die Gleichsetzung von Lilis Kindern mit denen aus Fleisch und Blut nicht hinnehmen will. Und während Lisa noch nach Worten sucht, um diesen anderen Kindern nicht nur das Recht auf Gleichberechtigung abzusprechen, sondern sie zu vernichten, sie aus der Welt zu schaffen, zu sagen, daß es Unsinn sei, ein Hirngespinst, letztlich eine Ausrede, schlimmer, die Leugnung jeglicher Weiblichkeit, da bricht sie aus Lili heraus, die Freude an den geistigen Kindern, die Freude daran, Ideen zu gebären, sie wachsen und reifen zu sehen, so mühe- und schmerzvoll, ja, gefahrvoll dieses Wachstum auch sein könne. Und diese stille Erregung, sie zu beobachten, mit ihnen aufzubrechen, mit diesen geistigen Kinderaugen die Welt neu und anders zu sehen, auch die Schrecken, das Unbegreifliche, und sich tiefer in das Dunkel vorzuwagen, wo es plötzlich hell und farbig wird. Nur mit ihnen kann man dorthin gelangen, sagt

sie, erregt und außer Atem, und kann kaum weiterreden.
Du redest wie eine hysterische Schwangere! Im wievielten Monat bist du denn? Lisa sieht sie spöttisch an.
Die Herztöne sind zu hören, sagt Lili ganz ernst, es hat auch schon Ohren, die Augen sind noch geschlossen. Die Leute vom Sender sind meine Geburtshelfer, sie scheinen nicht abgeneigt zu sein, mir einen Drehbuchvertrag zu geben.
Gratuliere, sagt Lisa widerwillig. Laß uns ein bißchen spazierengehen. Es ist für Hannes langweilig, hier herumzusitzen. Sie steht auf.
Geht auf meine Rechnung, sagt Lili zu ihrer Kollegin.
Sie schlendern gemeinsam an den Restaurants vorbei, vor denen Tische auf dem breiten Trottoir stehen, verweilen hier und dort, denn immer wieder liegen Hunde neben Stühlen und Tischbeinen, und Hannes will mit jedem Freundschaft schließen.
Weshalb schenkst du ihm nicht einen Hund? Eine langhaarige, wilde Pudelhündin? So eine, wie du sie selbst einmal hattest? fragt Lili.
Lisa nickt. Habe ich auch schon überlegt. Sie lächelt. Sie hieß Lili, wie du ja weißt, und sie war wirklich sehr wild. Sie brachte mit ihrer Wildheit die ganze spießige Ordnung meiner Eltern durcheinander. Lisa wirft einen Blick zu ihrer Tochter. Wenn ich daran denke, wie wild wir waren und wie wir diese ganze verlogene Ordnung über den Haufen geworfen ha-

ben, dann fällt mir erst auf, wie brav deine Generation ist.
Ach ja?
Ja, ihr seid so brav, so angepaßt. Ihr schluckt, was man euch vorsetzt.
Das kann man gar nicht schlucken, diesen ganzen Müll, den uns deine Generation vorgesetzt hat! Lili spürt, wie etwas ihr die Kehle zuschnürt. Du hattest doch nur Sex und Drogen und Rock 'n' Roll im Kopf, zischt es aus ihr heraus. Ob du es glaubst oder nicht: Das finde *ich* spießig.
Das war revolutionär, ruft Lisa aus. Du weißt nicht, wie es in den Fünfzigern hier zuging, du weißt nicht, was für ein Müll in den Köpfen steckte!
Sie stehen sich gegenüber, sie schreien sich an.
Tag, ihr beiden.
Hans? Was machst du denn hier? Wo kommst du her? stottert Lisa.
Papa, Papa, ein Wolf, schau mal, ein richtiger Wolf! ruft Hannes.
Wir haben uns gerade gestritten, erklärt Lili.
Hans nickt. Das habe ich schon auf der anderen Straßenseite gehört.
Wie unangenehm! meint Lisa. Nun, sagt sie dann, das passiert eben manchmal zwischen Mutter und Tochter.
Hans nickt wieder. So leidenschaftlich können sich nur Mutter und Tochter bekämpfen.
Bekämpfen? wiederholen Lili und Lisa und vermeiden es, einander anzusehen.

Gehen wir doch baden, schlägt Hans schließlich vor.
Baden? fragt Lili.
Ja, baden, baden, baden, ruft Hannes und läuft um sie herum.
Ja, warum nicht, sagt sie schließlich, und wohin gehen wir?
Der Glienecker See hat immer noch das sauberste Wasser, meint Lisa. Ich kann dir einen Badeanzug leihen.

Als sie am Ufer des Glienecker Sees stehen, sagt Lili: Sieht noch genauso aus wie früher.
Aber die Bojen gibt es nicht mehr, stellt Hans fest.
Lili kneift die Augen zusammen, blickt hinaus aufs Wasser. Nein, sie sind tatsächlich nicht mehr da.
Als Kind und auch später noch war sie jeden Sommer hier zum Baden. Lisa hat den Glienecker See schon immer geliebt, das Wasser sei so weich, schwärmte sie, und so sauber. Und anders als an allen anderen Berliner Seen war es das einzige Strandbad, das nie überfüllt war. Wegen der Grenze, die mitten durch den See verlief.
Es gab eine Ostseite und eine Westseite, die Bojen markierten die Grenze. Niemand ist je auch nur bis in ihre Nähe geschwommen, auch Lisa nicht. Trotzdem hat Lili es für möglich gehalten, daß sie es tun könnte. Daher lief sie, sobald Lisa auf den See hinausschwamm, zum Badesteg und ließ sie nicht mehr aus den Augen. Manchmal glaubte sie, Lisa würde direkt

auf die Bojen zuschwimmen, dann rief sie so lange ihren Namen, bis Lisa wendete und wieder zurückschwamm.

Lili hatte große Angst vor der Grenze dort draußen, sie war ihr unheimlich. Nie bewegte sich irgend etwas auf der anderen Seite. Der See und das Ufer dort schienen von Menschen verlassen zu sein.

Aber immer gab es unter den wenigen Badenden jemanden, der sich vom Pächter der Strandbaude ein Fernglas auslieh, den Ufersaum abtastete und die Grenzsoldaten entdeckte, die sich hinter Büschen und Bäumen versteckt hielten, selbst ein Fernglas vor Augen.

Lili zieht Lisas Badeanzug an und läuft ins Wasser, Hans und sie kraulen um die Wette. Schnell lassen sie die Bucht hinter sich. Hier ist der See, der am Ufer moorig ist, klar und frisch. Schon nach wenigen Minuten schwimmen sie mitten auf dieser großen, metallisch glänzenden Fläche. Sie schauen zurück: Lisa und Hannes stehen auf dem Badesteg und winken ihnen zu.

Schaffst du es bis zur früheren Grenze? fragt Hans.

Vielleicht, sagt sie vorsichtig.

Sie schwimmen nebeneinander her, von beiden Ufern hören sie die Stimmen der Badenden. Am anderen Ende des Sees erkennen sie die Bogen der Glienecker Brücke.

Hier war die Grenze, sagt Hans und taucht tief hinunter.

Lili spürt, wie ihr Herz schneller schlägt. Sie ist an der

Grenze, der einst bedrohlichen, verbotenen Grenze. Laß uns an ihr entlangschwimmen, sagt sie, als Hans wieder neben ihr auftaucht. Nein, sie wird nicht über die Grenze schwimmen, auch wenn es sie nicht mehr gibt, sie wird erst einmal nur an ihr entlangschwimmen.
Sie gleiten nebeneinander durchs Wasser. Immer wieder taucht Hans hinunter. Irgendwann wagt Lili es auch. Hans taucht ein bißchen tiefer, ein bißchen länger. Sie folgt ihm. Sie vergißt die Grenze, und beide vergessen die Zeit. Als sie ans Ufer zurückkommen, sind ihre Lippen blau, und Lili klappert mit den Zähnen.

4

Marleen sitzt im Wohnzimmer, sie ist allein. David verbringt das Wochenende bei Felix, Lili bedient im Café. Sie folgt mit den Augen dem Rauch ihrer Zigarette, der langsam und träge durch den großen Raum wabert. Wie meine Gedanken durch meine Gehirnwindungen, denkt Marleen und läßt ihren Blick umherschweifen. Noch nie war es so ordentlich. Und so leer. Sie hat sich in den letzten Wochen von allem, was ihr nicht notwendig erschien, getrennt. Von Kleidern, Büchern, Geschirr, alten Zeitungen und Zeitschriften.

Wahrscheinlich eine Ersatzhandlung, denkt Marleen. Wahrscheinlich ist mein Kopf vollgestopft mit altem Zeug. Wie sonst ist dieser absolute Stillstand zu erklären? Wie diese Lähmung, die sie erfaßt, kaum daß sie sich der Frage nähert, wie es denn jetzt, wo sie arbeitslos ist, weitergehen soll? Statt um einen neuen Job, vielleicht sogar um etwas ganz Neues, kreisen ihre Gedanken fortwährend um Jürgen. Auch jetzt wieder. Es ist für sie mehr und mehr zur fixen Idee geworden, ohne Jürgen ein Nichts zu sein. Ist denn nicht erst durch ihn, dank seiner Unterstützung, die Gewißheit in ihr gewachsen, tatsächlich mit beiden Beinen auf der Erde zu stehen? Sie schwebte nicht mehr, fühlte sich nicht mehr zu leicht.

Jürgen hat ihr den Zugang zur Werbung eröffnet, und es waren die Dinge, für die sie warb, die sie erdeten. Diese verloren wiederum durch ihre *Beseelung*, wie Fred ihre Animationstechnik nannte, ihre Schwerfälligkeit und beflügelten die Phantasie.

Du bist ein Engel, hat Jürgen oft gesagt, wenn einer ihrer Tricks gelungen war. Er ahnte nicht, was sie daran so berührte: daß sie, obgleich sie sich nicht mehr anstrengte, trotzdem ein Engel genannt wurde. Außer Jürgen und vielleicht auch Fred ist keinem in der Agentur ihr Talent zum Engel aufgefallen. Es wird auch in Zukunft niemand anderem auffallen: Wo immer sie sich bewirbt, und sie hat noch nicht einmal eine Idee, bei wem und wie sie sich um eine neue Stelle bemühen könnte – sie hat sich in ihrem Leben nur ein einziges Mal, mit sechzehn, für die Lehrstelle im KaDeWe beworben –, wird keiner oder keinem etwas an ihr auffallen, und man wird sie mit Sicherheit ablehnen.

Mein Gott, denkt Marleen, gleich fällt mir die Decke auf den Kopf. Sie zieht sich schnell an und verläßt eilig die Wohnung, fährt zum Olivaer Platz, setzt sich ins Café.

Kümmere dich nicht um mich, sagt sie zu Lili, ich will hier einfach nur sitzen und mich betrinken. Bring mir bitte einen Piccolo.

Was ist los mit dir? will Lili wissen.

Nichts. Nichts ist mit mir los. Gar nichts. Die absolute Leere, verstehst du? Sie läßt den Sekt durch die Kehle rinnen, rülpst laut. Oh, verzeih.

In vierzig Minuten mache ich Schluß. Hältst du noch so lange durch?
Bin ich ein Fall? fragt Marleen gereizt.
Lili nimmt die Tortenteller vom Tresen und trägt sie zu den Gästen, die an den Tischen draußen auf dem Trottoir sitzen.
Bring mir noch einen Piccolo, ruft Marleen Lili hinterher. Als einziger Gast sitzt sie nicht im Freien unter der Markise.
Sie schaut sich im leeren Café um. Ein- oder zweimal hat sie Lili hier abgeholt. Muß ein bizarrer Typ sein, dein Bäckermeister, hat sie beim erstenmal gesagt und auf die exzentrischen Modelle seiner Konditorkunst gezeigt.
Luigi meint, er ist ein bißchen verrückt, sagte Lili, aber das ist er nur bei seinen Torten, sonst ist er in Ordnung.
Marleens Augen wandern von einem Tortenmodell zum nächsten. Sie kann auch nichts anderes tun, als sie zu betrachten, denn sie thronen überall, diese überdimensionalen Bauten aus Biskuit mit Sahne, Creme, Marzipan, Früchten und Schokolade. In barocker Fülle stehen sie in den Regalen und Vitrinen oder sind auf Sockeln und sogar auf Emporen ausgestellt. Und wo noch ein wenig Platz gewesen wäre, stehen aufgeschichtete Türme aus Mohn- und Butter- und Streuselkuchen.
Wenn ich hier noch länger bleibe, werde ich irgendwann glauben, mitten in einer Torte zu sitzen, denkt Marleen.

Nach dem vierten Piccolo heftet sich ihr Blick auf eines der Modelle und kann sich nicht mehr von ihm lösen. Es ist lebendig geworden: Die Cremeverzierungen bewegen sich, rutschen langsam über den Rand, hängen bald wie schwere, geraffte Portieren herunter. Zwei Marzipansäulen aus dem luftigen Aufbau in der Mitte knicken ein, alles sinkt mehr und mehr zusammen. Auch die Pastellfarben, bisher sorgfältig voneinander getrennt, verlaufen psychedelisch ineinander.
Vielleicht krieg ich 'ne Depression, denkt Marleen, 'ne Tortendepression und sinke jetzt hier einfach langsam zusammen und tropfe vor mich hin. Sieh mich nicht so an, als sei ich ein Fall, sonst werde ich es noch, sagt sie zu Lili, die vor ihr stehenbleibt.
Ich bin fertig, laß uns gehen.
Gehen? Ich will hier sitzen bleiben und mich meiner Tortendepression hingeben. Ich habe überhaupt keine Lust zu gehen.
Ich bin seit heute mittag hier. Laß uns einen Spaziergang machen. Bitte.
Marleen steht widerwillig auf, brummt vor sich hin, wie sie es hasse, von Kreuzung zu Kreuzung den Wellen von Benzingestank anfahrender Autoschlangen ausgesetzt zu sein. Und wie das harte Pflaster die Leere in ihrem Kopf erst so richtig zum Dröhnen bringen werde, und wie ihr schon allein beim Gedanken daran der Schweiß ausbreche.
Sie hält in der Toilette die Handgelenke unter kaltes Wasser, spritzt es sich ins Gesicht, macht ihre Haare

naß. Das sieht sexy aus, hat ihr neulich einer gesagt. Sexy. Sie schüttelt sich angeekelt.
Die Hand schützend über die Augen gelegt, geht sie vorsichtig an den Torten und dann an den Gästen im Freien vorbei auf die Straße und bleibt überrascht stehen: Samtweiche Luft umschmeichelt sie, legt sich verführerisch auf ihre nackten Arme und Beine und erweckt in ihr den Wunsch, einzutauchen in dieses blaue und violette Dämmerlicht, das allem ein anderes, ein geheimnisvolleres Aussehen verleiht, auch den Bäumen und Büschen in der Mitte des Platzes, sonst ein Bild karger städtischer Fürsorge, jetzt ein Ort ungeahnter Begegnungen.
Ein paar Meter weiter wartet Lili. Auch sie ist von diesem blauen und violetten Licht wie von einem Geheimnis umgeben. Marleen geht, nein, gleitet auf sie zu. Machen wir also einen Spaziergang, sagt sie und hakt sich bei Lili ein.
Sie verlassen den Olivaer Platz, bummeln durch die Seitenstraßen, überqueren immer wieder breite, von Bäumen gesäumte Straßen oder schnurgerade Schneisen, steigen in einen Bus ein und am Lützowufer wieder aus, setzen sich auf das Geländer vor dem schräg abfallenden Ufer, schauen den Spiegelungen im Kanal zu, springen vom Geländer, legen sich auf der Böschung ins Gras und suchen nach den Sternen, von denen nur wenige durch den nächtlichen Lichtschein über der Stadt zu erkennen sind.
Nach einer Weile sagt Marleen: In den letzten Wochen fühle ich mich manchmal wie eine Maus im

Mauseloch mitten in der Wüste, manchmal wie in einem leckgeschlagenen Boot zwischen haushohen Wellen und dann wieder wie ein Frosch.
Pssssst, macht Lili nach einer Weile und hebt den Finger.
Was ist?
Pssssst, macht Lili noch einmal und lauscht. Ich glaube, sie sind hier, flüstert sie.
Wer? Auch Marleen flüstert jetzt.
Lili antwortet nicht, lauscht weiter. Ich höre sie jetzt ganz deutlich, sagt sie dann.
Wen? fragt Marleen.
Und Lili erzählt ihr von der Wüste, von den haushohen Wellen und den Fröschen, von ihren Paten. Weißt du, was Miss Molly einmal gesagt hat?
Nein. Was hat sie gesagt? fragt Marleen.
Man müsse seinen Hintern bewegen. Seinen seelischen Hintern, seinen geistigen Hintern, den Hintern seines Herzens und den Hintern seines Verstands. Man müsse alle Hintern bewegen, die man hat, und man habe ziemlich viele.
Laß uns irgendwohin tanzen gehen, sagt Marleen nach einer Weile.
Aber dann bleiben sie auf der Böschung sitzen und schauen noch lange den tanzenden Lichtern auf dem Kanal zu.

5

Dein Typ? fragt die Kollegin, weist zum Auto, das vor dem Café hält.
Lili schüttelt den Kopf. Nein. Sie setzt ihren Hut auf. Spendierst du Sekt zum Abschied?
Stell ihn schon mal kalt. Lili nimmt ihre Tasche, verabschiedet sich, verläßt das Café und setzt sich in das wartende Auto.
Wirklich nett von dir, daß du mir helfen willst, sagt sie etwas steif zu Anton.
Mach ich gern, meint er und fädelt sich in den Verkehr ein.
Zunächst wollte sie sein Angebot, ihr Ostberlin zu zeigen, gar nicht annehmen. Ich kenne mich im Osten gut aus, versicherte er.
Anton kann dir bestimmt helfen, mischte sich auch Marleen ein, und du brauchst doch Hilfe.
Stimmt, sagte sie. Seitdem sie den Drehbuchauftrag für ihre Ost-West-Liebesgeschichte bekommen hat, ist sie auf Motivsuche, vor allem im Osten, aber sie ist nie über die Gegend um den Alexanderplatz hinausgekommen. Schließlich verabredete sie sich mit Anton für diesen Tag.
Hier haben Marleen und ich uns Silvester 79 kennengelernt, sagt sie, als sie am Bahnhof Friedrichstraße vorbeikommen.

Anton biegt Unter den Linden in Richtung Alexanderplatz ab, fährt über die Schloßbrücke, bis vor kurzem Marx-Engels-Brücke, und am Schloßplatz oder dem bisherigen Platz der Republik vorbei. Dann fahren sie die Karl-Marx-Allee hinunter, eine endlos lange, breite Straße immer geradeaus. Sie ist von kilometerlangen, mit Stuck verzierten Wohnblocks gesäumt. Hin und wieder wird die sechsspurige Allee von gewaltigen Rondellen unterbrochen.
Sieht hier aus wie in Moskau, sagt Anton, dann machen sie einen Bogen hinüber nach Weissensee, fahren über Pankow zurück zum Prenzlauer Berg. Er fragt kein einziges Mal nach der Liebesgeschichte, die irgendwo hier oder in Berlin-Mitte beginnen soll, will nichts von dem Jungen aus dem Osten und dem Mädchen aus dem Westen wissen, noch nicht einmal etwas über den Ort, an dem er sie oder sie ihn zum erstenmal sieht und nach dem sie sucht. Das einzige, was ihn zu interessieren scheint, ist ihr Hut.
Was ist das für ein Hut? fragt er. Von welchem Hersteller?
Was für ein Modell? will er dann wissen. Wo hast du ihn gekauft? geht es weiter. Wann hast du ihn gekauft? Wie teuer war er? Sonst fragt er nichts.
Lili ist enttäuscht. Will er denn gar nicht wissen, was ich vorhabe, woran ich arbeite, was ich denke? Bei seiner nächsten Frage wird sie wütend, bei der übernächsten zornig, und als er, obwohl er doch schon alles gefragt hat, wieder etwas über ihren Hut wissen

will, nimmt sie ihn sich vom Kopf und stülpt ihm den Hut über.
Er dreht den Rückspiegel zu sich und versucht, sich darin zu betrachten. Sieht gut aus, behauptet er.
Sieht überhaupt nicht gut aus, sagt sie noch wütender und reißt ihm den Hut wieder vom Kopf.
Er blickt sie an. Man sieht dich selten ohne Hut, sieht gut aus, sagt er.
Sie kommt sich plötzlich nackt vor, so, wie er sie ansieht, und setzt den Hut schnell wieder auf. Sie ist verwirrt. Zu Hause schimpft sie über den verlorenen Tag mit Anton.

In der kommenden Nacht wacht Lili auf. Etwas vagabundiert durch ihren Körper, zerrt an ihren Eingeweiden, legt sich schließlich auf ihre Brust, und sie erkennt sie, die Sehnsucht von einst. Sie steht auf, läuft durch das dunkle Zimmer. Ich bin nicht mehr siebzehn, sagt sie sich immer wieder, es gibt ihn nicht, diesen Bräutigam.
Heute nacht habe ich von ihm geträumt, erzählt sie Marleen am nächsten Morgen.
Von Anton? Sieht man dir an, grinst sie. Im selben Augenblick hören sie, wie es klingelt und David öffnet und wie Anton fragt: Ist Lili zu Hause?
Glaub schon, antwortet David und fragt schnell: Kannst du Liegestütze auf einem Daumen?
Auf einem nicht, aber auf zweien, hören sie Anton antworten.

Mach vor, fordert David ihn lautstark auf.
Anton scheint die Prüfung bestanden zu haben. Morgen nimmt er mich mit zum Training, erklärt David, als er mit Anton in die Küche kommt.
Hast du Lust auf einen Ausflug? Anton sieht Lili an.
Marleen grinst. Sie hat heute nacht von dir geträumt.
Unsinn. Lili spürt, wie die Röte ihr ins Gesicht fliegt.
Wohin?
Eine Überraschung.
Sie zögert, dann nimmt sie ihren Hut.
Unten im Briefkasten liegt ein Brief für sie. Ohne Absender. Er kommt aus San Francisco. Lili steckt ihn ein.
Anton fährt das Auto aus der Parklücke und hält an, weil eine Gruppe türkischer Frauen, die trotz der spätsommerlichen Schwüle bodenlange, dünne Mäntel über bodenlangen, buntgemusterten Röcken tragen, an jeder Hand ein Kind, die Straße überqueren. Hinter ihnen hupt ein Autofahrer, überholt und schüttelt aufgebracht den Kopf.
Dann fahren sie die Potsdamer Straße hinunter.
Meine Glücksstraße, sagt sie zu Anton.
Weshalb?
Ist lange her.
Sie halten an der Ecke Kurfürstenstraße, die Ampel zeigt Rot.
Hier habe ich damals ein siamesisches Zwillingspaar mit Goldstaub auf den Gesichtern und Schmetterlingsaugen gesehen, sagt Lili, und ich bin ihm in den Osten gefolgt, und da traf ich Marleen und später bei

Luigi dann Miss Molly, und alles in meinem Leben hat sich verändert.
Lili zieht den Brief aus der Tasche, öffnet das Kuvert, nimmt eine Karte heraus. *Just married*, steht darauf, und darunter liest sie, daß John und eine Elaine geheiratet haben. Sie versteht nichts, dann begreift sie, dann versteht sie wieder nichts. Die Ampel wird gelb. Sie springt aus dem Auto.
Wo willst du hin? ruft Anton hinter ihr her.
Sie antwortet nicht, zerknüllt die Karte, wirft sie fort. Das Pflaster unter ihren Sohlen fühlt sich hart an, jeder Schritt dröhnt in ihrem Kopf. Schöne Glücksstraße, schimpft sie und spürt, wie ihr Tränen über das Gesicht laufen. Scheißkerl, schimpft sie, verdammter Scheißkerl!
Der Geruch von Currywurst weht ihr in die Nase. Sie blickt auf. Sie steht direkt vor der Imbißbude, aus der damals der Mann herausgelaufen kam und dem Zwillingspaar eine Bratwurst zwischen die Lippen gesteckt hat. Sie geht kurz entschlossen hinein, nimmt eine Papierserviette und putzt sich die Nase. Eine Cola, sagt sie zu dem Mann hinter dem Tresen, nein, er hat damals anders ausgesehen. Benommen vom Ansturm der Gefühle, hält sie sich an dem Stehtisch fest. Scheißkerl, murmelt sie.
Der Gast neben ihr hat eine Currywurst bestellt und schlingt sie hastig hinunter, dann verläßt er rülpsend die Bude.
Nie keine Zeit, sagt der Mann hinter dem Tresen.
Scheißkerl, murmelt sie.

Wie?
Er ist ein Scheißkerl.
Verstehe nicht.
Ich auch nicht, sagt Lili. Kommen Sie aus Polen?
Der Mann schüttelt den Kopf. Aus Rumänien.
Der graue Osten hat sich wie Mehltau über unser schönes Berlin gelegt, klagte Lisa vor ein paar Tagen wieder einmal.
Noch eine Cola, bitte, sagt Lili.
Für mich auch, hört sie Anton sagen. Er steht neben ihr.
John ist ein Scheißkerl, sagt Lili, und der Stehtisch, der Tresen und der Mann dahinter verschwimmen vor ihren Augen.
Der Rumäne schiebt zwei Cola-Dosen über den Tresen. Bitte sehr.
Scheißkerl! Sie stampft mit dem Fuß auf. Wie gut es tut, Scheißkerl zu sagen, Scheißkerl, Scheißkerl, Scheißkerl. Sie könnte es hundertmal hintereinander sagen, immer wieder. Sie könnte es in einem hohen und dann in einem tiefen Ton sagen. Sie könnte von den tiefen Tönen hinaufklettern zu den hohen und wieder hinunter. Bald würde daraus eine Melodie werden, eine Arie, erst getragen, voll Herz und Schmerz, dann dramatisch, zänkisch, zeternd, hysterisch, grollend, drohend, geifernd, mänadisch, ihn in Stücke reißend, diesen Scheißkerl!
Sie blickt Anton an. Du bist wahrscheinlich auch so einer, denkt sie, wischt sich übers Gesicht. Scheißkerl! sagt sie, unter Tränen lachend, zu ihm.

Er lehnt am Tresen, streift sie jetzt mit einem scheuen Blick. Er hat Tatarenaugen, hat Marleen einmal zu ihr gesagt. Sie sind mir manchmal fast ein bißchen unheimlich.
Aber ihr ist er überhaupt nicht unheimlich, dieser scheu über sie hinwegstreifende Tatarenblick!
Noch eine Cola, bitte sehr? fragt der Rumäne.
Nein, danke. Sie zahlen.
Schwere Tropfen fallen auf das Pflaster. Sie laufen zum Wagen, den Anton in einer Seitenstraße geparkt hat. Lili wirft ihren Hut auf den Rücksitz, Anton wendet das Auto, biegt wieder in die Potsdamer Straße ein. Sie sitzen stumm nebeneinander, nur hin und wieder streifen sich ihre Blicke. Als Anton über die Potsdamer Brücke fährt, zuckt für den Bruchteil einer Sekunde ein Blitz durch den silbrigschwarzen Himmel.
Er biegt in die Leipziger Straße ein, umfährt tiefe Löcher und breite Mulden. Der Donner übertönt das Holpern, dann wird die Steppen- und Ruinenlandschaft des Potsdamer Platzes von mehreren aufeinanderfolgenden Blitzen in schwefelgelbes Licht getaucht. Sie fahren die Leipziger Straße hinunter und über die Spree, bleiben auf derselben Straße, die immer wieder anders heißt, fahren immer weiter. Sie lassen das Gewitter hinter sich, und noch weiß Lili nicht, wohin die Fahrt geht.
Sie wird ihn nicht fragen, denkt Lili, sie wird nichts sagen. Sie wird ihm und sich zuhören. Denn obwohl sie nicht miteinander reden, ist doch eine Geschwät-

zigkeit zwischen ihnen ausgebrochen, ja, die lautlosen Sätze überstürzen sich geradezu!
Nein, sie wird ihn auch nicht mehr ansehen, schon gar nicht berühren. Sie könnte damit den heimlichen Redefluß unterbrechen, diese wispernde Aufregung zwischen ihnen, das plötzliche Auflachen und Kichern, das leicht wehe Ziehen und dann das hitzige Aufwallen, die spitzen Schauer und die wellenartigen Erregungen.
Sie fahren weiter und weiter, bis Anton auf einmal die Geschwindigkeit verringert und in eine schmale Straße einbiegt, die auf einen kleinen Platz führt.
Das ist er, sagt Anton.
Jetzt liegt der Platz vor ihnen, und er ist genau so, wie er sein soll. Sie hätte ihn nie beschreiben können, erst jetzt, da sie ihn sieht, weiß sie: Das ist er.
Woher wußtest du es? will sie Anton fragen, aber sie nickt nur. Ja, das ist der Platz. Hier rutschen und schlittern sie in ihrer Liebesgeschichte über spiegelglatt gefrorenes Pflaster aufeinander zu, der Junge aus dem Westen und das Mädchen aus dem Osten.
Sie springt aus dem Auto. Sie umkreist den Platz, Anton steigt auch aus, setzt sich auf die Stoßstange. Er hat ihren Hut auf, hat ihn ganz nach hinten geschoben, so wie sie ihn am liebsten trägt.
Der Platz, der von Häusern umgeben ist, ist nicht zu groß und nicht zu klein. Eine kreisrunde Straße führt um ein gepflastertes Viereck ohne Bäume und Büsche. Wieso wußte er, wie der Platz aussehen muß? Er hat kein einziges Mal danach gefragt.

He, ruft sie zu ihm hinüber, woher wußtest du das?
Von dir, ruft er zurück und kommt auf sie zugeschlendert.
Von mir? Ich habe dir doch nichts erzählt. Du wolltest gar nichts wissen.
Ist auch nicht nötig, kann mir schon vorstellen, wie so ein Platz aussieht. Hab schließlich Augen im Kopf.
Lili dreht sich schnell weg. Anton soll nicht sehen, daß ihr schon wieder zum Heulen zumute ist, nicht wegen des Scheißkerls.
Ich will mich nicht in dich verlieben, faucht sie ihn an. Ich will es nicht! Sie läuft zum Auto, wirft sich in den Sitz und sieht starr geradeaus.
Ihn nur nicht ansehen, nur nicht wieder seinen Augen begegnen. Diesen scheu oder wild blickenden Tatarenaugen. Mit denen er offenbar alles mitkriegt. Mit denen er sogar hören kann. Auch das, was sie nicht ausspricht, gar nicht aussprechen kann, weil sie es selbst noch nicht weiß. Wahrscheinlich hört er nicht nur mit ihnen, denkt sie, wahrscheinlich riecht und schmeckt er sogar mit ihnen.
Ich wollte mich auch nicht in dich verlieben, sagt Anton, während er sich neben sie setzt. Mir hätte ein Abenteuer besser gefallen, so wie mit Marleen. Dafür ist es jetzt zu spät.
Das finde ich nicht, unterbricht sie ihn erleichtert, kickt ihm den Hut vom Kopf und umarmt ihn.

Es ist nur ein Abenteuer, sagt sie am nächsten Tag zu Marleen. David kommt in die Küche, setzt sich auf die Fensterbank und hört ihnen zu. Draußen färbt die untergehende Sonne die weißen Sommerwölkchen rosarot.

6

Alles verändert sich. Das ist das einzige, worauf wir uns im Leben verlassen können. Man hat uns gekündigt, erklärt Miss Molly und reicht ihrem Geschäftsführer das Schreiben.
Wir hätten den Mietvertrag rechtzeitig verlängern müssen, meint dieser verärgert.
Niemand konnte ahnen, daß wir in absehbarer Zeit statt an der Peripherie wieder in Berlin-Mitte liegen würden, entgegnet Miss Molly.
Die Vorstellung, die vertrauten Räume aufgeben zu müssen, stimmt sie wehmütig. Sie hätte gern beobachtet, wie die ehemalige Grenze zuwächst. Sie wirft einen Blick aus dem Fenster, wendet sich dann wieder ihrem Geschäftsführer zu und erzählt, wie ihre Mutter, nachdem die Lindenstraße 1961 über Nacht durch die Mauer in eine Ost- und eine West-Seite geteilt worden war, am nächsten Tag in ihrem Büro erschienen ist. Sie öffnete das Fenster, lehnte sich weit hinaus und spuckte auf die Mauer hinunter. Die wird nicht bleiben, rief sie laut. Die wird nicht stehenbleiben! und spuckte ein zweites Mal hinunter. Dann schloß sie das Fenster.
Nun, sie steht nicht mehr, sagt Miss Molly, alles verändert sich, auch unsere Firmenadresse.
Im Augenblick werden wir keine Räumlichkeiten zu

vergleichbaren Konditionen finden, meint der Geschäftsführer. Die Mieten steigen täglich. Es herrscht Goldgräberstimmung in dieser Stadt.
Nein, es wird nicht leicht sein, bestätigt Miss Molly. Dann vertagen sie das Problem, vertiefen sich stattdessen in andere Verträge, besprechen Personalfragen, die noch gelöst, Verantwortlichkeiten, die noch zugeteilt oder neu verteilt werden müssen, denn Miss Molly wird sich zum Ende des Jahres aus dem aktiven Leben der Firma zurückziehen, die Geschäftsleitung jedoch bleibt vorerst in ihren Händen. Ich kann die Verantwortung nicht einfach wie eine heiße Kartoffel fallen lassen, lautet ihre Devise.
Nachdem der Geschäftsführer gegangen ist, setzt sich Miss Molly auf die Fensterbank. Wie oft hat sie von hier oben die Grenzsoldaten beobachtet, wie sie am Zaun hinter dem Todesstreifen mit seinem hellen Sand ohne jeden Fußabdruck standen und sich unterhielten, hin und wieder von einem Schäferhund begleitet.
Die Zäune, der spurenlose Sand und die Mauer sind verschwunden, das Stück Steppe, an dessen Rand die Häuser auf Ostberliner Seite eine gerade Linie bilden, ist noch da. Seit dem Mauerbau hat sie den Bau und Ausbau dieser geraden Linie verfolgt. Ihre Auflösung wird sie nun nicht mehr beobachten können.
Alles verändert sich eben, denkt Miss Molly wieder. Und auch ich werde demnächst meinen Hintern in Bewegung setzen. Damit sich etwas ändert, fügt sie in Gedanken hinzu.

Niemand in der Firma hat sich gewundert, daß sie sich zurückziehen will. Mit fast vierundsiebzig Jahren ist das nicht verwunderlich. Als sie sagte, sie habe vor zu wandern, hat das auch jeder verstanden. Niemand konnte sich vorstellen, daß Miss Molly zu Hause sitzen und Patiencen legen würde.
Mit wem werden Sie wandern, Miss Molly? hat ihre Sekretärin sie vor einigen Tagen gefragt.
Mit wem ich wandern werde? wiederholte sie und konnte die Frage nicht beantworten. Noch weiß sie es nicht, weiß nur, daß sie, wann immer sie sich in Gedanken wandern sieht, nicht allein ist. Jemand begleitet sie.
Es gibt sicherlich Wandergruppen oder Wandervereine. Wandern ist in diesem Land doch populär, meinte Luigi, als sie mit ihm darüber sprach.
Nein, sie stellt sich nicht vor, mit einer Gruppe Wandervögel unterwegs zu sein. Sie will aber auch nicht wie die alten Weisen im frühen China allein von Dorf zu Dorf ziehen, auch nicht, wie Lili vorgeschlagen hat, den *Songlines* folgen, wie die australischen Ureinwohner es in ihrer Heimat tun. Wenn sie sich selbst beim Wandern zusieht, dann streift sie plaudernd in vertrauter Zweisamkeit durch die Natur.
Am Abend schaut Miss Molly zu Hause immer wieder auf die Uhr, nimmt gegen elf den Telefonhörer ab und wählt die Nummer von Tina Kayl in Eumundi in Australien. Dort ist es jetzt neun Uhr morgens.
Gioia meldet sich. Ihre Mutter sei auf dem Markt und verkaufe Papayas und Baumtomaten. Wir haben die-

ses Jahr so viel davon, daß wir die Früchte allein nicht essen können, erzählt sie. Rufen Sie heute nachmittag noch einmal an, dann ist sie sicher wieder zurück. Da schlafe ich, sagt Miss Molly. Sie werde morgen früh wieder anrufen.

Am anderen Morgen ist Tina am Apparat. Nachdem Miss Molly von ihrem Plan erzählt und sie gefragt hat, ob sie sie auf ihrer Wanderung ein Stück begleiten würde, zögert sie zuerst, doch dann sagt sie: Ich komme sehr gern, Molly, aber die Jungen sind aus dem Haus, und ich kann Gioia nicht allein lassen.

Hat sie nicht Lust, mitzukommen? Sie könnte in Berlin bleiben und vielleicht bei Lili und Marleen wohnen, schlägt Miss Molly vor.

Gut, sagt Tina. Ich werde es mit Gioia besprechen. Wann sollen wir kommen?

So bald wie möglich.

Ein paar Tage später bestellt Miss Molly die Flugscheine.

7

Tina steht auf der Terrasse und schaut in den Himmel. Es ist bedeckt und sieht nach Regen aus. Wenn es anfängt zu regnen, tragen wir den Tisch wieder hinein. Tina versucht, Miss Molly zu überreden, daß sie im Freien frühstücken. Ich bin es einfach nicht gewohnt, in geschlossenen Räumen zu sitzen. Sie lächelt.

Es ist bei dir ein bißchen wie bei mir zu Hause, meint sie, als sie dann auf der Terrasse sitzen und Tee trinken und Toast mit Marmelade essen. Sie läßt ihren Blick über den See wandern. Gibt es hier auch Fische?

Ich denke schon, aber ich glaube nicht, daß man sie essen sollte.

Tina streckt ihre Beine aus. Sie ist barfuß und trägt eines ihrer Plisseekleider. Miss Molly zieht die Strickjacke enger um sich. Ist dir nicht kalt? fragt sie.

Ich habe es mir hier um diese Jahreszeit kälter vorgestellt. Es ist so warm wie bei uns im Winter. Tina blickt hinunter auf die Baumkronen. Wie sehen sie aus, wenn sie keine Blätter mehr haben? Wie ein Gerippe?

Ja, aber wie ein schönes Gerippe, sagt Miss Molly und beschreibt, wie anders alles im Winter aussieht, wenn auf den dunklen Ästen der weiße Schnee liegt. Oder wenn bei Regen die kahlen Stämme schwarz und blank vor Nässe glänzen. Und wie sie manchmal lange aus dem Fenster in das Geflecht der großen und kleinen Zweige blickt, das erst ohne Blätter sichtbar wird, und wie sie von dieser Nacktheit so berührt sein kann, als ließen die Bäume sie tief in ihre Seele blicken.

Das Wetter wird sich halten, sagt Miss Molly, als sie den Tisch abräumen. Brauchst du eine Strickjacke für unterwegs? fragt sie.

Tina schüttelt den Kopf. Nein, das Plissee kühlt bei Wärme, und wenn es kühler ist, wärmt es, erklärt sie.

Miss Molly läßt ihr Auto vor dem Haus stehen. Sie gehen am See entlang zum Kaiserdamm. Dort nehmen sie ein Taxi, das sie am Bahnhof Zoo absetzt. Sie überqueren ein paar Straßen, dann sind sie am Ziel. Sie betreten ein Sportgeschäft.

Vor einer Wand, an der auf hervorspringenden Sockeln die neuesten Schuhmodelle dekoriert sind, bleiben sie stehen. Miss Molly nimmt eines in die Hand. Wie leicht sie sind, sagt sie, dabei sehen sie aus, als seien sie für einen Spaziergang auf dem Mond gemacht.

Sie möchten einen Sportschuh anprobieren? fragt der Verkäufer und mustert sie recht ungeniert von oben bis unten.

Die Berliner seien sehr neugierig, meinte Tina, als sie mit Gioia und Miss Molly nach ihrer Ankunft die Oranienstraße zu Marleens Wohnung hinuntergegangen sind und die Leute sich nach ihnen umgedreht haben. Tina trug mehrere plissierte Roben übereinander, ihre Füße steckten in geflochtenen

Sandalen, Muschelketten lagen um ihren Hals, und um den Kopf hatte sie eine Art Turban gewickelt, der dem Kopfschmuck der Nofretete nachempfunden zu sein schien.
Ich würde mich auch nach dir umdrehen, hat Miss Molly geantwortet.
Der Verkäufer kommt mit einem Stapel Schuhkartons zurück, und sie probieren mehrere Modelle an, laufen darin hin und her, auch die Treppe hinauf und wieder hinunter.
Was ist eigentlich der Sinn deiner Wanderung? fragt Tina plötzlich.
Der Sinn? wiederholt Miss Molly und stutzt. Sie hat in den vergangenen Monaten gar nicht mehr darüber nachgedacht. Er ist seit der Silvesternacht so lebendig in ihr, daß sie nicht ein einziges Mal ihre Entscheidung angezweifelt hat.
Für welches Modell haben Sie sich nun entschieden? fragt der Verkäufer.
Miss Molly lächelt Tina fast entschuldigend zu. Laß uns später darüber reden, sagt sie. Dann zeigt sie auf die klassischen Wanderschuhe an ihren Füßen. Ich habe mich für diese entschieden.
Tina wählt die goldfarbenen Turnschuhe. Wir behalten sie an, sagen beide.
Im *Ristorante da Luigi*, wohin sie nach ihrem Einkauf gehen, ziehen sie allerdings die neuen Schuhe gleich wieder aus, die Füße schmerzen.
Ich bin es einfach nicht gewohnt, Schuhe zu tragen, sagt Tina.

Ich trage auch äußerst ungern welche, meint Miss Molly und zeigt auf ihre roten Pantoffeln. Ich habe immer ein Paar davon in der Tasche bei mir.
Es ist eine Laune von dir gewesen, eine Silvesterlaune, sagt Luigi zu Miss Molly, gib es zu. Wenn man so empfindliche kleine Füße hat wie Miss Molly, wendet er sich an Tina, sollte man nicht unbedingt auf den Himalaja wollen, und ich ahne, daß du das vorhast. Ich kenne dich, du wirst noch auf den Himalaja wollen. Ich bin sehr froh, daß auch Ihnen die Füße weh tun, Tina. Sie können Miss Molly sicher davon überzeugen, daß sie diese unsinnige Idee mit der Wanderschaft aufgibt. Bitte, versuchen Sie es.
Aber Luigi, ich wußte nicht, daß du dir solche Sorgen machst, sagt Miss Molly.
Ja, ich mache mir Sorgen, gibt Luigi zu und schaut auf das neue Schuhwerk hinunter, schüttelt den Kopf. Irgend etwas liegt in der Luft, meint er dann. Seit einiger Zeit beobachte er junge Mädchen, wie sie in Stiefeln mit dicken Kreppsohlen und mit weit ausholenden Schritten durch die Straßen gehen. Sie haben Rucksäcke auf dem Rücken und tragen mehrere Kleider übereinander. Sie sehen aus wie Nomadinnen. Oder sollte ich besser sagen wie Stadtwanderinnen?
Beides ist richtig, meint Miss Molly, und ich schließe mich einfach dieser neuen Mode an, auch wenn ich über siebzig bin.
Jeden Tag laufen Tina und Miss Molly etwas länger Probe, wie sie es nennen, und die Füße schmerzen

immer weniger. Bald spazieren sie nicht mehr nur um den Lietzensee und durch die anliegenden Straßen, sie durchqueren den Grunewald und den Tiergarten, sie umrunden die Museumsinsel, erkunden den Monbijou-Park.

Das war der Krieg, sagt Miss Molly und zeigt auf eine der zerfetzten Fassaden in der Oranienburger Straße.

Tina nickt meistens nur. Sie spricht kaum. Man könnte denken, sie träumt vor sich hin, überlegt Miss Molly. Aber dann behauptet Tina eines Abends, sie würde jetzt den Sinn der Wanderung verstehen.

So? sagt Miss Molly nur, und eine seltene Scheuheit läßt sie verstummen.

Miss Molly hat zum Tee eingeladen. Lili, Marleen und David, Tina und Gioia, die bei Lili und Marleen wohnt.

Wo sind Gioia und David? fragt Tina, als nur Lili und Marleen, beladen mit Kuchenpaketen, erscheinen.

Sie sitzen Tag und Nacht vor dem Computer. Sie hätten keine Zeit für einen Kaffeeklatsch, behaupten sie, antwortet Marleen. Felix hat ihnen ein Zeichenprogramm geschenkt, und Gioia hat es sofort verstanden. David wollte nicht glauben, daß sie noch nie zuvor einen Computer auch nur eingeschaltet hat. Wie machst du das? hat er sie gefragt, und sie hat gesagt, sie könne in ihn hineinsehen. Ich will auch in ihn hineinsehen können, hat David gesagt, und seitdem versucht Gioia, es David beizubringen.

Tina lacht. Gioia hat wirklich hellsichtige Momente, sagt sie, aber daß sie in den Computer hineinsehen kann, nun, ich glaube, da hat sie David wohl beeindrucken wollen.
Das ist ihr auf jeden Fall gelungen. Er weicht nicht mehr von ihrer Seite, sagt Marleen. Er vergißt sogar das Fußballspielen.
Hast du auch mit Stoffen zu tun? fragt Tina Marleen.
Nein, mit Werbung. Ich bin aber zur Zeit arbeitslos.
Arbeitslos? Miss Molly horcht auf. Seit wann und weshalb?
Weil Jürgen ein Idiot ist, erklärt Marleen. Aber vielleicht sei es für sie gar nicht so übel, denn sie denke jetzt ernsthaft über eine Veränderung nach.
Miss Molly geht in die Küche, setzt Teewasser auf, stellt die Kaffeemaschine an, schneidet den Baumkuchen und die Aprikosentorte auf, hört die Stimmen im Wohnzimmer lebhafter werden. Sie stellt Tee, Kaffee und Kuchen auf das Tablett, trägt es hinüber, verteilt die Kannen und Kuchenteller auf dem Tisch, öffnet die Terrassentür. Es hat aufgehört zu regnen, laue, würzige Luft strömt herein. Der Wetterbericht hat ein Hoch angekündigt.
Sie tritt auf die Terrasse hinaus. Sie atmet tief ein. Tropfen hängen an den nahen Blättern und glitzern wie Diamanten. Ihr Blick gleitet über die Baumkronen, das Laub beginnt sich zu verfärben, das Jahr hat den September erreicht. Sie dreht sich um. Tina winkt ihr durch das Fenster zu. Miss Molly geht zurück ins Zimmer und hört noch, wie Tina sagt:

Liebesfilme sind meine Lieblingsfilme, allerdings nur, wenn sie ein Happy-End haben! Ich hoffe, Lili, dein Film hat ein Happy-End.
Lili bleibt stumm.
Miss Molly geht zum Schrank, sucht nach dem Portwein. Sie schenkt sich ein Glas ein. Möchte noch jemand?
Niemand sagt etwas.
Was könnte es Wichtigeres geben als die Liebe? sagt Miss Molly schließlich.

8

Ihre Gäste sind da, kündigt die Sekretärin durch das Telefon an.
Sie möchten in mein Büro kommen.
Miss Molly sitzt am Schreibtisch und würde am liebsten dort sitzen bleiben, denn noch liegt ein Berg unerledigter Vorgänge auf ihrem Tisch. Zudem quält sie seit einiger Zeit die Vorstellung, sie habe, obgleich sie alle wichtigen Dinge geregelt hat, das Wichtigste noch nicht geregelt, ohne zu wissen, was es sein könnte. Aber da klopft es, und ihre Gäste treten ein: Tina und Gioia.
Wir haben im Stau gestanden, entschuldigt sich Tina.
Oh, es ist mir gar nicht aufgefallen, daß ihr zu spät seid.
Tina fächelt sich mit einer Zeitung Luft zu: Ich wußte nicht, daß es bei euch einen *Indian Summer* gibt. Dann sieht sie sich um. Das also ist dein Stoffparadies.
Gioia schaut aus dem Fenster. Und da unten war die Mauer?
Während Miss Molly ihr erzählt, wie es da unten vor dem Fall der Mauer ausgesehen hat, betrachtet Tina neugierig die antiken Gewebe, die gerahmt an den Wänden hängen, manche schon so mürbe und zerfallen, daß sie wie Scherben sorgfältig zusammengesetzt

sind. Dann schlägt Miss Molly einen Gang durch das Stofflager vor.
Als Miss Molly die schwere Tür zum Lager öffnet, flutet die Spätnachmittagssonne durch die hohen Fabrikfenster in den langgestreckten Raum. Tina wedelt sich wieder Luft zu, wirbelt dadurch Staubpartikel auf, die in den schräg einfallenden Sonnenstrahlen als winzige Wolkenwesen sichtbar werden.
Das Stofflager ist quer zur Fensterfront mit Regalen durchzogen, in denen sich Stoffballen übereinanderstapeln. In einem der Regale ist das Archiv untergebracht: riesige, schwere Bücher, in die kleine gezackte Stoffrechtecke geklebt sind, die Muster sämtlicher Kollektionen der Melrose Company.
Hier ist auch unsere Sammlung von Mustern aus verschiedenen Kulturen archiviert, erklärt Miss Molly.
Mit Gioias Hilfe hebt sie einige Stoffballen aus einem Gestell, rollt mehrere Meter des bedruckten Baumwollgewebes auf einem der Zuschneidetische davor aus. Es ist mit indianisch anmutenden Ornamenten bedruckt.
Gioia holt nun einen anderen Ballen aus dem Regal, entrollt auch ihn. Er zeigt einen Druck, der nicht mehr neu ist, in Miss Molly jedoch eine Erinnerung wachruft, die so frisch ist, als sei es erst gestern gewesen: wie Marleens geschminktes Mäuschengesicht in ihr die Idee zu einem neuen Programm geweckt hat, das sie später das *Mäuseschritt*-Programm nennen sollte.
Dieses Programm, so erklärt sie jetzt Tina und Gioia,

wurde nach den schrillen Farben der Siebziger mit seinen vielfältig variierten und verfremdeten geometrischen Zeichen in den Achtzigern eine überaus erfolgreiche Serie. Heute ist es eines unserer Klassiker.
Was ist denn im Augenblick modern? will Tina wissen.
Miss Molly schaut versunken auf das Muster.
Was im Augenblick modern ist? wiederholt Miss Molly zerstreut, besinnt sich einen Augenblick. Die Neunziger wollen sich noch nicht so recht zu erkennen geben, sagt sie dann. Bislang leben wir von Wiederholungen aus den Sechzigern und Siebzigern. Nun, aber das ist nicht mehr meine Sorge. Bereits in diesem Jahr entwickeln die Mitarbeiter die Kollektionen ohne mich.
Kaum hat sie das gesagt, kommt es ihr wieder so vor, als habe sie noch nicht alles für ihren Abschied aus der Firma geregelt, als gäbe es eine Lücke, als würde etwas fehlen: das Wichtigste. Das ist doch ganz einfach, meinte Tina, als sie mit ihr darüber in diesen Tagen sprach, *du* bist es, die fehlt. Nein, nein, das ist es nicht, hat Miss Molly ihr widersprochen.
Gioia rollt die Stoffballen wieder auf, Tina hilft ihr dabei. Als der letzte Ballen aus dem Mäuseschritt-Programm im Gestell liegt, sieht Miss Molly wieder Marleen vor sich.
Entschuldigt mich bitte, murmelt sie und eilt an der verdutzten Tina und Gioia vorbei. Ich bin gleich wieder zurück, ruft sie noch und hastet in ihr Büro.

Hallo David, hier ist Miss Molly, kann ich deine Mutter sprechen? Marleen, Gott sei Dank, daß du da bist. Ich muß dich treffen, am besten noch heute. Könntest du nicht gleich vorbeikommen? Ja, jetzt gleich.

Mein Gefühl hat mich nicht getrogen, denkt Miss Molly, als sie langsam ins Stofflager zurückgeht. Es gibt noch etwas zu regeln.

Sie wird in die Aufgabe hineinwachsen, denkt sie. Wie alt bist du? wird sie fragen, und Marleen wird antworten: Fünfunddreißig, und sie wird sagen, ich war sechsunddreißig, als ich mit den Stoffen anfing.

9

Nein, sie wird trotz ihrer Aufregung nicht nach einer Zigarette suchen, denkt sie und wischt statt dessen die Krümel so heftig vom Tisch, als seien es die ein für allemal verbotenen Zigaretten. Marleen sitzt am Küchentisch, Lili ihr gegenüber.

Auf was für Ideen Miss Molly kommt! Marleen schüttelt den Kopf. Das kann man doch nicht ernst nehmen!

Ich denke, sie hat mit solchen Ideen ihr kleines Imperium aufgebaut, sagt Lili.

Marleen nimmt den Besen aus der Abstellkammer, kehrt die Brotkrümel zusammen. Ich könnte, sollte, müßte die Seele der Firma werden! Allein dieses Wort *Seele*! Ich kann es nicht mehr hören. Sie fegt die Krümel auf die Schaufel.

Dabei hat sie ziemlich genaue Vorstellungen, was ich alles in kurzer Zeit können sollte und müßte, und das ist nicht wenig. Ich sage dir, Lili, der Job ist nicht nur eine, er ist mehrere Nummern zu groß für mich. Sie kippt den Abfall in den Mülleimer. Ich bin schließlich nur… eine kleine Maus.

Lili grinst. Genau. Und genau damit hast du immer Erfolg gehabt.

10

Gioia zieht ihre Schuhe aus, gleitet mit den Füßen in das seichte Wasser, ein Wellenmuster spielt auf ihrer Haut.
Ich glaube, Marleen mag mich nicht, sagt sie und sieht Lili an, die neben ihr auf den Steinen am großen Wasserbecken vor der alten Kongreßhalle sitzt.
Unsinn, Lili schlüpft ebenfalls aus ihren Sandalen, läßt ihre Beine auch über den Rand baumeln, an der Oberfläche ist das Wasser lauwarm.
Es wird zu eng, es wird zu eng hier, sagt Marleen jeden Tag.
Es ist wirklich ein bißchen eng in der Wohnung, sagt Lili und betrachtet Gioia von der Seite.
Du siehst ja immer noch aus wie ein Kind, hat sie zu ihr gesagt, als sie sich nach all den Jahren wiedersahen. Sie hat damit vor allem die großen dunklen Augen gemeint, die noch immer ruhig und ernst blicken, wie damals, als sie noch ein Kind war. Gioia war kein bißchen beleidigt, sie hat nur gefragt, weshalb sie so einen komischen Hut auf dem Kopf habe. Wie alt bist du jetzt? hat Lili gefragt. Siebzehn, antwortete Gioia, und daß sie nicht mehr zur Schule gehe. Ich habe eine Klasse übersprungen.
Gioia beugt sich vor. Das Sonnenlicht, das auf den winzigen Wellen tanzt, springt ihr ins Gesicht. Sie hat

ein paar Sommersprossen über der Nase und bernsteinfarbenes Haar.

Weißt du eigentlich, daß Mike nach Sydney gegangen ist? Er ist dort in eine Anwaltspraxis eingestiegen.

Und Tom?

Tom fotografiert jetzt. Eigentlich wollte er Journalist werden. Aber nun fotografiert er Fische. Neulich hat er einen winzigen Flitzer in ein Marmeladenglas gesperrt und in den Eisschrank gestellt, nur um ihn fotografieren zu können. Er ist von der Kälte wirklich ganz langsam geworden, und auf diese Weise hat Tom sein Foto gekriegt. Aber meistens ist er mit der Kamera selbst im Wasser. Er fährt auf einem Schiff zusammen mit Leuten, die das Verhalten von Walen erforschen. Ich bin die einzige, die noch zu Hause ist. Es ist an der Zeit, daß ich auch mal weggehe. Vielleicht bleibe ich in Berlin, was meinst du?

Fände ich gut. Aber was machen dann die Papageien?

Oh, die sind sowieso nicht mehr da. Wir haben sie wieder fliegen lassen. Meine Mutter wollte sie eines Tages nicht mehr im Wohnzimmer haben. Wir haben sie auf die Terrasse gebracht, sie haben sich nicht vom Fleck gerührt, erst spät am Abend sind sie in die Bäume geflogen. Am nächsten Morgen waren sie fort. Wirst du in Berlin bleiben?

Ich denke, ja. Oder werde ich nach New York gehen? Du bist doch hellsichtig, oder? Du hast damals die Geschichte mit John vorhergesehen, erinnerst du dich noch?

Gioia nickt. Schade, daß ihr nicht mehr zusammen

seid. Sie zögert, sagt dann: Zur Zeit sehe ich vor allem Gespenster. Wenn ich in einer Stadt bin, habe ich das Gefühl, daß ich an jeder Straßenecke von Gespenstern umgeben bin. Sie reden alle durcheinander, das dröhnt fürchterlich in meinem Kopf. Die Geister im Busch reden nicht soviel.
Sie holt Dropse aus ihrer Jackentasche, bietet sie Lili an.
Eure Stadtgespenster sind nicht besonders lustig. Sie zanken sich ziemlich viel und sind immer aufgeregt und hektisch. Trotzdem, du wirst sie lieben, Lili, sagt sie nach einer Weile, du wirst sie alle lieben.
Wen meinst du?
Die Geister in dieser Stadt. Die lustigen. Die zänkischen. Die wütenden. Die scheuen. Auch die bösen. Du wirst sie lieben, glaub mir. Sie nickt mit dem Kopf. Du wirst sie alle lieben, Lili, wiederholt sie wie ein Papagei.
Gott sei Dank, du hast dich nicht verändert, Gioia, bin ich froh!
Lili läßt sich auf den Rücken fallen, folgt mit den Augen der Linie des Dachs von der alten Kongreßhalle. Sieht aus wie ein Bumerang, denkt sie und stellt sich alle vor: die Zornigen, die Wütenden, die Verzweifelten, die Glücklichen, die Lustigen, die Traurigen, die Guten, die Bösen und die Liebenden. Ihr Blick wandert über den Himmel. Ich werde ihnen zuhören, denkt Lili. Sie wird auf ihre Geschichten horchen. Sie wird sie aufschreiben. Sie wird sie weitererzählen. Die Leute vom Sender haben ihr grünes

Licht für die Ost-West-Geschichte gegeben. In zwei Monaten beginnen die Dreharbeiten. Sie wird zuerst diesen einen Film drehen, dann einen zweiten, einen dritten, dann einen vierten.

Lili rollt sich zu Gioia, die auf dem Rücken liegt und auch zum Dach hinaufblinzelt.

Sieht aus wie ein Bumerang, sagt sie.

Stimmt.

Später laufen sie über die Wiese zur Bushaltestelle. Kurz darauf fahren sie die Straße des 17. Juni in Richtung Siegessäule.

Die bin ich schon einmal mit Tina und Miss Molly entlanggegangen, sagt Gioia, das ganze Stück zu Fuß. Dann sind wir durchs Brandenburger Tor bis zur Spree spaziert. Als wir auf der Brücke standen, hat meine Mutter in den Fluß gespuckt und gemurmelt: Eine Stadt ist eine Stadt ist eine Stadt. Dann sind wir kreuz und quer durch die Straßen gelaufen, und meine Mutter dachte daran – so hat sie mir erzählt –, wie unsere Aborigines-Vorfahren das Land durchstreiften, wie sie mindestens einmal in ihrem Leben zu einem Walk-About aufbrachen, ohne Vorbereitung, ohne etwas mitzunehmen. Aufgefordert von einer inneren Stimme. Es sei eine Initiation gewesen, habe ihre Mutter gesagt, eine Vermählung mit dem Land, der Erde, eine Aneinanderreihung von Liebesnächten und -tagen. Und sie denke auch an unsere anderen Vorfahren, habe ihre Mutter weitererzählt, die ebenso in ihrem Leben aufgebrochen seien, allerdings aufgefordert von anderen Stimmen, das Land zu unterwerfen, zu zerstören, zu erobern, und sie sähe die Kette, die Aneinanderreihung von Haßnächten und -tagen, wie sie sich um den ganzen Erdball schlinge.

Ich verstehe Miss Molly jetzt, habe Gioia danach zu ihrer Mutter gesagt, sie will mit dir einen Walk-About machen. Tina habe den Kopf geschüttelt, nein, nein, sie sei sicher, daß die Erfindung dahinterstecke. Aber dann sah ich, wie sie stutzte, wie sie darüber nachdachte und ein Lächeln über ihr Gesicht lief: Ja, vielleicht hast du recht, hat sie zu mir gesagt, vielleicht machen wir einen Walk-About.

Wir müssen aussteigen, sagt Lili.

Gebückt drängeln sie sich zur Treppe, stolpern vom oberen Deck des doppelstöckigen Busses hinunter, den Einsteigenden entgegen, schieben sich an ihnen vorbei, springen in den warmen Wind, der sich träge durch die Straßen kräuselt.

11

Ein paar Tage darauf schlendern Lili und Marleen durch den Tiergarten. Sie mieten sich ein Boot und rudern über den See, später spazieren sie zum Schloß, setzen sich schließlich auch an das Wasserbecken vor der alten Kongreßhalle. Sie ziehen ihre Schuhe aus und halten die Füße ins Wasser. Hin und wieder besprüht sie der Wind mit feinen Tropfen, die von den Fontänen zu ihnen herüberwehen. Sie reden über David und Gioia und ihre gemeinsame Leidenschaft für den Computer.
Ich will mir eine eigene Wohnung suchen, sagt Lili unvermittelt.
Willst du mit Anton zusammenziehen?
Nein.
Warum nicht? Trauerst du John noch immer hinterher? Mir gefällt Anton. Ich meine nicht, daß du glaubst… Er gefällt mir mehr für dich als für mich. Er hat sich schließlich in dich verliebt und nicht in mich. Wir waren nicht verliebt, wir hatten einfach ein Abenteuer miteinander. Es war wie ein Feuerwerk, wild, heftig und kurz – so etwas kann man nicht lange durchhalten. Wenn ich aber dich und Anton sehe, dann spüre ich, daß zwischen euch etwas hin- und herfließt, ein Strom. Das hält länger. Weshalb willst du also nicht mit ihm zusammenziehen?

John und ich hätten niemals in derselben Stadt an verschiedenen Orten sein können, mit Anton ist das anders. Ich glaube, wir müssen an verschiedenen Orten sein, vielleicht, damit es, wie du sagst, zwischen uns fließt, fließen kann.
Liebst du John vielleicht noch immer?
Liebst du Felix noch?
Es wäre schön, wenn ich ihn noch lieben würde. Es ist doch seltsam, daß man aufhört, jemanden zu lieben, wenn man ihn *wirklich* geliebt hat.
Ja, das ist seltsam.
Als Marleen Lili am Abend gerade fragt, wo und wann sie sich eine Wohnung suchen will, kommt David in die Küche, bleibt wie angewurzelt stehen.
Du ziehst aus? fragt er und starrt Lili an, und Marleen sieht, wie er ganz blaß wird und dann rot.
Dieser Mistkerl! flucht er und schmeißt sich auf das Sofa.
Es ist nicht wegen Anton.
Es ist David anzusehen, wie unangenehm es ihm ist, aber er kann es nicht verhindern, daß ihm Tränen übers Gesicht laufen.
Dieser Mistkerl! flucht er, greift nach Lilis Hut, der auf der Sofalehne liegt, setzt ihn auf und zieht ihn über beide Ohren. Dieser Mistkerl!
Ich schenk ihn dir, sagt Lili.
Wen? fragt David nach einer Weile.
Den Hut.
Behältst du ihn auch im Bett auf? fragt Marleen, als er ihn auch später beim Zähneputzen nicht absetzt.

Na klar, sagt David, ich behalte ihn so lange auf, bis ich sie heirate.
Du willst Gioia heiraten?
Nein, ich heirate Lili.

12

Es ist Luigi, ruft Tina und öffnet die Eingangstür der Datscha. Du wirst erwartet, begrüßt sie ihn. Miss Molly kommt aus ihrem Zimmer und freut sich, Luigi zu sehen.
Wo hast du das Picknick? fragt sie.
Im Kofferraum, sagt Luigi.
Wieviel ist es? Tina und Miss Molly gehen zusammen mit Luigi zum Wagen. Er öffnet den Kofferraum, zwei große Körbe stehen eng nebeneinander.
Mein Gott, mir läuft schon das Wasser im Mund zusammen, ruft Tina aus. Andächtig betrachten die beiden Frauen die Picknickkörbe.
Miss Molly hat Luigi angerufen und geklagt, daß das Vergnügen am Wandern sehr beeinträchtigt würde, weil es auf ganz Rügen keine vernünftige Pizza, keine Pasta oder Salami gäbe. Daraufhin schlug Luigi vor, er werde sie besuchen und ein Picknick mitbringen.
Laßt uns gleich losfahren, sagt Miss Molly. In der Nähe von Binz oberhalb der Küste im Wald gibt es eine Lichtung, sie ist für ein Picknick wie geschaffen. Die beiden Frauen holen schnell Kissen und Decken und steigen in Luigis Wagen. Miss Molly lotst Luigi an der Küste entlang, vorbei an satten Wiesen und Laubwäldern, nach Binz. Sie umfahren den Ort und parken in einer Einbuchtung am Waldrand.

Luigi hebt die Picknickkörbe aus dem Kofferraum. Während Miss Molly und Tina vorangehen, um einen geeigneten Platz zu suchen, folgt ihnen Luigi mit den Körben.
Die Sonne wirft ein zartes Geflecht aus Schatten auf den Boden, das sich ständig bewegt und einen ganz schwindlig macht, wenn man darauf schaut. Das bunte Herbstlaub raschelt unter ihren Füßen. Ein verwitterter Wegweiser mit dem kaum noch lesbaren Schriftzug *Zur Teufelsschlucht* steht an einer Gabelung.
Es ist wie im Märchenwald, sagt Luigi, als sie auf der Lichtung angelangt sind. Miss Molly und Tina stehen bereits erwartungsvoll neben dem weißen Leintuch, das sie auf dem Waldboden ausgebreitet haben. Luigi stellt die beiden Körbe ab.
Nehmen Sie bitte Platz, verehrte Signore, sagt er und macht eine einladende Geste.
Miss Molly und Tina setzen sich auf ihre Kissen, und Luigi zaubert Oliven und Käse, Salami und Schinken, eingelegtes Gemüse und Pizzastreifen, gegrillten Fisch, kaltes Huhn und frisches Brot aus den Körben hervor.
Salute, Luigi hebt sein Glas, die beiden Frauen stoßen mit ihm an, dann beginnen sie, die Köstlichkeiten zu probieren, und es breitet sich, nur hin und wieder von Ausrufen der Anerkennung unterbrochen, eine geradezu andächtige Stille aus.
Nach einer Weile erzählt Luigi, daß er immer, wenn ihm Miss Molly und Tina in den Sinn gekommen

seien, insgeheim gedacht habe: Diese beiden verrückten Frauen! Doch jetzt kämen sie ihm gar nicht mehr verrückt vor. Gibt es denn etwas Schöneres, als unter diesem Golddach der hohen, herbstlichen Buchen zu sitzen? meint er überschwenglich. Im Schimmer eines goldenen Lichts, das dort im Moos ein smaragdgrünes Leuchten entfacht? Moosgeruch! Meergeruch! Nie zuvor habe er diese beiden Düfte gleichzeitig wahrgenommen. Er atmet die meer- und moosgeschwängerte Luft tief ein, tunkt ein Stück Weißbrot in den Rotwein, blinzelt durch die Ritzen der Goldkuppel in das Blau des Herbsthimmels, dann schweift sein Blick zum Meer, das, von hier oben aus gesehen, zum Horizont hin einen Buckel hat und wie ein unüberschaubar großes Tier aussieht, das sich langsam hin und her bewegt.

Gefällt dir Rugen? fragt Tina.

Rügen, verbessert Miss Molly, die Insel heißt Rügen.

Das kann ich nicht aussprechen. Tina lächelt Luigi erwartungsvoll an.

Ich fühle mich tatsächlich wie im Märchen, antwortet er.

It's magic, nicht wahr? schwärmt Tina, und als sollten ihre Worte noch bekräftigt werden, rieselt ein Goldblattregen von hoch oben auf sie herunter, ohne daß auch nur ein Windhauch zu spüren ist, der ihn von den Ästen gelöst haben könnte.

It's magic, wiederholt sie.

Gibt es hier eigentlich noch Bernstein? fragt Luigi.

Miss Molly greift in ihre Jackentasche, holt ein unre-

gelmäßiges Stück Bernstein, groß wie eine Walnuß, hervor, reicht es ihm.
Er hält es gegen das Licht. So etwas liegt einfach am Strand herum? fragt er ungläubig.
Es liegt nicht für jeden einfach so herum, meint Tina. Ich habe stundenlang den Strand abgesucht und nicht ein Stückchen gefunden, aber kaum schreitet Molly durch den Sand, spülen ihr die Wellen Hände voll davon vor die Füße.
Miss Molly schüttelt den Kopf. Er versteckt sich in den Algen, erklärt sie, das habe ich vor langer Zeit gelernt.
Gegen Abend fährt Luigi nach Berlin zurück. Die beiden Frauen winken hinter dem Auto her. Dann gehen sie ins Haus.

Nachts wacht Miss Molly auf, und obwohl sie weiß, daß sie in der Datscha nahe am Meer auf Rügen schläft, hat sie das Gefühl, sie sei wieder in ihrer Londoner Wohnung: Wenn sie nicht schlafen konnte und die Lampe anknipste, um auf dem Wecker zu sehen, wie spät es war, und immer saß hinter dem Wecker die ägyptische Katze aus schwarzem Marmor und sah sie aus ihren Bernsteinaugen an. Wenn sie dann die Lampe wieder ausmachte, fühlte sie noch lange das bernsteinfarbene Licht aus den Augen der Katze auf sich ruhen. Irgendwann ist sie auf die Idee gekommen, daß die kleine Skulptur kein gewöhnlicher Tinnef sein könnte, und es stellte sich tatsächlich heraus,

daß sie sehr wertvoll war. Der Erlös half ihr dann bei ihrer Geschäftsgründung.
Auch jetzt tastet Miss Molly nach dem Wecker. Dahinter steht die Katze mit den Bernsteinaugen. Natürlich steht sie nicht wirklich dort, sie glaubt sie nur zu sehen und spürt wieder das bernsteinfarbene Licht auf sich gerichtet, das Licht aus den Augen der Katze, die keine gewöhnliche Katze war.
Ja, ihre Liebe zu Joseph ist auch keine gewöhnliche Liebe. Und auch die Erfindung ist keine gewöhnliche Erfindung.
Jelena, ruft jemand, *Jelena*.
Miss Molly lauscht.
Es ist die Stimme ihrer Mutter. Weißt du noch, weshalb du Jelena heißt?
Aber ja, antwortet Miss Molly, wegen der russischen Linie.
Die Mutter nickt. Du bist ihm also treu geblieben, nicht wahr?
Ja, ich bin Joseph treu geblieben. Und auch diese Treue ist keine gewöhnliche Treue.
Dann lauscht sie wieder. Erst jetzt nimmt sie die Geräusche draußen wahr. Ein Pfeifen, noch zaghaft, noch leise, kommt wie von weit her. Dann hört sie das Klappern, als sollten die Fensterläden aus den Angeln gehoben werden. Die erste Bö fegt durch die Buchenhecke vor dem Haus, verfängt sich raschelnd darin, danach ist es für einen Moment still. Es scheint fast so, als sammle sich der Sturm über dem Haus.
Soll sie unter die Bettdecke kriechen, sich darin ein-

wickeln, den Sturm über sich hinwegfegen lassen? Miss Molly setzt sich auf und sieht zum Fenster. Jetzt pfeift es dort lockend und fordernd zugleich durch die Ritzen. Sie steht auf, kleidet sich an. Das Heulen draußen verschluckt das Knarren der Haustür. Sie tritt, die Mütze tief ins Gesicht gezogen und gegen den Wind in Stiefel und Mantel verpackt, in den Vorgarten.

Nein, sie wird, obwohl sie den Ruf der aufgewühlten See hört, nicht versuchen, die Wiese zum Meer hinunterzugehen. Eine Bö könnte sie erfassen und umwerfen.

Sie tastet sich durch den Vorgarten und setzt sich auf eine Bank im Windschatten, der Kopf findet Halt an der Hausmauer, ihre Augen gewöhnen sich an das Dunkel, und der wilde Wolkenhimmel fliegt ihr entgegen.

Wie konnte dieser Sturm nur so plötzlich ausbrechen? Sie hat im Wetterbericht nichts von ihm gehört, in der Zeitung keine Vorwarnung gelesen.

Verläßt eine große Seele die Erde, kommt es vor, daß sie einen Sturm entfacht, hat ihre Mutter immer gesagt, wenn es plötzlich an den Fenstern rüttelte und Blätter und Staub durch die Luft wirbelten. Sie blickte dann jedesmal lange zum Himmel hinauf, als würde sie diese Seele begleiten, so, wie Miss Molly jetzt lange zum Himmel hinaufsieht. Ein stechender Schmerz zuckt hinter ihren Augäpfeln, preßt die Lider reflexhaft zusammen. Sie faßt sich an die Schläfen. Hat der Wind ihr einen Splitter ins Auge getrieben? Nein, es

ist ein anderer Schmerz, der ihr jetzt die Tränen über das Gesicht laufen läßt. Ist es ihr doch, als verließe, obwohl die Mutter seit sechzehn Jahren tot ist, ihre Seele erst jetzt in diesem Sturm endgültig die Erde.
Ach, Jelena, seufzt Miss Molly. *Nomen est omen*, hat die Mutter häufig gesagt, und jetzt, wo sie das Omen, das sie ihr mit dem Namen Jelena in die Wiege gelegt hat, jener Jelena der russischen Linie, die ihrem Mann stets treu war, erfüllt sieht, verabschiedet sich da ihre Seele mit Sturmgeheul?
Sie wischt sich übers Gesicht und horcht. Doch außer dem Heulen und Pfeifen des Windes hört sie nichts. Kein einziges Mal mehr wispert oder ruft oder flüstert es *Jelena*. Sie lauscht noch lange vergebens. Als sie sich schließlich von der Bank erheben will, sind ihre Glieder steif geworden.
Hol's der Teufel, murmelt sie und humpelt langsam zur Haustür. Wenig später rollt sie sich unter der Bettdecke zusammen. Erst im Morgengrauen schläft sie ein.
Als sie wieder aufwacht, ist sie heiter gestimmt. Es ist still. Sie schaut aus dem Fenster. Kein Blatt an der Buchenhecke bewegt sich. Der Himmel ist strahlend blau. Sie blickt auf die Uhr, es ist fast Mittag.
Der Sturm hat mich die ganze Nacht wach gehalten, sagt sie entschuldigend zu Tina.
Was für ein Sturm? Ich habe nichts gehört. Aber vielleicht hat ja der Sturm Bernstein an den Strand gespült? sagt Tina. Nachdem Miss Molly gefrühstückt hat, brechen sie zum Strand auf.

Während sie den Weg durch die Wiese nehmen, beginnt Miss Molly zu erzählen: Wie sie einmal Ostern nach einer Sturmnacht hier an den Strand gekommen sei und einen jungen Mann zwischen den Algen hin und her laufen sah. Er bückte sich ständig dabei. Sein Haar und seine Kleidung waren von den Böen zerzaust, trotzdem wirkte er so elegant, als hätte der Wind ihn von Unter den Linden mitgenommen und hier an der Steilküste von Rügen abgesetzt. Plötzlich blieb er stehen und blickte zu mir herüber. Ich blieb auch stehen. Ich spürte, daß er mich ansah, obwohl er so weit entfernt war, daß ich kaum seine Gesichtszüge erkennen konnte. Er winkte mir zu. Ich habe mich nicht von der Stelle gerührt. Da ist er auf mich zugekommen, und ich sah, daß er nicht viel älter war als ich, jedoch wie ein eleganter Herr gekleidet war. Er hielt etwas in den Händen, was er mir geben wollte, aber ich blickte nur ihn an und dachte, egal, wie er gekleidet ist, er sieht nicht aus wie ein junger Herr, er sieht aus wie ein Seeräuber, wie ein Abenteurer. Er hatte die Hände voller Bernstein und füllte meine Jackentaschen damit. Ich war damals siebzehn und liebte ihn von einem Augenblick auf den anderen, wie man es wohl nur mit siebzehn kann. Während der Ferientage, die mir noch blieben, saß ich nachmittags in dem Hotel, wo er auf dem Flügel spielte.

Miss Molly bleibt stehen.

Ist es nicht seltsam, daß ich ihn am Comer See nicht erkannt habe?

Wen meinst du? fragt Tina. Sie ist ebenfalls stehengeblieben.
Joseph.
Welchen Joseph?
Joseph Kayl. Deinen Mann.
Tina blickt über die Wiese. Das Meer ist nah, aber das Rauschen der Wellen ist nicht zu hören. Ich wußte nicht, daß du Joseph von früher her kanntest. Und daß ihr euch..., sie zögert, ...geliebt habt, sagt sie und sieht Miss Molly verwirrt an.
Es war nur eine kurze Liebe, aber eine lebenslange Trennung.
Ja, aber... Tina verstummt. Sie gehen schweigend weiter.
Er reiste mit seinen Eltern und Geschwistern zu Silvester nach London, fährt Miss Molly fort. Das war 1934. Die Nazis waren an die Macht gekommen. Seine Eltern und Geschwister und er kehrten nicht zurück. Ich habe nie mehr etwas von ihm gehört. Als ich nach dem Krieg selbst in London lebte, zögerte ich, nach ihm zu suchen, tat es dann aber nach meiner Scheidung doch. Es gab nicht die geringste Spur von einem Karl Jossef. Das war sein richtiger Name.
Ich weiß, sagt Tina leise, und nach einer Weile: Und ihr habt euch nicht wiedererkannt?
Miss Molly schüttelt den Kopf. Nein, es war sechsundvierzig Jahre her. Wir hatten uns beide sehr verändert. Ich war mit siebzehn sehr zierlich, und er hatte mit zwanzig sehr helle Haut und bernsteinfarbenes Haar und studierte Theaterwissenschaften. Ich glaube

nicht, daß er mich erkannt hat. Als wir jedoch auf dem Bootssteg am Comer See saßen und ich von der ägyptischen Katze mit den Bernsteinaugen erzählt habe, die ich in einem Anfall von Sentimentalität für ein paar Pfund bei einem Trödler in Soho erworben hatte, weil Bernstein mir einmal, das betonte ich, *wirkliches* Glück gebracht hatte, und die mir dann bei der Gründung meines Geschäfts half, hat er vielleicht geahnt, daß diese Miss Molly, mit der er sich dort am See unterhielt, jene Jelena von damals war. Er stand jedenfalls abrupt auf und entschuldigte sich. Er habe Kopfschmerzen, sagte er und zog sich auf sein Zimmer zurück. Als du mir in Eumundi erzählt hast, daß dein Mann mit seinen Eltern wegen der Nazis aus Deutschland weggegangen und über England nach Australien ausgewandert ist, wurde ich hellhörig. Dann hast du mir euer Hochzeitsfoto gezeigt. Da wußte ich, daß der Erfinder Joseph Kayl jener Karl Jossef war, der mir hier auf Rügen die Taschen mit Bernstein gefüllt hat, und ich nahm die Erfindung wie sein Erbe an.
Sie haben das Meer erreicht, stehen am Strand. Glitzerndes Licht funkelt und blitzt auf den kleinen Wellen wie winzige Sterne, von der Sonne aufs Wasser gestreut. In einiger Entfernung laufen Kinder zwischen den Algen hin und her.
Miss Molly sucht nach einem flachen Stein, läßt ihn über die leicht gekräuselte Oberfläche der See springen. Das hat mir Joseph gezeigt, sagt sie.
Weshalb hast du diese ganze Geschichte all die Jahre für dich behalten? fragt Tina und sieht sie ratlos an.

Ich weiß es nicht. Miss Molly spürt, wie sie verlegen wird. Vielleicht war ich zu ehrgeizig. Ich hatte einen Traum. Ich wollte es dir erst sagen, wenn die Erfindung ausgereift sein würde. Leider ist sie es immer noch nicht. Jetzt habe ich es dir trotzdem erzählt. Weil wir hier stehen.

Miss Molly hält die Hand schützend über die Augen, blinzelt gegen die Sonne. Ein Junge kommt auf die beiden Frauen zugelaufen, winkt aufgeregt. Er hat die Hände voller Bernstein.

Silvester Neunzehnhundertneunundneunzig / Zweitausend

1

Marleen zieht ihre Beine an, rollt sich im Sessel zusammen. Sie kann sein Gesicht im Spiegel sehen. Er rasiert sich, und aus dem weißen Schaum leuchtet sein Mund rot heraus. Einzelne Muskeln seines Rückens beginnen bei bestimmten Bewegungen unter der Haut zu hüpfen, oder sie strecken, dehnen, ballen sich. Ihr Blick gleitet an ihm hinunter, umkreist die Rundung, die aus seiner Hüfte geradezu herausspringt. Diese Rundung war es, die sie als erstes an ihm bemerkt hat.
Er schlenderte vor ihr über das Trottoir und zog mit seinem leichten, wiegenden Gang, mit dem er sich aus der Hüfte heraus bewegt, ihren Blick auf sich. Sie *mußte* ihm folgen, sie hatte keine Wahl. Er verschwand in einer Musikalienhandlung. Sie wartete draußen. Als er herauskam, blickte sie ihm ins Gesicht, nahm den schweren Kiefer und das ausgeprägte Kinn wahr, doch die Leichtigkeit, die durch seinen ganzen Körper schwang, war auch in seinem Gesicht.
Sie folgte ihm wieder und ahnte, daß sie sich in ihn verlieben würde, und das Geflecht loser Beziehungen, das sie in den vergangenen Jahren geknüpft und worin sie sich eingerichtet hatte, löste sich mit jedem Schritt, den sie hinter ihm herging, mehr und mehr auf, es zerfiel.

Als er in ein Auto einsteigen wollte, fragte sie ihn, ob er ihr einen *Lift* geben könne.
Einen was? fragte er, und sie setzte sich in seinen Wagen, um ihm zu zeigen, was sie meinte: Können Sie mich ein Stück mitnehmen?
Er sah sie neugierig an. Wohin wollen Sie? fragte er dann.
Sie nannte ein Café in der Nähe. Daß sie in der Firma erwartet wurde, vergaß sie.
Sie gefallen mir, sagte sie. Sehr sogar, fügte sie hinzu und lud ihn ins Café ein. Er sah sie wieder neugierig an.
Sie tranken einen Kaffee zusammen, verabredeten sich. Wie ihr Heinrich später sagte, habe er sich vor allem aus Neugier mit ihr getroffen.
Ihre Knie zitterten, als sie zu dieser ersten Verabredung aufbrach, die Ahnung großer Leidenschaft, die sie bei ihrer ersten Begegnung jedes Hindernis beiseite schieben, überspringen ließ, bewirkte jetzt das Gegenteil: Als sie ihn sah, zitterte sie so sehr am ganzen Körper, daß sie am liebsten wieder umgekehrt wäre. Er sah sie nur, wenn auch auf eine andere Art, wiederum neugierig an.
Machen wir einen Spaziergang, sagte er, und sie nickte, blieb beim Gehen die meiste Zeit stumm, denn sie hatte Angst, ihre Zähne könnten, würde sie auf seine Fragen auch nur mit einem Ja oder Nein antworten, wie bei heftigem Schüttelfrost aufeinanderschlagen.
Einige Tage lang gingen sie abends nebeneinanderher

durch die Stadt, und sie hörte auf, am ganzen Körper zu zittern. Als sie nicht mehr zitterte, setzte sie sich nach einem ihrer Spaziergänge wieder zu ihm in den Wagen. Vor Heinrichs Wohnungstür wurde ihr übel. Ich muß mich gleich übergeben, konnte sie nur noch flüstern. Heinrich half ihr ins Bad. Als sie mit einer Wärmflasche und bei einem Glas Tee auf seinem Sofa lag, sah er sie auf eine wiederum andere Art neugierig an.

Als sie sich das erste Mal liebten, hob Heinrich sie auf seine Hüften, und ihr Schwung löste ein so beglückendes Erlebnis in ihr aus, daß ihre Leidenschaft für ihn einfach zu fließen begann, statt wie ein Sturm über sie hereinzubrechen, und seitdem fließt sie in ihr stetig wie das Blut durch ihre Adern. Sie heirateten und bekamen eine Tochter, Marli.

Heinrich stellt sich unter die Dusche, beginnt, sich die Haare zu waschen. Keine Lust zu duschen? fragt er.

Sie schüttelt den Kopf. Bin zu faul, sagt sie und sieht zu, wie ihm das schaumige Wasser langsam über Schultern und Rücken läuft, den Kurven nach innen und nach außen folgt, dann von den Schenkeln tropft. Sie wären zwischen den Feiertagen gern irgendwohin in die Berge gefahren und hätten diesen 31. Dezember 1999 im Schnee auf einer Alm verbracht. Doch dann wünschten sich zuerst Lili und dann auch Miss Molly, Silvester bei Luigi zu feiern, wie vor zehn und vor zwanzig Jahren. Sie gaben ihren Reiseplan auf. Trotzdem werde ich nicht in die Firma gehen,

sondern nur faul sein, meinte sie zu Heinrich. Sie verbrachte die Tage mit Marli. Heinrich zog sich in sein Studio im Keller zurück. Er ist Musiker.
Zu Weihnachten war David bei ihnen. Als sie mit Heinrich in die Delbrückstraße zog, ist er in der Oranienstraße geblieben und wohnt dort seitdem mit Felix zusammen. Er besucht so oft wie möglich Gioia in London. Felix nennt David und Gioia nur *die beiden Einsteins*. Gioia entwickelt inzwischen Computerprogramme, die den meisten anderen überlegen sein sollen, David geht noch immer bei ihr in die Schule.
Die Luft im Bad wird vom Dampf, der aus der Dusche aufsteigt, feucht. Wahrscheinlich wird Heinrich wieder wie üblich eine halbe Stunde lang unter dem heißen Wasser stehen, vermutet Marleen.
Sie hat über die Feiertage versucht, auch im Kopf faul zu sein und wirklich an nichts zu denken. Aber wie immer hat sie dann über das nachgedacht, worüber sie eigentlich nicht nachdenken wollte, nämlich über die Melrose Company: Mit dem ersten Januar des neuen Jahrtausends übernimmt sie auf Wunsch von Miss Molly nun endgültig die Firmenleitung.
Ist mir noch immer eine Nummer zu groß, hat sie zu Heinrich gesagt. Und zu Miss Molly sagte sie: Das ist ein zu großer Schritt für mich. Bisher bin ich sozusagen Lehrling gewesen, rate ein bißchen zu, rate ein bißchen ab, schlage bei den Stoffen, Mustern, Farben, Qualitäten Nuancierungen oder Ergänzungen vor. Vom Lehrling zum Meister ist es ein sehr großer

Schritt, zumal in Zeiten, in denen der Fortschritt jeden Tag schneller wird.

Wie alt bist du jetzt? fragte Miss Molly nur und begann zu erzählen, mit welchen Problemen sie zu kämpfen hatte, als sie vierundvierzig war, und danach haben sie beide den Vertrag unterzeichnet.

Was wirst du heute abend anziehen? fragt Heinrich, trocknet sich ab.

Ich denke gerade darüber nach, ob ich mich nicht noch einmal ausziehe, sagt Marleen.

2

Lili kuschelt sich in ihren voluminösen Kunstpelzmantel. Bunter Vogel im Bärenfell, sagt sie vor der Garderobe zu ihrem Spiegelbild, nimmt den Rucksack, verstaut darin die hochhackigen Pumps und das Täschchen, zu Ehren von Miss Molly passend zum Kleid, verläßt ihre Wohnung und springt in den weichen, bequemen Schuhen, die ihr Miss Molly von einer Reise zum Himalaja mitgebracht hat, die Stufen hinunter. Von ihrer Wohnung in der Chausseestraße bis zum Bahnhof Friedrichstraße ist es nicht weit. Als sie die Haustür öffnet, sieht sie die vielen Autos. Sie stehen im Stau.

Das ohrenbetäubende Glockengeläut, das um sechs Uhr abends begonnen hat, um die Vermählung mit dem neuen Jahrtausend bekanntzugeben, ist verstummt. Dafür zischt und faucht und donnert es, als würde jemand auf den Baustellen der Umgebung sämtliche Maschinen immer wieder auf maximale Lautstärke stellen. Eine Umweltorganisation hat über Wochen hinweg dazu aufgerufen, das Geld, statt es in Feuerwerkskörpern zu verpulvern, in die Weiterentwicklung eines Umweltautos zu investieren. Ein Wunsch, der sich, wie deutlich zu hören ist, nicht mit der Vorstellung der Berliner deckt, wie das neue Jahrtausend zu begrüßen sei. Sie schicken ihm bereits

jetzt, kurz vor halb acht, unentwegt Grußbotschaften aus ihren Feuerwerksvorräten entgegen. Autofahrer, die im Stau stehen, springen ungeduldig aus ihren Wagen und jagen hektisch irgend etwas in die Luft. Wahrscheinlich wird sich dieser Stau zum Jahrtausendsilvesterereignis auswachsen, denkt Lili.
Der Bahnsteig am Bahnhof Friedrichstraße ist überfüllt. Der Zug auch. Lili drängelt sich mit den anderen durch die Tür ins Abteil.
Wie in 'ner Sardinenbüchse, sagt jemand neben ihr.
Wie leer es damals, vor zwanzig Jahren, war, denkt Lili, und in ihrer Erinnerung blickt der junge Volkspolizist hinter seinem Grenzkontrollschalter aus einer fernen Welt zu ihr herüber, aus einer Welt, von der sie sich nicht mehr vorstellen kann, daß es sie jemals wirklich gegeben hat. Hier war der Todesstreifen, denkt sie, bevor der Zug in den Lehrter Bahnhof einfährt.
Darf ich? flüstert jemand hinter ihr und reibt seine Nase in ihrem Kuschelpelz. Sie wendet den Kopf, noch immer steht sie eingezwängt in der dichtgedrängten Menge. Aus seinen Augen blitzt es lustig, sein geschwungener Mund löst ein paar schnellere Herzschläge aus.
David! ruft sie erfreut.
Ich heiße Philipp, flüstert er ihr ins Ohr.
Als es ein wenig leerer wird und sie sich nach ihm umdrehen kann, ist er fort.
Sie steigt am S-Bahnhof Savignyplatz aus. Auch in der Bleibtreustraße werfen Autofahrer, die im Stau stehen, Feuerwerkskörper auf die Straße. Sie eilt nahe

an den Hauswänden entlang weiter. In der Mommsenstraße rollt ihr ein faustgroßer Kanonenschlag vor die Füße, sie kickt ihn durch die Luft, er explodiert im Flug. Überall weichen Passanten Silvesterkrachern aus. Zwei Mädchen springen ihnen nach. Die eine, die wildere, zieht die andere mit sich. Als ihnen eine Handvoll Chinaböller vor die Füße geschleudert wird, flüchten sie jedoch schnell in eine Ausfahrt.
Geben wir den Bräuten doch mal was zu naschen, hört Lili jemanden sagen, und kurz darauf knattern Knallerbsen über den Gehweg.
Die Mädchen springen aus der Ausfahrt, tanzen zu dem Geknatter und rufen: Mehr, mehr!
Und durch den Lärm hört sie Marleen fragen: Hast du ’nen Bräutigam?
Ja, aber ich kenne ihn nicht, antwortet sie.
Du kennst ihn noch immer nicht? Marleens Stimme klingt überrascht, erstaunt, fast vorwurfsvoll.
Nein. Sie schüttelt den Kopf.
Und was ist mit Anton? fragt Marleen.
Du weißt doch, daß wir uns getrennt haben.
Sie ist liebessüchtig, hört Lili Miss Molly zu Marleen sagen, sie ist noch immer ein liebessehnsüchtiges Mädchen, wie vor zwanzig Jahren, als wir uns kennengelernt haben.
Ich habe es zu meinem Beruf gemacht, sagt Lili lächelnd.
Glück gehabt, hört sie Marleen sagen.
Stimmt, antwortet sie.
Sie hat wirklich Glück gehabt mit ihren Liebesge-

schichten. Ihre Filme sind immer wieder auf Interesse gestoßen, auch wenn sie nur in Sonder- oder Spätprogrammen zu sehen waren. Seit einiger Zeit jedoch wollen sie ihr nicht mehr so recht gelingen.
Es wiederholt sich immer alles, ich langweile mich, hat sie vor ein paar Monaten zu Marleen gesagt, kein Wunder, daß sich andere auch langweilen. Sie hat zum erstenmal Schwierigkeiten, Aufträge zu bekommen, hält sich mit Storyboard-Jobs für Werbeagenturen über Wasser, zu denen Marleen ihr verhilft.
Erzähl doch mal eine andere Geschichte, hat sie ihr neulich geraten. Es gibt so viele verschiedene Genres, Horror, Fantasy, Science-fiction, Sex und Crime zählte sie auf.
Seitdem denkt Lili über eine andere Geschichte nach.
Von weitem sieht sie, daß Francesco vor der Tür des *Ristorante da Luigi* steht, als hielte er Ausschau nach einem Taxi. Ist doch hoffnungslos, murmelt Lili, nichts als Auto an Auto, die ganze Stadt ist unterwegs.
Kaum hat Francesco sie erblickt, winkt er ihr aufgeregt zu. Miss Molly, Miss Molly, ruft er und gestikuliert mit den Armen wie damals, als er sie von der Straße geholt hat. Nur weist er diesmal nicht auf Luigis Restaurant. Er zeigt in die entgegengesetzte Richtung, immer wieder. Miss Molly ist umgefallen, ruft er, du sollst zu ihr fahren!
Lili bleibt wie angewurzelt stehen. Alles um sie herum bleibt stehen, nichts bewegt sich mehr.
Fahren? Wie soll ich denn durch diesen Superstau zu ihr fahren? Und womit?

Lauf! ruft Miss Molly ihr zu. Lauf, Lili, lauf, du hast doch meine Schuhe an!
Und Lili spurtet los, biegt in die Kantstraße ein, läuft und läuft, die Schuhe scheinen sie schnurgerade auf das Ziel zu zu tragen.

3

Das ist doch Lili, ruft Marleen, als sie Lili auf der gegenüberliegenden Straßenseite im fliegenden Bärenfell vorüberlaufen sieht.
Miss Molly, flüstert sie nur und springt aus dem Auto.
Was ist los, wo läufst du hin? ruft Heinrich ihr hinterher, doch er bekommt keine Antwort.
Marleen hastet durch die Autoreihen. Lili, Lili, ruft sie, aber Lili hört sie nicht.
Gott sei Dank hat sie die Stiefel angezogen.
Marleen spürt Stiche in der Seite, sie verlangsamt ihren Schritt. Sie schluckt. Sie hat einen metallischen Geschmack auf der Zunge. Heutzutage muß man dort wohnen, wo man arbeitet, erklärt ihr Heinrich jedesmal, wenn er sie in die Firma fährt und sie im Verkehr stehenbleiben. Oder man arbeitet dort, wo man wohnt, andernfalls ist man über kurz oder lang abgasvergiftet.
Marleen schlägt den Schal vor Mund und Nase und versucht, noch schneller zu gehen. Lili ist fast zwei Querstraßen voraus, und es sieht nicht so aus, als hätte sie vor, ihr Tempo zu verlangsamen. Was mag nur mit Miss Molly passiert sein? Marleen spürt, wie ihr heiß wird, dann kalt. Sie beginnt wieder zu laufen.
Am zweiten Weihnachtstag noch hat Miss Molly mit ihnen zu Abend gegessen und ihr zu einer gelunge-

nen Forschungsinitiative gratuliert. Für Marli hat sie ein Kästchen mit bunten Steinen mitgebracht.
Ich habe es für dich geschenkt bekommen, hat sie gesagt.
Von wem denn? hat Marli neugierig gefragt.
Von den Zwergen.
Von welchen Zwergen? wollte Marli wissen.
Von den Zwergen, die unter den Wurzeln der großen Bäume am Rande der Gebirge wohnen, hat Miss Molly geantwortet.
Und nun wollte Marli immer wieder von neuem hören, wie die Zwerge aussähen, was sie gesagt hätten, wo sie wohnten. Miss Molly schien sie wirklich gut zu kennen und schilderte sie so genau, daß auch Heinrich und Marleen am Ende überzeugt waren, Miss Molly sei ihnen auf ihren Wanderungen tatsächlich begegnet. Und als sie zum Schluß Marli erzählte, die Zwerge hätten sie zu einem längeren Aufenthalt eingeladen und sie würde die Einladung annehmen und demnächst in das Zwergenreich hinabsteigen, sah Marleen sie an den starken Wurzeln eines großen Baums entlang Stufe um Stufe die Treppe ins Zwergenreich hinuntersteigen. Miss Molly stirbt, denkt Marleen erschrocken.
Ihre Stiefelabsätze knallen aufs Pflaster. Lili ist nur noch einen Häuserblock entfernt, aber Marleen hat nicht genug Luft, um zu rufen. Sie nimmt ihre ganze Kraft zusammen, schickt sie in ihre Beine und spürt, wie das Pflaster des Gehwegs unter dem Klacken ihrer Absätze vibriert, wie damals, fünf Minuten vor

zwölf am S-Bahnhof Friedrichstraße. Und wie damals dreht Lili sich nicht um, beschleunigt jedoch, angespornt von Marleens knallenden Stiefelabsätzen, ihren lautlosen Laufschritt. Jetzt eilt Marleen ihr voraus und biegt in das Lietzensee-Ufer ein.

4

Nach einem erholsamen Nachmittagsschlaf meint Miss Molly gegen sechs Uhr, daß es an der Zeit sei, sich anzukleiden, Luigi wird sie um halb acht abholen. Anstatt jedoch aufzustehen, bleibt sie im Bett liegen. Sie will die Vorfreude auf den Abend, den sie mit Lili und Marleen bei Luigi feiern wird, noch ein wenig ausdehnen und genießen. In den Jahren zuvor ist sie zu Silvester entweder auf Wanderschaft gewesen oder hat das Fest bei einem ihrer Söhne verbracht, die wegen ihres fortgeschrittenen Alters und der Enkel auf ihren Besuch drängten. Das Jahrtausendsilvester jedoch will sie in Berlin begehen. Nicht zuletzt, weil es ein Jubiläums-Silvester sein wird: Zum drittenmal werden sie, Lili und Marleen einen Jahrzehntwechsel feiern, diesmal den Wechsel des letzten Jahrzehnts in das neue Jahrtausend.
Heinz hat sich überreden lassen, auf seine alten Tage noch einmal *uffs Janze zu gehen*, wie er sich ausdrückte, und hat ihr zu einem schlichten, silbergrauen Kleid eine gerade geschnittene, lange Jacke aus einer perlmuttrosa Baumwollspitze angefertigt, die er eigenhändig mit Pailletten, geschliffenen Glassteinen und pastellfarbenen Perlen besetzt hat. Das ist ein Jahrtausendstück geworden, meinte er stolz, als sie es, halbfertig, das erste Mal anprobierte.

Miss Molly steht langsam auf, breitet das bestickte Wunderwerk auf ihrem Bett aus und besieht sich noch einmal jede Perle, jeden Stein, jede Paillette, wie Heinz das alles zu einem unablässigen Glitzern und Glimmern zusammengefügt hat, und ihre Vorfreude auf den Abend wird größer und größer, so daß sie das Ankleiden noch etwas hinauszögert. Erst als Luigi anruft und ankündigt, er werde sich jetzt allmählich auf den Weg machen und sie abholen, es sei ein entsetzlicher Verkehr, geht sie ins Bad.
Sie ist trotz ihrer dreiundachtzig Jahre und der gewissen Fülle immer noch recht beweglich, sogar gelenkiger als früher. Beim Wandern schickt Mutter Erde Lebensenergie in meine müden Knochen und möbelt sie noch einmal richtig auf, hat sie ihren Söhnen erklärt, die erstaunt waren, daß sie, anstatt von Jahr zu Jahr hinfälliger zu werden, so gut bei Kräften blieb. Heute allerdings verspürt sie eine ungewohnte Müdigkeit in den Gliedern.
Sie hat ihren Söhnen den Grund für ihre Wanderleidenschaft nicht verschwiegen, sondern ihnen von Joseph Kayl und seiner unausgereiften Erfindung erzählt. Sie dürfen sie ruhig für ein bißchen verrückt halten, sie werden es trotzdem nicht wagen, das Testament anzufechten, in dem sie, sollte die Erfindung bis zu ihrem Tod noch nicht nutzbar sein, diese Aufgabe auf Marleen übertragen hat. Von Zeit zu Zeit erkundigen sich ihre Söhne und Enkel respektvoll, wenn auch mit einem leicht spöttischen Unterton, ob und wie weit sich ihr denn Josephs Erfindung durch das

Wandern erschlossen habe. Sie antwortet ihnen wahrheitsgemäß, daß die Idee ihr, je länger sie unterwegs sei, um so großartiger erscheine und sie das neue Jahrtausend ganz und gar im Zeichen der Silikate sähe.
Das wissen wir seit langem, entgegneten sie dann jedesmal und lächelten überlegen. Die Computer haben unser Leben bereits mehr verändert, als wir es uns jemals vorgestellt haben.
Nein, nein, das meine ich nicht, hat sie ihnen ungeduldig geantwortet, und vor lauter Ungeduld nicht ausdrücken können, was sie meinte.
Miss Molly betrachtet ihre Frisur im Spiegel, toupiert mit der Bürste die feinen Haare an den Schläfen und im Nacken. Sie sieht wieder ganz deutlich ihre Vision vom dritten Jahrtausend vor sich, die sich in ihr im Laufe ihrer Wanderschaft entfaltet hat: Wie das ungeheuer große und reine Energiepotential der winzigen Quarze die Menschheit in ein Jahrhundert spielend leichter Transformationen führen und das vergangene Jahrtausend mit seinen schwerfälligen und schwerwiegenden Umwandlungsprozessen ablösen wird.
Sie wirbelt mit verschiedenen Pinseln über ihr Gesicht, tupft hier ein bißchen, korrigiert dort den Strich, malt ein transparentes Korallenrot auf die Lippen, bestäubt vorsichtig Gesicht und Hals mit Puder. Zu dumm, sie hätte vielleicht als junge Frau Naturwissenschaften studieren sollen wie Joseph. Das hätte ihr die Sorge um seine Erbschaft erleichtern können. Sie träufelt einige Tropfen Parfum auf die Handgelenke und hinter jedes Ohrläppchen.

Es hat seinen Duft verändert, meinte Luigi vor kurzem.
Mein Duft hat sich verändert, hat sie ihm erklärt. Seitdem sie wandert, fühlt sie sich belebter, frischer als je zuvor. Alle älteren Menschen sollten sich in der Natur bewegen. Es wird Zeit für dich, damit anzufangen.
Aber Luigi lachte nur und meinte, er sei Italiener, wandern würden nur die Deutschen.
Und die australischen Ureinwohner, belehrte sie ihn.
Miss Molly nimmt das Silvesterkleid vom Bügel und legt es neben die bestickte Jacke aufs Bett. Luigi gefiel es immer weniger, wenn sie wieder zu einer neuen Reise mit wochenlangen Fußmärschen aufbrach, die natürlich keine Märsche waren, sondern ein langsames Gehen durch Wälder, an Seen oder kleineren Flüssen entlang, über Hügel, am Fuß von Gebirgen, immer im gemäßigten Klima und in günstigen Jahreszeiten. In Australien wurde sie von Tina, in Neuseeland von Gioia begleitet, John und seine Frau leisteten ihr in New Mexico Gesellschaft und zeigten ihr im Herbst den flammendrot und golden gefärbten Ahorn in Kanada. Meistens jedoch vertraute sie sich einem erfahrenen Führer an.
Du bist genug für Joseph unterwegs gewesen, hat Luigi vor ein paar Tagen gesagt, nachdem sie ihm erzählt hatte, daß sie im Frühjahr in Griechenland auf dem Peloponnes wandern werde. Du solltest jetzt bei mir in Berlin bleiben.
Und das hat sie nach der Griechenlandreise auch vor.

Nach all ihren Wanderungen empfindet sie jetzt so etwas wie Erfüllung: Ihr ist, als hätten sie einen großen Hausputz in ihr veranstaltet, von den Füßen aufwärts, der zu einer wachsenden Klarheit in ihr geführt hat und sie die Welt als ein Gewebe aus unendlich vielen, miteinander verwobenen Beziehungen erkennen läßt. Auch wenn ihr ein Blick auf *diesen* Stoff nicht möglich ist, so ist es doch die schönste Webart, die sie sich vorstellen kann. Sie ist glücklich.

Miss Molly nimmt das Silvesterkleid vom Paravent und dreht sich zum Spiegel. Da tritt Joseph aus dem Spiegel heraus und auf sie zu.

Zieh dieses an, sagt er und hält ihr ein Gewand aus lapislazuliblauem und goldenem Licht entgegen. Es erinnert sie von fern an ihr erstes Silvesterkleid, das sie sich damals geschneidert, aber nie getragen hat, und es ist so schön, daß ihr das Herz stehenbleibt. Das Silvesterkleid entgleitet ihren Händen. Sie fällt Joseph um den Hals, und das Gewand aus lapislazuliblauem und goldenem Licht legt sich um sie.

O Joseph, was für ein schönes Kleid!

Es ist dein Hochzeitskleid, sagt er.

Sie liegen sich in den Armen.

Da betritt Luigi das Boudoir. Er kniet sich auf den Boden nieder. Nach einer Weile richtet er sich auf. Er weint.

Sie sieht sich im Unterrock vor dem Spiegel liegen, aber ihr ist deshalb nicht zum Weinen zumute, im Gegenteil. Sie trägt das schönste Kleid der Welt, ihr

Hochzeitskleid, das ihr Joseph geschenkt hat, und ihr Glück ist so groß, daß selbst für Glückstränen kein Platz bleibt.
Sie streicht Luigi über das Haar. Weine nicht, mein Lieber, gleich kommen Lili und Marleen. Was sollen die beiden davon halten, wenn du bei meiner Hochzeit weinst? Sie biegen schon in das Lietzensee-Ufer ein. Marleen hat Lili überholt, es ist wie damals, als sie Lili in der Friedrichstraße überholte.
Miss Molly stutzt. Wieso weiß sie das alles?
In ihrem gegenwärtigen Seinszustand scheint es so etwas wie Vorstellungen nicht zu geben. Alles ist real. Miss Molly gerät darüber ein wenig durcheinander. Alles ist gleichermaßen und gleichzeitig vorhanden, ob es nun eine Vorstellung ist oder etwas, das tatsächlich geschieht, ob es etwas ist, das bereits geschehen ist, oder etwas, das sich erst in der Zukunft ereignen wird, jedoch gedacht – sozusagen als Energieform – bereits vorhanden ist.
Du mußt es dir so vorstellen, versucht sie Luigi zu trösten, bisher habe ich Muster entworfen. Jetzt lebe ich in einem lebendigen Muster, bin ein Teil davon und habe teil daran. Ich selbst bin das Muster. Es ist überwältigend, Luigi, glaub mir, es ist überwältigend!
Luigi hört sie nicht. Ebensowenig wie die anderen, die sich nach und nach in ihrem Boudoir einfinden. Auch scheint niemand sie wirklich zu sehen. Das betrübt sie ein wenig, nicht zuletzt wegen ihres Hochzeitskleides, das zugleich das schönste unter all ihren Silvesterkleidern ist, die sie für diesen besonde-

ren Tag ihrer lebenslangen Liebe Jahr für Jahr entworfen hat.

David ist der einzige, der ihr zulächelt. Er scheint auch zu verstehen, was sie sagt, zumindest nickt er ihr voller Verständnis zu. Und jetzt beugt er sich zu Lili hinunter, die neben dem Bett, worauf Luigi, Heinz und Heinrich Miss Molly gebettet haben, auf dem Fußboden sitzt. Er flüstert ihr ins Ohr, sie solle sich beruhigen, Miss Molly gehe es doch gut, und einen schöneren Tod könne er sich nicht denken.

Du hast vollkommen recht, bestätigt Miss Molly.

David setzt sich zu Lili auf den Fußboden und nimmt sie in den Arm.

Francesco hat inzwischen jeden Gast der Silvestergesellschaft zum Lietzensee-Ufer umgeleitet, so daß nach und nach alle eintreffen. Gerade betreten Achim und seine Frau Helene auf Zehenspitzen das Sterbezimmer, ebenso der neue Steuerberater mit seiner Freundin. Es erscheinen auch Lisa, Hans und Hannes. Die Nachbarin, die Miss Molly auf der Himalajareise begleitet hat, schüttelt immer wieder weinend den Kopf.

Schließlich betritt auch Francesco das Boudoir, bekreuzigt sich, nennt leise die Namen der anderen Kellner des Restaurants und vor allem den von Paolo, der vor Jahren nach Italien zurückgekehrt ist und den Jahrtausendwechsel als Gast im Restaurant feiern wollte, jetzt aber als Kellner aushelfen muß. Zusammen mit Luigi murmelt Francesco italienische Gebete und Wünsche für das Jenseits.

Allmählich wird es stickig im Zimmer. Niemand wagt jedoch, das Fenster zu öffnen, nur hin und wieder verläßt einer kurz den Raum. Alle Anwesenden scheinen darin übereinzustimmen, daß die Silvesterfeier anstatt an Miss Mollys Tafel in Luigis Restaurant nun um ihr Bett herum in ihrer Wohnung stattfinden wird. Punkt zwölf Uhr werden sie, in ihrem Sinne, auf das neue Jahrtausend anstoßen.
Das quietschende Geräusch, mit dem sich die Fensterklappe langsam öffnet, läßt alle aufblicken und manchen zusammenfahren, sieht es doch so aus, als werde der Mechanismus von Geisterhand bedient. Die weißen Gardinen aus Baumwollmusselin bauschen sich wie Segel zwischen den roten Samtvorhängen, ein Luftzug streift durchs Zimmer, berührt hier und da eine Stirn oder eine Wange, freundlich und wohltuend, und jeder meint, Miss Molly selbst, ihr Geist oder ihre Seele oder wie auch immer diese Energie heißen mag, die jetzt alle im Raum deutlich zu spüren glauben, habe die Fensterklappe geöffnet, um frische Luft hereinzulassen. Alle nicken einander zu. Ihre Blicke drücken trotz Trauer und Wehmut, so unerwartet von Miss Molly verlassen worden zu sein, dasselbe aus: Ja, so ist sie gewesen.
Die Gäste legen nach und nach Mäntel und Schals ab, ziehen Schuhe und Stiefel aus und beginnen, sich leise zu unterhalten, über das Leben, über den Tod, über ein mögliches Leben nach dem Tod, über den Sinn des Lebens überhaupt. Andere sind in Gedanken woanders, so zum Beispiel Francesco, der darüber

nachsinnt, ob es ihm noch vergönnt sein wird, ein eigenes kleines Restaurant zu eröffnen, oder Miss Mollys Sekretärin, die überlegt, welchen Einfluß Miss Mollys Söhne in Zukunft wohl auf die Firma ausüben werden, ob sie dem Testament zufolge überhaupt einen Einfluß ausüben können, oder der neue Steuerberater, der sich vorstellt, jetzt schon in den Armen seiner Freundin zu liegen, und die Freundin, die seine Hand auf ihrem Hintern spürt und sich ausmalt, was für Augen er machen wird, wenn er ihre Unterwäsche sieht, die sie erst heute morgen in der Auslage erblickt und gleich für diese Nacht gekauft hat.
Marleen versucht, an nichts zu denken. Sie hält aus lauter Angst, die tote Miss Molly ansehen zu müssen, die ganze Zeit die Augen fest geschlossen. Sie hat gespürt, wie Heinrich sich irgendwann neben sie gestellt und ihre Hand genommen hat und sie immer noch hält. Sie hat alle Gäste ins Boudoir kommen hören, ohne die Augen ein einziges Mal zu öffnen. Erst der Durchzug, der die stickig gewordene Luft plötzlich bewegt hat, so daß sich jene Frische ausbreiten konnte, die sie immer in Miss Mollys Gegenwart verspürt hat, nimmt ihr die Angst. Sie öffnet langsam ihre Augen. Und nun liegt ihr Blick endlich auf Miss Mollys Gesicht. Ein Lächeln ruht darauf. Marleen atmet erleichtert auf. Da hört sie ihren früheren Kosenamen flüstern, *Maus*, und sie sieht einen kleinen Pfeil, die Maus, wie er suchend umherschwirrt, und, klick, öffnet er einen Speicher, und es vergeht

nur der Bruchteil einer Sekunde, da weiß Marleen, daß sie in die Zukunft blickt.
Es ist keine ferne Zukunft. Es ist eine, die gerade jetzt beginnt, denn Gioia ist kaum älter, als sie es bei ihrem letzten Besuch vor einem Jahr gewesen ist. Sie sitzt an einem Computer auf einer Terrasse unter einem türkisfarbenen Wellblechdach, und obwohl Marleen noch nie dort gewesen ist, weiß sie, daß es Tinas Haus in Eumundi sein muß, mit dem wildumwucherten Teich davor. Tina sitzt im Schaukelstuhl. Unweit von ihr lehnt Joseph an einem Pfosten. Er ist jedoch in einer anderen Welt. Joseph sagt etwas zu Miss Molly, die neben ihm ebenfalls in der anderen Welt ist und sich unweit von Tina auf das Geländer stützt. Sie beginnt, über das ganze Gesicht zu strahlen. Gioia, hör zu! ruft Tina. Gioia hört Joseph und Miss Molly aufmerksam zu, gibt das, was sie hört, in den Computer ein und übermittelt die Daten nach Berlin zu David. Marleen erkennt David nicht sofort, sein Haar ist kurz, sie blickt auf das Datum im PC, liest: 22. Juli 2007. Es ist der Tag, an dem David die richtige Formel für das Verfahren finden wird!
Marleen kann jetzt kaum noch der Bilderflut folgen, die vor ihrem inneren Auge abrollt und die Auswirkungen dieser grandiosen Erfindung auf das Wasser zeigt, auf die Welt der Tiere und die der Pflanzen, auf die Luft, die gesamte Atmosphäre und natürlich auch auf den Comer See.
Was ist? flüstert Heinrich.
Erst jetzt bemerkt Marleen, daß ihr Kopf an Hein-

richs Schulter liegt und sie ihn ganz fest umarmt, als müsse sie spüren, daß sie in dieser Welt ist.
Küß mich, flüstert sie.
Hier? Jetzt? flüstert Heinrich ungläubig. Doch da küßt sie ihn schon heftig und voller Leidenschaft.
Der Kuß bleibt nicht unbemerkt. Er verbreitet eine Atmosphäre geschwätzig raunender Heiterkeit. Sie erfaßt auch Lili und David, die noch immer auf dem Boden neben Miss Mollys Bett kauern. David springt auf, bahnt sich einen Weg durch die lebhafter werdende Trauergesellschaft und kommt mit zwei Gläsern Champagner zurück. Er stößt mit Lili an.
Auf Miss Molly, flüstern beide gleichzeitig.
Dann hebt Lili das Glas in die Höhe, immer höher, Miss Mollys Seele entgegen. Sie will ihr begegnen. Sie schließt die Augen. Nimmt einen Schluck Champagner. Die Perlen rieseln ihre Kehle hinunter. Sie fühlt sich plötzlich hochgehoben.
Du kannst dir etwas wünschen, ruft dort oben jemand.
Etwas wünschen? Was denn? fragt sie ratlos.
Wünsch dir doch deinen Bräutigam!
Da spürt Lili Lippen, die weich ihren Mund berühren.
David, bist du es? fragt sie leise. Sie ist ganz verwirrt und wagt nicht, die Augen zu öffnen.
Ja, antwortet David ebenso leise und küßt sie wieder.
Du bist doch viel zu jung, flüstert Lili.
Nein, nein, ich bin viel älter als du.
Red nicht solchen Unsinn.

Ist kein Unsinn. Glaub mir, meine Seele ist uralt.
Sie öffnet die Augen. David ist so nah, daß alle Konturen seines Gesichts sich aufgelöst haben. Sie erkennt nur sein Lächeln.
Mein Gott, was für eine Geschichte, murmelt sie, und meint die Geschichte, wie sie vor zwanzig Jahren Marleen und Miss Molly getroffen hat und wie alles geschah, was seitdem geschehen ist.
Erzähl doch mal eine andere Geschichte, hört sie Marleen sagen.
Erzähl doch einfach unsere Geschichte, hört sie Miss Molly sagen.
In diesem Augenblick beginnt sich am Himmel die prächtigste Blütenkrone zu entfalten, die Berlin jemals einer neuen Zeit entgegengeschickt hat.

SERIE PIPER

Franziska Stalmann

Champagner und Kamillentee
Roman. 230 Seiten. SP 1541

Nach dreizehnjähriger Ehe wird die 39jährige Ines von ihrem Mann in Rekordzeit »ausgemustert«. Er wird anderweitig Vater und will eine schnelle Scheidung. Ines steht fassungslos und allein da, ohne Beruf, ohne Ausbildung, ohne Freunde.
Wie sie sich langsam fängt und sich mit neuem Outfit und neuen Aufgaben zum Schwan mausert, schildert die Autorin mit Charme, Sprachwitz und viel Situationskomik.
Eine Emanzipations-Komödie der allerfeinsten Art. Franziska Stalmanns spritziger Roman, erzählt in wunderbar leichtem Ton, ist längst zu einem Bestseller geworden, der sich bei Frauen wie ein Lauffeuer herumgesprochen hat.

Ein »Frauen-Power-Buch, süffig wie ein Glas Champagner.«
Brigitte

»Spaß vom Allerfeinsten.«
Die Welt

Lieber die Taube in der Hand
Roman. 260 Seiten. SP 1788

Agnes hat auf einmal ihre schaumgebremsten Männerbeziehungen gründlich satt, besonders ihr Arrangement mit Rainer, der mit ihr ins Bett und auch mal ausgeht, sonst aber nicht viel braucht. Agnes ist vierzig und Psychologin, seit langem geschieden, und hat noch Jessica, eine wohlgeratene Tochter, die schon studiert. Jetzt, nach all den mageren Jahren, könnte sie sich eigentlich mal was Richtiges gönnen, eine schöne, fette Liebe mit allem Drum und Dran. Doch wie und wo findet man in diesem Alter den passenden Mann? Sie weiß, daß sie eigenwillig und anspruchsvoll ist und nicht bereit, jeden zu nehmen. Sie weiß, daß ihre inneren Werte ansehnlich, die äußeren dagegen reichlich vernachlässigt sind. Unterstützt von Feundin Lea macht Agnes sich systematisch ans Werk. Da wird sie zum Abendessen eingeladen und begegnet Felix.

SERIE PIPER

Justine Lévy

Rendezvous mit Alice

Roman. Aus dem Französischen von Christiane Filius-Jehne. 174 Seiten. SP 2750

Alice war nie da, und wenn, dann kam sie mit Sicherheit zu spät. Sie brachte unmögliche Typen nach Hause oder vertrödelte den Nachmittag mit ihrer Freundin Sophia in der Badewanne. Mal rauchte sie Marihuana, mal klaute sie was im Laden um die Ecke – aber sie war schön, wunderschön sogar, und exzentrisch. Louise, ihre Tochter, inzwischen achtzehn und frischgebackene Abiturientin, sitzt in einem Café an der Place de la Sorbonne und wartet auf ihre Mutter Alice, die wieder einmal nicht kommt. Während Louise noch schwankt, ob sie traurig, enttäuscht oder einfach nur sauer sein soll, stürmten die Erinnerungen an ihre chaotische Kindheit auf sie ein, hin- und hergerissen zwischen ihrer impulsiven Hippie-Mutter und ihrem bedeutenden, aber meist abwesenden Vater.

»Lévy zeichnet das Porträt einer Mutter-Tochter-Liebe, das allem erlittenen Verrat zum Trotz in eine Hommage und einen sanften Befreiungsschlag mündet. Es ist ein munteres, flapsiges und auch ein melancholisches Buch.«
Die Weltwoche

»Eine federleicht und unterhaltsam geschriebene Abrechnung mit der Mutter.«
Elle

Michèle Fitoussi

Ein schreckliches Glück

Roman. Aus dem Französischen von Michaela Meßner. 237 Seiten. SP 2339

Plötzlich ist er wieder da: ihre große Liebe von früher. Er schwört, daß er nur sie liebt und ohne sie nicht mehr leben kann. Er möchte mit ihr noch einmal ganz von vorne anfangen. Und es ist wie früher: gestohlene Stunden, angefüllt mit atemloser Liebe. Insgeheim träumt jede Frau irgendwann einmal davon. Doch für Anne wird diese Situation zum Alptraum – denn Anne ist längst gut verheiratet und hat zwei niedliche kleine Söhne. Die altvertrauten, vergessen geglaubten Gefühle bringen Anne völlig aus der Bahn. Und dann die Ernüchterung – es kommt zur Katastrophe. Michèle Fitoussis Roman über die Liebe beschreibt die Gefühle einer Frau, die ihre große Liebe lebt, erleidet und schließlich an ihr verzweifelt.

Zur Hölle mit den Supermännern

Roman. Aus dem Französischen von Michaela Meßner. 147 Seiten. SP 1903

Fred ist Ende Dreißig und hat in ihrem Leben scheinbar alles erreicht, wovon Frauen träumen: Sie ist eine erfolgreiche Zahnärztin, verheiratet mit einem Professor und hat zwei entzückende Töchter. Als sie eines Tages Darius kennenlernt, stürzt sie sich in eine amour fou, die das sichere Gerüst ihres bisherigen Lebens ins Wanken bringt …

»Das ist göttlich! In der Sonne im weichen Sand liegen und alles vergessen, weil man in einen fesselnden Roman von Liebe und Leidenschaft versunken ist. Dabei ist die Heldin so lebensnah, daß man ihr im nächsten Café begegnen könnte.«
Fair

Zum Teufel mit der Superfrau

Die Sucht nach Perfektion. Aus dem Französischen von David Eisermann. 236 Seiten. SP 1203

»Eigentlich ist sie genau das, worüber sie ihr Buch geschrieben hat: die Karrierefrau, die zwei Kinder, einen nur sporadisch kooperativen Ehemann, kulturelle und politische Interessen und einen Job jogliert und daneben auch noch gut aussieht. Und das sind neben ihr Hunderttausend andere , weshalb ihr Buch auch in fünf Sprachen übersetzt und in jeder davon ein Bestseller wurde.«
Cheryl Bernard/Edith Schlaffer

Cécile Vargaftig

Wechselstrom

Roman. Aus dem Französischen von Nadine Miller. 285 Seiten. SP 2527

Paris, heute: Frédérique ist vierundzwanzig Jahre alt und führt ein ständig absturzgefährdetes Leben. Sie ist so jung, daß sie sich unmöglich vorstellen kann, noch einmal vierundzwanzig Jahre zu leben. Und sie ist so jung, daß sie noch nicht weiß, wen sie mehr liebt – Männer oder Frauen. Oder beide? Zwischen Lebenshunger und Selbstzweifel stürzt sich Frédérique in das Leben und wird doch immer in die eigene Leere zurückgeworfen. Die virtuose literarische Achterbahnfahrt durch das Gedanken- und Gefühlschaos treibt Cécile Vargaftig durch pointierte Dialoge voran. Nach dem Vorbild von Charles Bukowski und der Beatnicks erzählt sie sprachgewaltig von Liebe, von Alkohol, von Shit und von den Jahren zwischen zwanzig und dreißig.

Hilke Rosenboom

Adam und ewig

Eine kurze Liebesgeschichte 203 Seiten. SP 2739

Wo die Liebe nur immer hinfällt! Manchmal direkt vor die Füße – so widerfuhr es Susan, der fleißigen Kinderärztin, als sie vom Fahrrad und genau in Adam Beins Arme stürzte. Beide spüren ein Kribbeln im Bauch – sie verabreden sich: die brave Susan, sechsunddreißig Jahre alt, deren Knut als Entwicklungshelfer in Ragatonga weilt, und Adam Bein, der auf der Straße lebt und überdies ein wenig zu jung ist für sie. Ein Stadtstreicher! Doch was schert es die Liebe, daß die beiden eigentlich nicht zusammenpassen! Denn eine wunderschöne Romanze voll ungeahnter erotischer Leidenschaft beginnt – zu schön und einmalig, um einfach in ein Happy-End zu münden.

SERIE PIPER

Jutta Motz

Drei Frauen und das Kapital

Roman. 300 Seiten. SP 2577

Was macht eine frischgebackene, glückliche Witwe, die im feinsten Viertel von Frankfurt wohnt, wenn sie entdeckt, daß sie pleite ist? Ihr Mann, offensichtlich ein Wirtschaftskrimineller, hatte ein Nummernkonto in der Schweiz, aber sie und ihre zwei Töchter wissen nicht, wovon sie Lebensmittel kaufen sollen. Wo ist das Geld und, wenn es gefunden ist, wie bringt man es über die Grenze? Fragen, auf die Ruth Meckel keine Antwort weiß, denn Richard sorgte bis zu seinem plötzlichen Herztod für alles. Rettung naht in Person ihrer patenten Busenfreundin Almuth, und vervollständigt wird das Trio durch Marlene mit juristisch geschultem Sachverstand. Auf abenteuerlichen Wegen und an einer Leiche vorbei, von der Polizei observiert und von Tante Sophie unterstützt, läßt Jutta Motz ihre Heldinnen witzig, unprätentiös und frech zum erhofften Happy-End jagen.

Ann-Christin Kaemmerer

Drei Männer und ein richtiger

Roman. 264 Seiten. SP 2234

Corinna, »Corry« genannt, ist eine erfolgreiche Schriftstellerin Ende Dreißig. Nun möchte ihr Verlag einen autobiographischen Roman. Corrys Leben bietet auch einiges: Sie hat nicht nur einen Hund namens Einstein, sondern auch drei Männer auf einmal. Mit Georg, dem einfühlsamen Psychologen, verbindet sie eine platonische Liebe. Mit dem verheirateten Götz, Kulturredakteur und Abenteurer, bereist sie die Welt. Und Harry, einige Jahre jünger als sie, ist der anschmiegsame Lover, der sie verwöhnt. So weit, so gut, denn die Herren kennen einander und wissen ein unkonventionelles Liebesleben zu schätzen. Kritisch wird es erst, als Corry Sándor Szkárosi über den Weg läuft, ein exzentrischer, hochsensibler Dirigent von Weltformat aus Ungarn …

Danièle Thompson

Die Frau des Liebhabers

Roman. Aus dem Französischen von Irène Kuhn und Ralf Stamm. 255 Seiten. SP 2298

Mitreißend schildert die Autorin ein Chaos an Gefühlen. Die Pariser Fernsehjournalistin Cécile, Anfang Vierzig, ist mit dem Arzt Ferdinand seit über zwanzig Jahren glücklich verheiratet. Sie erfährt, daß sich ihre zwanzigjährige Tochter unsterblich in einen viel älteren, verheirateten Mann verliebt hat. Sie entwickelt raffinierte Strategien für das Liebesglück ihrer Tochter, steht ihr mit Rat und Tat zur Seite – bis sich in ihr der Verdacht erhärtet, daß sie selbst eine Betrogene ist, daß sie als Frau von Ferdinand auch die Frau eines Liebhabers ist. Als am Ende ihr gesunder Menschenverstand doch wieder die Oberhand gewinnt, findet sich die beste Lösung für alle fast von selbst – nur die Herren der Schöpfung haben das Nachsehen.

Françoise Giroud

Die Liebhaberin

Roman. Aus dem Französischen von Irène Kuhn und Ralf Stamm. 176 Seiten. SP 2399

Sie ist eine Frau Anfang Vierzig, modern, elegant und attraktiv. Ihr Beruf ist ihr sehr wichtig; sie ist frei, fühlt sich unverwundbar, denn sie hat schon (fast) alles erlebt. Er ist noch jung, am Anfang seiner Anwaltskarriere. Er ist witzig, charmant und manchmal wunderbar unverschämt. Doch man ahnt, wie verletzbar er ist. Die Begegnung mit Jerzy trifft sie mitten ins Herz. Sie sind glücklich miteinander – so lange, wie die Liebe glücklich sein kann. Doch dann, eines Tages – die Wahrheit trifft sie wie ein Schlag.

»Ein ungewöhnliches und einzigartiges Talent – das einer Frau, die alles vom Leben weiß.«

Le Nouvel Observateur

Andrea Parr

Herzen pflastern ihren Weg

Ein Schicksalsroman. 219 Seiten. SP 2473

Susana ist die Frau mit den vielen Gesichtern, die mit großem Sportsgeist und fachmännischem Können unzählige Herzen zu pflücken und zu brechen versteht. Da tritt Rupert in ihr Leben und die Wende ein: Sie wird Gattin eines echten Lords in einem echten Schloß in Canterbury – ein Traum!
Mit viel Sprachwitz und überraschenden Pointen erzählt Andrea Parr Susanas sagenhafte Lebensgeschichte, und ihr trockener Humor läßt keinen Zweifel daran, daß hier ein ernster Kern – das pralle Schicksal einer Frau von heute – mit parodistischer Leichtigkeit und satirischer Virtuosität präsentiert wird.

Holly-Jane Rahlens

Becky Bernstein Goes Berlin

Roman. Aus dem Amerikanischen von Sigrid Ruschmeier. 304 Seiten. SP 2533

Becky Bernstein, gerade von ihrem Lover sitzengelassen, verordnet sich selbst und ihrer chaotischen Wohnung eine radikale Diät. Während sich Becky über Berge von ausgedienten Klamotten, alten Schallplatten und Liebesbriefen hermacht und dabei brav an ihrem Mineralwasser nippt, werden nicht nur Erinnerungen an ihre wilden Jahre wach: wie sie sich in New York Hals über Kopf in den Berliner Studenten Jürgen verliebte, weil er aussah wie Dustin Hoffman, wie sie ihm in die flippige WG nach Berlin folgte und seitdem nie mehr von dieser Stadt lassen konnte. Schließlich ist Karstadt fast so toll wie Macy's! Am Ende dieses Kurbads in der Vergangenheit ist Beckys Taille wieder schlank, der Begriff Heimat neu definiert und der Traummann fast gefunden.

SERIE PIPER

Gaby Hauptmann

Suche impotenten Mann fürs Leben
Roman. 315 Seiten. SP 2152

Wer seinen Augen nicht traut, hat richtig gelesen: Carmen Legg meint wörtlich, was sie in ihrer Annonce schreibt. Sie sucht den Traummann zum Kuscheln und Lieben – der (nicht nur) im Bett seine Hände da läßt, wo sie hingehören. Die Anzeige entpuppt sich als Knüller, und als sie schließlich in einem ihrer Bewerber tatsächlich den Mann ihres Lebens entdeckt, wünscht sie, das mit der Impotenz wäre wie mit einem Schnupfen, der von alleine vergeht.

Gaby Hauptmann ist das Kunststück gelungen, das Thema »Frau sucht Mann« von einer gänzlich anderen Seite aufzuziehen und daraus eine fetzige und frivole Frauenkommödie zu machen, die kinoreif ist.

»Mit Charme und Sprachwitz wird der Kampf der Geschlechter in eine sinnliche Kommödie verwandelt.«
Schweizer Illustrierte

Eine Handvoll Männlichkeit
Roman. 332 Seiten. SP 2707

Das kann noch nicht alles gewesen sein, meint Günther, wohlsituiert und aus den besten Kreisen. Am Abend seines sechzigsten Geburtstags faßt er einen nachhaltigen Beschluß: Eine neue Frau muß her! Auf seiner großartigen Geburtstagsparty sticht ihm die nichtsahnende Linda, die junge, attraktive Freundin des Bürgermeistersohns, ins Auge, das Gegenmodell zu seiner perfekten Frau Marion. Frei nach dem Motto: Hauptsache, er steht, setzt Günther alles daran, Linda herumzukriegen. Außerdem trifft er die notwendigen Vorbereitungen, sein beträchtliches Vermögen vor Marion in Sicherheit zu bringen. Doch Marion kommt ihm auf die Schliche und setzt ebenso unerwartet wie durchschlagend zur Gegenwehr an. Gaby Hauptmann weiß, was Männer mögen – und Frauen gerne lesen.

SERIE PIPER

Gaby Hauptmann

Nur ein toter Mann ist ein guter Mann

Roman. 302 Seiten. SP 2246

Ursula hat soeben ihren despotischen Mann beerdigt. Doch obwohl sich der Sargdekkel über ihm geschlossen hat, läßt er sie nicht los. Während sie sich von der ungeliebten Vergangenheit trennen will, fühlt sie sich weiter von ihm beherrscht. Sie wirft seine Wohnungseinrichtung hinaus, will seinen Flügel und seine heiß geliebte Yacht verkaufen, übernimmt die Leitung der Firma. Er schlägt zurück: Männer, die ihr zu nahe kommen, finden ein jähes Ende – durch ihre Hand, durch Unglücksfälle, durch Selbstmord. Erst als Ursula langsam hinter das Geheimnis ihres Mannes kommt, gewinnt sie die Macht über sich selbst zurück. Und als sie dabei eine Ex-Freundin ihres Mannes kennenlernt, öffnet sich ein völlig neuer Weg für sie – doch dann stellt sich die große Frage: Woran ist ihr Mann eigentlich gestorben

Gaby Hauptmann hat eine listige, rabenschwarze Kriminalkomödie geschrieben.

Die Lüge im Bett

Roman. 315 Seiten. SP 2539

Für Nina ist Brasilien ein Geschenk des Himmels: Es wird Zeit, Sven loszuwerden. Doch in Rio kommt es nicht nur zu turbulenten Ereignissen während der Dreharbeiten ihres Fernsehsenders, sondern ernsthaft neue Perspektiven in Sachen Liebe tun sich auf: Hals über Kopf verliebt sich Nina in den smarten Nic. Ihr Puls klopft, ihr Herz rast – nur Nic scheint es nicht zu merken... Mit hinreißend leichter Hand und sprühendem Witz schickt Gaby Hauptmann ihre hellwache und erfrischend durchtriebene Heldin Nina in einen scheinbar undurchdringlichen Dschungel der Gefühle.

Die Meute der Erben

Roman. 318 Seiten. SP 2933

Mit frechem Witz und unnachahmlicher Hinterhältigkeit lockt die Bestsellerautorin Gaby Hauptmann in den Dschungel des großen Geldes.

Carmen Rico-Godoy

Perfekte Frauen haben's schwer

Roman. Aus dem Spanischen von Volker Glab. 196 Seiten. SP 1576

Der Horror einer ganz »normalen« Ehe: Carmen und Antonio. Sie zweimal, er einmal geschieden. Jeder hat aus seiner früheren Ehe Kinder mitgebracht. Sie ist Journalistin, er Geschäftsmann. Sie ist emanzipiert, er ist ein Pascha mit gelegentlichen Anfällen von Softie-Allüren. Wenn er krank ist, muß alles stehen und liegen bleiben. Wenn sie krank ist, wird's schon irgendwie gehen. Wenn er Seelenwehwehchen hat, ist ihr mitfühlendes Ohr gefordert, wenn sie platzt, sind ihre Gefühle ihr eigenes Problem.

»In unverblümt direkter, oft witziger Sprache nennt die Autorin die Dinge beim Namen.«

Rhein-Neckar-Zeitung

So nicht, mein Lieber

Roman. Aus dem Spanischen von Volker Glab. 160 Seiten. SP 2010

Unglücksfrauen leben besser

Roman. Aus dem Spanischen von Volker Glab. 166 Seiten. SP 1906

Nach dem großen Erfolg von »Perfekte Frauen haben's schwer« jetzt ein neuer, haarsträubend-lebensnaher Roman der Autorin: Antonio, Carmens dritter Ehemann, hat ihr ein letztes Mal das Wochenende vermiest, weil er an einem Samstag das Zeitliche segnete. Doch endlich kann die flotte Endvierzigerin tun und lassen, was sie will: nachts ausgiebig frühstücken, hemmungslos fernsehen, ganz eigene Wege gehen. Die führen sie über exzessive Tage und Nächte in Paris nach Buenos Aires, wo sie einem Mann begegnet, der nicht nur ihren Hang zum Chaos teilt, und schließlich zurück nach Spanien. Hier hat Carmens Tochter, die offensichtlich genauso zu Katastrophen neigt wie die Mutter, eine Überraschung parat…

»Eine heitere Satire auf das Leben alleinstehender, beruflich erfolgreicher Frauen.«

Das Neue Blatt

Ulla Fröhling

Nur noch einmal

Erotische Geschichten.
165 Seiten. SP 2262

Diese Geschichten erzählen von Frauen, die aus dem geregelten Alltagstrott ihres Sexuallebens freiwillig oder unfreiwillig ausscheren. Sei es, weil sie von einer ungewöhnlichen Triebstruktur gebeutelt werden, wie Sarah, die der bloße Anblick eines Schornsteinfegers augenblicklich auf den höchsten Gipfel der Lust versetzt, sei es, daß sie, wie Helma, ihre sexuelle und finanzielle Versorgung gründlichst selbst in die Hand nehmen müssen, da der angetraute Ehemann in jeder Hinsicht seine Pflichten verweigert. Nicht alle sind so bescheiden wie Margarethe, die sich erst zu ihrem 80. Geburtstag noch einmal einen Luxus leisten möchte: einen nackten Mann. Ulla Fröhlings Geschichten sind pfiffige, witzige Stories für Frauen von heute.

»Ulla Fröhlings Figuren begehren auf gegen den Alltagstrott. Noch als Verliererinnen haben sie Power – Witz sowieso.«
Voigtland-Anzeiger

Lust an der Lust

Ein Lesebuch der Begierden. Herausgegeben von Linda Walz und Gerhard Seidl. 288 Seiten. SP 2660

Was wäre das Leben ohne die Wonnen der Lust? Sicher viel einfacher und übersichtlicher, aber auch erheblich trister und langweiliger! So ist denn auch die Lust – ob im Glück der Erfüllung oder in den Qualen der Versagung – von jeher ein unerschöpfliches Thema der Literatur. Alle Lüste dieser Erde, alle sinnlichen Genüsse präsentiert der Texte-Strauß dieser Anthologie: die Fleischeslust con variazioni und die Erregung des Berührens, das barocke Vergnügen am guten Essen und Trinken, der Genuß des Rauches, das Schwelgen in Düften und Farben. Berühmte Autoren aus aller Welt von der Antike bis heute schildern in Erzählungen, Romanen, Gedichten die Lust, die uns die Lust bereitet, aber auch die Lust, zu der die Lust werden kann, wenn sie unerfüllt bleibt, wenn sie zur Obsession, zur Sucht wird. Diese Mischung aus dramatischen, amüsanten und spannenden Geschichten sind wunderbare Aperetifs und Gaumenkitzler.